rororo

Nun also der letzte Band der Reihe: Theuer geht, manche wird es freuen, bei mir mischen sich Wehmut und Erleichterung.

Vielleicht gibt es einmal ein Wiederlesen mit einem zeitweilig reaktivierten Hauptkommissar, der (fast) jährliche Auftritt des wirren Teams endet aber unwiderruflich.

Natürlich ist ansonsten alles, wirklich alles frei erfunden. Wer trotzdem beleidigt sein will, dem sei das ausdrücklich zugestanden, ferner möge er es für sich behalten. *Heidelberg 2007*

Carlo Schäfer (* 1964) lebt und arbeitet in Heidelberg und deswegen schreibt er auch über diese Stadt. Er versichert aufrichtig, dass er vor seinem ersten Roman gar nicht wusste, dass es das Wort «Lokalkrimi» gibt. Seitdem hat sich manches getan, unter anderem passt die Formulierung: «Schäfer wohnt mit Frau und Kind in Heidelberg», die sich in allen bisherigen Theuer-Bänden («Im falschen Licht» [rororo 23283], «Der Keltenkreis» [rororo 23414], «Das Opferlamm» [rororo 23704], «Silberrücken» [rororo 24107]) findet, nicht mehr so recht: Das Kind hat inzwischen die gleiche Schuhgröße wie der Autor und wird sich wohl bald rasieren müssen. (Es ist also – entgegen des Netzeintrags einer Volkshochschule – *keine* Tochter.)

Weiteres zu Autor und Werken auf
www.carlo-schaefer.de

Carlo Schäfer

Schlusslicht

Kriminalroman

Rowohlt Taschenbuch Verlag

Paraphrasierungen und Zitate Ernst Blochs sind im Wesentlichen dem Band «Seminar: Freies Handeln und Determinismus», herausgegeben von Ulrich Pothast, entnommen. Für eine freundliche Auskunft bezüglich eines weiteren Bloch-Zitats gilt mein Dank Jan Robert Bloch in Berlin.

Originalausgabe
Veröffentlicht im Rowohlt Taschenbuch Verlag,
Reinbek bei Hamburg, Oktober 2007

Umschlaggestaltung: any.way, Andreas Pufal
(Foto: K. Meyer / Premium)
Satz Concorde PostScript, PageOne
Gesamtherstellung Clausen & Bosse, Leck
Printed in Germany
ISBN 978 3 499 24483 4

Für meine Neffen und Nichten
Friedel, Klara, Dodo, Max, Annika, Luisa,
Karsten, Thomas

unsere Patenkinder
Janis, Emma, Rachel, Maximilian

und last, but not least die kleinen Ex-Nachbarn
Jule und Nick

* Friedel muss nicht gekränkt sein, dass er «nur» als Neffe systematisiert ist, selbstverständlich bleibe ich auch in seinen erwachsenen Jahren sein Pate und sage ihm das auch, falls ich zu Wort komme.

In der Nacht von 2004 auf 2005 träumte der erste Hauptkommissar, Babett und er äßen Draht.

Das konnte er sich am nächsten Morgen immerhin erklären: Seit er im Herbst vergessen hatte, der Ziehtochter ein Geburtstagsgeschenk zu besorgen, stand er im Wort, sie unten am Fluss zum Sushi einzuladen, drückte sich aber, weil ihm von Fisch immer übel wurde.

Babett wiederum hatte ihn kurz vor Weihnachten im Büro besucht und ihn nervös gemacht, weil sie immer mit einer Drahtrolle herumhantierte, die sie in der Schule im Fach Kunst gebraucht hatte. Am Ende vergaß sie die Rolle, und sie lag immer noch in seinem Schreibtisch. Gut, das Vergessen einte ihn mit seinem Mädchen, wie er sie in verstecktem Stolz zunehmend nannte.

Er träumte weiterhin, die Yildirim masturbiere ihn im Vatikan. Monate später wollte er sich angesichts des deutschen Papstes hierfür beinahe das Zweite Gesicht zusprechen, aber die Kollegen redeten ihm das aus.

Schließlich träumte er, dass er ganz alleine über den Mond spaziere – durchaus mit der Angst zu ersticken, aber auch in einer riesigen Freude darüber, nicht mehr auf der Erde zu sein.

Er fürchtete nach diesem Traum, er könnte das Jahr nicht überleben, und schalt sich dafür – abergläubisch war er eigentlich nicht.

Der Zug wurde langsamer, also war er schon im Großraum Frankfurt. Ein kalter Februarregen schlug gegen die Scheiben, gleich würde die Skyline auftauchen.

Noch eine knappe Stunde. Er musste sich alles noch einmal durchsehen, am besten auch heute Abend! Aber natürlich vorher den wöchentlichen Rapport nach Amerika mailen: Was sind die neuesten Werte? Wie stehen die Leukozyten? Frederick wollte es immer genau haben, ihn interessierten nicht die allgemeinen Aussagen der Ärzte, er wollte sich selbst ein Bild machen und wusste es natürlich besser als die Internisten, der tolle Chirurg.

Dabei genügten doch die Worte des Oberarztes, vorhin auf dem Flur in dem entsetzlichen gelben Krankenhausflurlicht, mit dem entsetzlichen Krankenhausflurgeruch: «Ihre Mutter wird wohl nicht mehr lange leben.»

«Und was macht die Philosophie?» würde der letzte Satz in Fredericks Antwortmail sein, es schien dem vielbeschäftigten Bruder nichts auszumachen, dass Armin darauf nie antwortete.

Alles das klang ihm selbst trübe, und er war verwundert und erleichtert festzustellen, wie sehr er sich dennoch auf die nächtliche Lektüre freute. Er hatte endlich seine Aufgabe gefunden. Bannerträger des großen Ernst Bloch!

Schon nach den ersten Zeilen, die er vom Meister gelesen hatte, durfte er das fühlen: Das war Seines, ganz Seines, als ob Bloch zu ihm spräche, ihm erklärte, dass man etwas tun kann und muss und damit nicht alleine ist. Andere mochten so etwas in der Religion suchen, in esoterischen Zirkeln – wie viel würdiger, klarer und eigenständiger aber war man in der Philosophie Blochs wahrgenommen. Einsamer vielleicht, nicht modern, ein Marxist! Das machte Armin nichts aus. Er hatte gefunden, was viele Menschen gar nicht zu suchen schienen – einen Punkt in allem Gewimmel.

Das Prinzip Hoffnung, Hoffnung auf eine noch nicht gewordene Welt, der zum Werden zu verhelfen möglich ist, deren Werden vom tätigen Subjekt ermöglicht werden muss: Kein Getriebenwerden mehr und kein Kampf gegen Windmühlen, sondern im Strom der historischen Dialektik kräftig und mutig zu neuen Ufern schwimmen.

Der Zug fuhr in den Frankfurter Bahnhof ein.

Weil man eine Geschichte braucht

Am Montag war wieder einmal nichts geschehen, am Dienstag gar nichts, überhaupt nichts am Mittwoch, und alles sprach dafür, dass dieser Donnerstag genauso würde, fand der allererste Hauptkommissar Johannes Theuer und stellte sich einen Geschlechtsverkehr vor, einen etwas furioseren, als er ihn letzte Nacht zuwege gebracht hatte.

Staatsanwältin Bahar Yildirim stand vor dem Badezimmerspiegel und zupfte an ihren Wimpern, Ziehtochter Babett war schon in der Schule. Theuer stand, erwähnterweise in unkeuschen Gedanken gefangen, unter der Tür und schielte nach dem Gesäß seiner Lebensgefährtin, tat aber so, als warte er, dass sie fertig würde. Und als könne man das nur in der geöffneten Badezimmertür.

Die Staatsanwältin würde um neun einen hochbrisanten Prozess haben: Das Volk gegen einen gewissen Paul S., weil es das Volk leid ist, dass Paul S. seine Schäferhündin «Hexe» immer auf Spielplätze kacken ließ, trotz diverser Verwarnungen, Bußmandate, inzwischen sogar Vorstrafen.

Der wirre, aber ansonsten gemütliche Polizist wünschte dem Angeklagten die Galeere und war daher sehr einverstanden, dass sich seine Lebensgefährtin zur Vernichtung des Mannes hübsch machte, das würde S. noch mehr demütigen! Speziell Schäferhunde hielt Theuer nämlich für Bestien, er hätte aber auch niemals sonst einen Hund, gerne aber einen großen Bären zum Freund gehabt. Dieser Bär spazierte mit ihm aufs Schloss, und dann entkorkten sie beide einen Met … Theuer träumte im Stehen und vergaß sogar kurz den Po der Freundin. Leider musste er rasch wieder aufwachen, denn es war nicht zu leugnen, er schob eigentlich seit zehn Minuten Dienst.

Es wunderte ihn selbst ein bisschen, aber seit er es offiziell hatte, dass er zum ersten Januar 2006 in Rente gehen würde, vernachlässigte er praktisch alle seine Pflichten, noch mehr als früher – und das schadete überhaupt nichts.

Sein Team hielt ohnehin dicht, der neue Chef Magenreuter war bislang beschäftigt genug, den Irrsinn seines Vorgängers Seltmann aufzuarbeiten, vor allem aber machte das Böse, das doch in der ganzen Welt zuschlug, wie lange nicht mehr einen Bogen ums beschauliche Heidelberg. Es gab einfach nichts zu tun.

Krieg im Irak, Krieg in Afghanistan, Gewalt allerorten, und der letzte Fall auf seinem Schreibtisch war eine Anzeige wegen nächtlicher Ruhestörung gewesen.

Donnerstag, eine Überraschung: Frederick kam mit seiner neuen Freundin, sie hieß Deborah (war sie Jüdin?), schon morgen – vielleicht ließe sich ja dann ausnahmsweise etwas in Sachen Armin feiern: die Prüfung.

Er war der Erste. Gerade war Professor Pittus gekommen, hatte ihm zugenickt, vielleicht ein wenig irritiert. Natürlich, natürlich, Armin war nicht mehr zur empfohlenen Prüfungssprechstunde gegangen. Warum eigentlich nicht? Hatte er sich zu sicher, zu geborgen in des Meisters Worten gefühlt? Das durfte er jetzt nicht denken. Frederick kam morgen. Daran denken: Besuch, der Bruder kommt zu Besuch, und sie würden seine Prüfung feiern.

Allerdings kam Frederick nicht deshalb, sondern weil ihn die neuen Blutwerte so beunruhigten. Armin konnte sich nicht recht vorstellen, dass die Mutter bald sterben könnte, es passte nicht zu seinen lebendigen Gefühlen der letzten Zeit.

Wie sagte Bloch? Ich kann mir das Nichts nicht vorstellen.

Jetzt fühlte er es wieder, dieses Feste, diesen machtvollen Duktus des Denkers.

Die erste Passage des Aufsatzes, über den er sich prüfen lassen wollte, konnte er auswendig:

Nur im Leeren kommt man blind voran. Steht aber etwas herum, im oder auf dem Weg, dann muss es achtsam angegangen, berücksichtigt werden. Zum ältesten Erfahren gehört bereits, dass es Kopf und Wand gibt. Dass der Kopf sich an der Wand stößt, wenn er sie nicht sieht oder nicht wahrhaben will. Dass der Kopf durch die Wand nicht hindurchkann, es sei denn, er regiere in der Hand ein Werkzeug und habe sich mit dem Stoff der Wand vertraut gemacht …

Er wusste auch, wie er beginnen würde:

‹Ich habe ergänzend zu Blochs Aufsatz in *Das Prinzip Hoffnung* gelesen – Blochs Sicht der Musik als noch nicht gewordene Sprache fasziniert mich, wobei ich nicht so weit ginge zu behaupten, dass ich sie verstünde … Was ich, glaube ich, begreife, ist der grundsätzliche Unterschied seiner Philosophie zu jeder anderen zeitgenössischen: Sie ist nicht einfach Philosophierezeption, sie will gestalten! Sie will nicht gelernt, sondern praktiziert werden!›

So musste er das gleich rüberbringen! Die Prüfung in die Hand nehmen, aktiv sein!

… und habe sich mit dem Stoff der Wand vertraut gemacht …

«Herr Hahn?»

Wenn nicht, dann nimmt das aufprallende Ich bedeutend mehr Schaden als das Nicht-Ich und merkt es, ganz und gar nicht allein in der Welt zu stehen.

«Herr Hahn, das sind doch wohl Sie? Ich möchte Sie prüfen! Oder besser gesagt, Sie wollen sich prüfen lassen.»

Armin stand auf, plötzlich rebellierte der Magen. Pittus

sah nicht aus, wie man sich einen Philosophieprofessor landläufig vorstellte. Da war nichts Verschrobenes, Entrücktes, Spleeniges, nein, sein Prüfer war ein kräftiger Mann mit Dreitagebart, gutaussehend, was machte das, aber es störte ihn, was waren das für Gedanken, er musste sich zusammenreißen …

«Jetzt wundere ich mich aber doch, dass ich Sie noch nie gesehen habe!»

«Ich war in dem Seminar im letzten Sommer, über Willensfreiheit …»

Armins Knie zitterten, als es ihm klarwurde: Er hatte sich beim falschen Prüfer angemeldet.

Alles nach seinem Kopf gehen zu lassen ist unreif, nichts mehr als Wand zu sehen, das ist ältlich.

«Aha. Beim Kollegen Pfisterer, nehme ich an. Und warum prüft Sie der dann nicht? Hat er Sie zu mir geschickt?»

Armin wollte es erklären: ‹Es›, das ihm eben immer wieder passierte, aber er konnte es ja nicht. Manche haben Schuhsohlen mit eingebauter Bananenschale, was gab es da zu erklären? Was herauskam, war ein zittriges: «Nein.»

Der Professor hob die Brauen, seufzte, schließlich, nach einer deutlichen Pause, sagte er: «Gut, das werden wir jetzt nicht klären können. Dann kommen Sie jetzt herein.»

Theuer war nach wie vor nicht so richtig eifrig – eben ließ er die Altstadt hinter sich und überquerte am Adenauerplatz die Rohrbacherstraße. Menglerbau, Volksbank, Sparkasse – ein Gebäude hässlicher als das andere. Vielleicht könnte er ja mal einen Bildband über das hässliche Heidelberg herausbringen? Das wäre doch mal was Neues!

«Also, Herr Hahn. Jetzt lassen wir uns von diesem etwas verkorksten Beginn nicht irremachen. Zunächst etwas Organisatorisches. Aufgrund der auch bei uns gegebenen viel zu großen Anzahl an Studierenden und der damit einhergehenden zusätzlichen Belastung führen wir, wie Sie ja sicher wissen, die Zwischenprüfungen mittlerweile alleine durch. Sie müssten hier unterschreiben, dass Sie damit einverstanden sind.»

Pittus, kein Zweifel, einer der im Leben stand und sich trotzdem in der Welt der Ideen bewährte. Und er, Armin, war ein Idiot, der zwei Namen schon dann verwechselte, wenn beide ein «i» enthielten.

Hinter der Gardine des großen, steingefassten Fensters sah er dürre Zweige eines Baumes, welche Sorte? Keine Ahnung, keine Ahnung von Bäumen, Bäume nur so als Beispiel.

«Und wenn ich nicht unterschreibe?»

«Wir bevorzugen», Pittus klang nun gereizt, «wenn uns das schon bei der Meldung zur Prüfung mitgeteilt wird. Aber formell haben Sie das Recht, auch jetzt noch auf eine Nachprüfung mit zwei Prüfern zu bestehen. Zwei Prüfer, die von diesem Zusatztermin ganz begeistert sind.»

«Nein, ich», Armin versuchte zu lächeln, «ich unterschreibe. Ich bin ziemlich nervös.»

«Natürlich.» Pittus schaute freundlich, wenn auch etwas bemüht. «Danke schön. Na, der Unterschrift sieht man an, dass Sie Ihre Nerven beherrschen müssen. Nur ruhig Blut! Wir haben das alle mal überstehen müssen, solche Prüfungssituationen. Jetzt sollten wir allerdings langsam anfangen. Könnten Sie mir Ihr Thesenpapier geben?»

Armin griff in die Brusttasche seiner Regenjacke und erwartete eigentlich nun auch noch dieses Blatt zu Hause vergessen zu haben, aber da war es. Etwas ruhiger reichte er das Papier seinem Prüfer.

«Handgeschrieben?» Nun war es schwer, Pittus' Verärgerung nicht zu bemerken. «Und ich muss mich korrigieren! Ihre Unterschrift verdankt sich keiner Nervosität, Sie schreiben unleserlich! Freier Wille und Determinismus. Aha.» Der Professor schwieg einen Moment, um Armin dann ziemlich fassungslos anzuschauen. «Sie haben einen Aufsatz von Ernst Bloch als Prüfungsthema angegeben. Einen einzigen Aufsatz!»

Armin fühlte das Blut ins Gesicht schießen, empfand Ekel vom fauligen Geschmack in seinem Mund.

«Das stand schon auf meiner Anmeldung», krächzte er.

Pittus kramte in seinen Papieren. «Oh, ja, jetzt erinnere ich mich. Die Anmeldung, die ich nicht lesen konnte.» Der Professor schüttelte den Kopf.

«Ich habe ergänzend zu Blochs Aufsatz im *Prinzip der Hoffnung* gelesen – Blochs Sicht der Musik als noch nicht gewordene Sprache fasziniert mich – wobei ich nicht so weit ginge zu behaupten, dass ich sie verstünde … Was ich, glaube ich, begreife, ist der grundsätzliche Unterschied seiner Philosophie zu jeder anderen zeitgenössischen: Sie ist nicht einfach Philosophierezeption, sie will gestalten. Sie will nicht gelernt, sondern praktiziert werden!»

Pittus sah müde aus. «Oh doch, junger Mann. Sie will auch gelernt werden. Nur weiter.»

Der nach wie vor eher flanierende, denn zügig der Arbeit zustrebende Hauptkommissar besaß leider nicht einmal einen Fotoapparat, um sein eben ersonnenes, bereits wieder vergessenes Buchprojekt anzugehen.

Es gab so vieles, was er nicht besaß! Beispielsweise besaß er kein Teleskop. Besäße er eines, könnte er wenigstens ferne Monde betrachten, dann im nächsten Jahr. Ja, mitunter mischte sich ein wenig Furcht in die gemütliche Grundstimmung: Was würde er denn tun, wenn er nichts mehr täte?

Rentner – ein seltsames Wort. Man dachte an Leute, die sich mit Gehhilfen missgelaunt durch Supermärkte quälten und Kinder grundlos schlugen.

Mal wieder nach Italien – klar, vielleicht mal nach England, von London hatte Ex-Freundin Hornung immer so begeistert berichtet. Ein Ziel war weggefallen: Sein bester Freund Fabry war im November im Schwarzwald an seiner fürchterlichen Fresssucht gestorben, man könnte fast sagen, verendet. Die Trauerfeier auf dem regentrüben Friedhof von St. Georgshöfen gehörte zu den nicht wenigen traurigen Bildern der letzten Jahre.

«Danke, Herr Hahn. Wirklich, es reicht jetzt.

Man soll also warten, bis die historischen Umstände einem eine SMS schicken, in der steht, dass nun die Revolution losgehen kann – sozusagen. Das ist das Konservativste, was ich seit langem gehört habe.»

«Das habe ich so nicht gesagt.»

«Natürlich nicht. Von einer SMS war nicht die Rede. Entschuldigen Sie meinen Sarkasmus, aber Sie muten mir hier schon einiges zu. Das ist allenfalls gymnasiale Oberstufe.»

Armin fühlte sich ins Bodenlose stürzen, ganz und gar fallen und paradox schon im Fall zerschmettert. «Ich meine, ich sage das jetzt nicht zu meiner Verteidigung, sondern zur Verteidigung Blochs, ich …»

«Ich denke, Ernst Bloch benötigt Ihre Hilfestellung nicht.»

Armin schwieg. Die Katastrophe war zu groß, ließ ihn geradezu ehrfürchtig verstummen.

«Herr Hahn.» Man merkte, dass der Professor milde klingen wollte und dass ihm das kaum gelang. «Wir murksen hier schon die doppelte normale Prüfungszeit herum, das hat keinen Sinn!»

«Ich kann versuchen, meine Gedanken umzuformulieren, ich war sehr aufgeregt. Diese Prüfung ist sehr wichtig für mich …» Armin brach ab. Wie sollte er das auch begründen? Wenn er in einer Prüfung versagte, war das eine Sache, eine, die ihm nicht neu war. Aber wenn er mit Bloch versagte, war das eine unerträgliche Schande. Er fühlte sich, als seien die erblindenden und dennoch so festen Augen des Philosophen in diesem Moment auf ihn gerichtet.

«Der Mensch erringt seine Freiheit als tätiges Subjekt in der Geschichte …», stammelte er.

«Ich glaube Ihnen gerne, dass diese Prüfung für Sie wichtig ist. Eine Zwischenprüfung ist ja auch etwas Wichtiges. Aber sie ist jetzt vorbei.»

«Ich …»

«Jetzt.» Pittus schaute in seine Notizen, seufzte: «Also, Herr Hahn. Ausreichend. Bestanden.»

Armin erwiderte nichts.

«Ich sehe, dass Sie sich vorbereitet haben. Mehr sehe ich allerdings nicht. Ihre Beziehung zu Bloch scheint eine Art Liebesverhältnis zu sein. Es ist in unserer Wissenschaft, in der Wissenschaft allgemein, eher hinderlich, sich mit den Urhebern von Theorien zu identifizieren. Sie studieren Philosophie im Nebenfach, wie ich sehe …»

«Ich wollte eigentlich wieder ins Hauptfach wechseln.» Er hätte sich auf die Zunge beißen können. Er hätte sie blutig beißen, abbeißen und ausspeien mögen.

Pittus' Blick war fest, hart und erfasste ihn ganz: «Ach, einer von denen, die die Klausur sparen wollen. Diese Lücke in der Prüfungsordnung müssen und werden wir schließen. Aber selbst, wenn es noch geht: nein. Schlagen Sie sich das aus dem Kopf. Sie bringen die Voraussetzungen nicht mit.»

«Ich will die Wissenschaft vom besseren Leben studieren, das wollte ich schon immer.» Armins Stimme zitterte.

Pittus fasste sich an den Kopf.

«Sie können mir das bis an den Sankt-Nimmerleins-Tag auszureden versuchen.» Was war das? Wut? Wut. «Frei sein wollen heißt sich empören, und was allerdings könnte bei unrechten Zuständen besser sein?»

«Ich nehme mal an, das waren wieder Zitate des Meisters. Das zweite kenne ich sogar aus meiner sozialistisch-romantischen Phase.» Pittus stand auf. «Wenn man Blochs Sprache verwendet, sollte man sein Format haben. Ich hätte nicht gedacht, dass ich nochmal einen Marxisten verteidige. Das Ergebnis wird zentral gespeichert. Sie brauchen keinen Beleg. Und noch etwas: Philosophie ist die Wissenschaft vom besseren Denken, nicht vom besseren Leben. Sie studieren einem Missverständnis hinterher. Machen Sie Urlaub auf Mallorca, Ballermann. Das ist für manche das bessere Leben.»

Armin erhob sich ebenfalls, alles verschwamm vor seinen Augen, er stieß sich am Tisch.

«Das sollte ein Scherz sein, ich wollte Sie nicht kränken.»

Nur raus hier.

«Das hat man davon, wenn man großzügig ist», hörte er noch, dann schlug er die große Tür hinter sich zu.

Zum Glück war der alte Steinflur nicht erleuchtet, im Dämmer sah er vielleicht nicht ganz so zerstört aus, wie er sich fühlte.

«Lief's nicht so?», fragte eine Stimme. Armin schüttelte den Kopf und ließ sich auf einen der herumstehenden Stühle fallen. Er studierte die Fugen der Bodenfliesen, genoss ihre rechtwinklige Ordnung.

«Ist die Frage, ob es dann fair ist, so lange zu verhandeln», sagte die Stimme. «Wir sind jetzt schon eine halbe Stunde über dem Plan.»

«Planwirtschaft», sagte Armin und musste lachen. «Fünfjahresplan oder was?» Er lachte lauter. «Planerfüllung! Plan ist erfüllt. Ausreichend erfüllt!»

Eine Tür ging auf, er musste nicht schauen, welche. «Der oder die Nächste?» Armin versuchte seinen Lachanfall zu kontrollieren, aber das wollte kaum gelingen. «Und Sie», hörte er durch sein eigenes Glucksen, «Sie gehen jetzt bitte.»

Nickend, lachend, mit Tränen in den Augen stolperte der Kandidat Hahn davon, zitternd vor Kälte an einem doch so milden Heidelberger Februartag.

Feiern hatte er wollen! Schon das Wort schien einer Fremdsprache zu entstammen. Und morgen kam Frederick, das war das Schlimmste, die Mutter starb, natürlich war das das Schlimmste. Ausreichend, das Allerschlimmste.

Jemand sprach ihn an. Was? Ach so. Eine dieser japanischen Gruppen und ein lächelnder älterer Herr, der ihn offensichtlich bat, ein Gruppenfoto zu machen. Armin nahm den Apparat und warf ihn mit aller Macht auf den Boden, ging mitten durch die empört murmelnde Gruppe hindurch.

Langsam, wirklich langsam näherte Theuer sich der Römerstraße. Im Grunde war er einfach ein halbes Jahrzehnt aus der eigenen Biographie rausgeschmissen worden. Früher ab und zu an der Ermittlung von Gewaltdelikten mehr oder weniger beteiligt, und dann ab 2001 dieser ach so innovative neue Direktor Seltmann mit seinen wohl dereinst legendären Teamstrukturen, die sich letztlich als erste zittrige Skizze eines großen Planes erweisen sollten, eines Bauplans für ein Wahngebäude, in dem der frühpensionierte Doktor nun seine Tage fristen musste. Jedenfalls waren dann die großen Fälle bei Theuer und den Seinen gelandet, auf die Tische geplumpst.

Jetzt hatte es der erste Hauptkommissar doch irgendwie geschafft. Er hatte das Revier Mitte betreten, eines dieser

Gebäude, die, hochmodern konzipiert, gleich wieder veraltet aussahen, hatte den Pförtner (wahrscheinlich) ignoriert, den Fahrstuhl (offensichtlich) benutzt, die richtige Tür (hoffentlich) angesteuert, nur noch die Klinke und ja, da waren sie: der rauchende Säufer, das verwaiste Muttersöhnchen, der dicke freche Karlsruher mit verwundeter Kinderseele: Haffner, Leidig, Senf, Letzterer Nachfolger des getöteten Werner Stern, noch ein trauriges Bild. Momentan aber am traurigsten: Der Halbafrikaner mit badischem Akzent war auch da und schaute auf die Armbanduhr: Dr. Magenreuter. Sein Chef.

«Das ist aber nett, dass Sie vorbeischauen, Herr Theuer. Am Neckar ist eine Leiche angeschwemmt worden, so was kennen Sie doch?»

Yildirim saß dem leitenden Oberstaatsanwalt gegenüber und spürte bereits wieder, wie geil sie diesen kahlen Eierkopf machte. Das war ihr mittlerweile geradezu körperlich unangenehm. Nach einer Phase der Erbitterung und libidinösen Nachlassens, nachdem ihre Beziehung zu Theuer bekannt geworden war, hatte Wernz ihr leider verziehen und begehrte sie, nun da es auch für ihn hoffnungslos sein musste, nur umso unverhohlener – auch dass Staatsanwalt Mommsen, Yildirims bestgehasster Kollege, und das wollte schon etwas heißen, dabeisaß, hinderte den obersten Ankläger der Stadt nicht, ein wenig zu keuchen.

«Ja, Frau Yildirim ... Das ist ja erfreulich schnell gegangen mit diesem Hundehalter. Ein Jahr ohne Bewährung, was wird aus dem Hund?»

Die Anklägerin entsann sich der Tierliebe ihres Chefs und sagte: «Der wird wohl eingeschläfert werden.»

«Ja, gut, gut, besser gesagt, ganz furchtbar ... Also, weshalb ich Sie beide hierher gebeten habe, ist das Folgende:

Wir haben wieder eine Wasserleiche. Diesmal hat sie sich an einem der Ankertaue des Schiffsrestaurants verfangen. Ein spindeldürrer Mann ...»

«Sie meinen, wie damals der Fall mit dem Turner-Bild, das dann keines war ...» Yildirim erinnerte sich gut, und Wernz wusste das.

«Ihr erster Fall damals, da haben Sie auch den Herrn Theuer ...», seine Miene verfinsterte sich, «kennen- und schätzen gelernt. Sind Sie eigentlich inzwischen verheiratet?»

«Nein.»

Wernzens Miene hellte sich etwas auf. «Es ist so: Normalerweise wäre Dr. Mommsen mit diesem Fall zu betrauen ...»

«Allerdings», knödelte der eifrige Kollege.

Wernz schaute noch nicht einmal in seine Richtung. «Aber angesichts dessen, dass Frau Yildirim den so fatal ähnlichen Fall damals bearbeitet hat und mit Herrn Theuer nur lose liiert ist ...»

Yildirim fühlte sich zornig werden, das hatte er nicht schlecht gemacht, der Chef. Wenn sie mit Theuer zusammenarbeiten wollte, musste sie diese Relativierung im Raum stehen lassen. Plötzlich aber wurde ihr schwindelig: Wollte sie denn überhaupt mit Theuer arbeiten?

Die Szenerie ähnelte der aus dem Jahre 2001 geradezu fatal: Nebelflusen umtanzten das Schloss gegenüber, Publikum auf der Ernst-Walz-Brücke, Haffner hatte eine Fahne.

Theuer schaute widerwillig zur Leiche. Und wieder ein dürrer Mann, er hatte sogar das Gefühl, ihn schon einmal gesehen zu haben. Zum Glück war die Leiche nicht vom Wasser aufgedunsen, was darauf schließen ließ, dass er vor nicht allzu langer Zeit ermordet worden war – Theuer hätte unpassenderweise fast gegrinst: So professionell deformiert war er also, dass er bei einem Ertrunkenen an Mord dachte – nur weil es schon einmal so gewesen war.

«Bevor ihn die Rechtsmedizin nicht untersucht hat, kann man wenig sagen.» Er wandte sich an Magenreuter, der irgendeinen Pressevertreter kräftig zusammenschiss. «Wahrscheinlich was Banales, vielleicht im Rausch von der Brücke gefallen. Ich glaube, ich kenne das Gesicht aus der Altstadt.»

«Erzählen Sie mir von der Geschichte vor fünf Jahren*», sagte der neue Polizeidirektor. «Ich mag absolut keine solchen bedeutungsschwangeren Zufälle.»

«Es sind vier Jahre», mischte sich Leidig ein, aber Theuer war ja eigentlich gottfroh, wenn er nicht reden musste.

«2001 wurde eine Wasserleiche ohne Papiere gefunden. Ihr Vorgänger wollte die Sache klein halten, aber wir haben herausgefunden, dass der Tote ein Turner-Bild gefälscht hatte. Für seinen Liebhaber, der seinerseits mit seiner Kunstgeschichtsprofessorin ein sadomasochistisches Verhältnis hatte und sie dahin manipulierte, die Echtheit des Bildes zu testieren.»

«Der hat ihr», versuchte Haffner die Sache zu präzisieren, «Wäscheklammern an die Elefantentitten gepfetzt und so.»

«Danke.» Magenreuter nickte traurig. «Danke, Herr Haffner.»

Inzwischen waren sie wieder im Revier, Yildirim war dazugestoßen. Magenreuter hatte den ersten Fall des Teams so weit verstanden, auch die Art und Weise, wie er gelöst worden war.

«Das heißt, Sie haben sofort, augenblicklich, quasi mit dem ersten gemeinsamen dienstlichen Akt gegen alles ver-

* siehe: «Im falschen Licht»

stoßen, was man sich so vorstellen kann. Es ist einfach unglaublich.»

Haffner nickte mit feuchten Augen. «Das waren noch Zeiten. Wisst ihr noch, wie wir damals beim Chef am Schluss gesoffen haben? Aber richtig gesoffen haben wir! Weißt du noch, Senf?»

«Ich war noch nicht dabei», entgegnete Senf schlicht. «Aber du hast davon erzählte. Etwa dreiundzwanzigmal.»

Theuer starrte auf ihre dahinkümmernde Topfpflanze und fragte sich, warum sie dieses tat und nicht einfach längst restlos verdorrt war. Niemand goss sie, Haffner drückte seine Kippen mitunter auf den fleischigen Blättern aus, ohnehin atmete er sie häufig an, was eigentlich zum Tod eines jeden Lebewesens führen musste. Und wie hieß die Pflanze? War das ein Gummibaum, wie er sich zu erinnern glaubte? Das musste er unbedingt herausfinden, solange er noch Beamter war.

«Ich kenne den Toten», sagte Leidig zögernd. «Wir haben doch damals in der Floringasse Willys Wohnung gefunden.»

«Ich erinnere mich», sagte Senf blöde.

«Haben unten in der Weinstube die …»

«Besatzung hochgenommen, genau», schrie Haffner. «Eine richtige Besatzung war das», erläuterte er in Magenreuters Richtung und entkorkte nebenbei routiniert ein Produkt, das er wohl im Laden des nahen Stift Neuburg, Heidelbergs verwaisendem Benediktinerkloster, erworben hatte, Theuer erkannte Mönchsgewänder auf dem Etikett und las «Weingetränk mit Artischockenextrakt zur Stärkung der Leber».

Haffner schien endlich vernünftig zu werden.

«Stern hat da mit einem gesprochen», nahm Leidig den Faden wieder auf, «der ein Antiquariat in der Ingrimstraße hatte, und der hieß Kohl.»

«Ich habe mal auf das Wahlplakat von einem gebrunzt, der hieß auch Kohl», jubelte Haffner nach den ersten, anscheinend stärkenden Schlucken.

Magenreuter schaute müde zum wüsten Pfaffengrunder. «Herr Haffner, Sie haben es zwar über die Jahre geschafft, Ihr aberwitziges Trinkverhalten sozusagen durchzusetzen, aber da war ich noch nicht da. Es gibt Alkoholprogramme für Kollegen, die ...»

«Ja, ich weiß, für Alkoholiker», nickte Haffner. «Aber ich bin ja keiner.»

«Worin unterscheiden Sie sich von einem?», fragte Magenreuter und rieb sich die Stirn. Theuer schoss der Gedanke – er konnte sogar sagen, woher, nämlich von halb links hinten – in den Kopf, dass ihm nun nach Monaten erst wieder auffiel, dass sein neuer Chef ungeachtet seines badischen Namens schwarz war. ‹Ein Neger›, ergänzte wenig korrekt sein Innerstes.

«Alkoholiker haben so Gruppen, wo sie hingehen», erläuterte Haffner. «Und da sagen sie dann: Ich bin Detlev, und ich bin süchtig nach Alkohol, Valium, Hustinetten und Pfennigabsätzen im Arsch. Das ist nichts für mich.»

«Natürlich.» Yildirim schaltete sich ein. «Und ich hätte fast die gelackten mit Pfennigabsätzen angezogen, Herr Haffner! Wenn wir jetzt vielleicht Herrn Leidig ...»

«Ja, viel mehr ist nicht», setzte der leicht gekränkte Leidig erneut an. «Aber es ist doch seltsam, dass einer aus dieser damaligen Geschichte so ähnlich zu Tode kommt wie das erste der damaligen Opfer, oder?»

Alle nickten, und das sah hinreißend blöde aus.

Leidig hatte recht, der Tote hieß Werner Kohl und hatte bis zu seinem Ableben ein Antiquariat besessen, das aber eigentlich nur noch der Pflege seiner Lebenslüge diente. Die ersten Befragungen in der Nachbarschaft zeichneten das Bild eines Wracks, dem es gerade noch gelungen war, morgens zwei Stunden größenwahnsinnig zu sein, bevor die ersten Flaschen entkorkt wurden.

«Verkauft hat der gar nichts mehr», sagte eine ältere Frau, die über dem Antiquariat lebte und sich als Künstlerin bezeichnete. Auf Theuers freundliche Frage, welcherart Kunst denn ihre sei, war die Antwort gewesen: Überhaupt keine mehr, seit Jahrzehnten, dies sei aber Teil ihres künstlerischen Konzepts.

Die von Magenreuter befehligten Fußtruppen hatten mehr oder weniger die halbe Altstadt ins Revier gekarrt, hier glich Kohl nämlich dem toten Willy nochmals: Jeder kannte ihn, kaum einer richtig, familiären Anhang gab es keinen. Allerdings hatte er Ausweis, Schlüsselbund, Papiere bei sich, und das nahm dem Fall eine allzu bedrückende Ähnlichkeit. Dennoch war es dem schweren Ermittler schon wieder ein wenig übel angesichts der dummen Reden, und der Feierabend schien noch weit. Selbst schon eine Zeit Altstädter und mithin quasi Intensivheidelberger, konnte der erste Hauptkommissar den vielen Lebenskünstlerdarstellern des Viertels nach wie vor so gut wie nichts abgewinnen.

«Ich bin Jurist», hörte er einen sagen. «Jurist und Weinhändler.»

«Und wo haben Sie Ihr Geschäft?», fragte Haffner gierig.

«Gar keines zurzeit. Bedanken Sie sich bei den Aldi-Brüdern, die sind Deutschlands größter Wine-Dumper …»

(Noch vor dem Einschlafen hörte Theuer diesen dummen Anglizismus in sich herumirren und musste stöhnen.)

«Ich bin Verleger.»

«Ihr Firmensitz?»

«Meine Wohnung und das Café Burckhart.»

«Ich bin nur noch selten in Heidelberg. Ich lebe die meiste Zeit des Jahres in der Bretagne. Beruf habe ich keinen, will ich auch keinen.»

Einer mit mongolischem Gesichtsschnitt sagte, er sei Schamane und man dürfe ihn keinesfalls berühren. Haffner griff dem geheimnisvollen Mann schwungvoll in den Schritt, woraufhin der Schamane sagte, dies sei die Ausnahme, in der Tat, an der Nudel könne man schon mal zupfen, woher Haffner das wisse, ja, der Polizist habe vermutlich das dritte Auge.

Kurze Pause: «Ich hätte lieber die zweite Leber und von mir aus nur ein Auge und drei Lebern. Das war ein Ding, dass ich dem da reingezwickt hab …»

«Hören Sie», hauchte Magenreuter, der gebeugt am Fensterbrett hing und traurig die geschlossenen Jalousien einer gynäkologischen Praxis gegenüber betrachtete. «Ich habe bei der Gelegenheit dasselbe gefühlt wie als Kind, als ich beim Radfahren von einem Lkw gerammt wurde. Dieser schwebende Moment, wenn man weiß, jetzt passiert gleich etwas Furchtbares, aber noch ist es nicht so weit. Ein winziger Moment, eine Prise Zeit, seltsamerweise ein beinahe schönes, auf jeden Fall großes Gefühl. Da fasst einer meiner Beamten einen Zeugen mit Migrationshintergrund vor weiteren Zeugen mit immerhin Augen im Kopf in den Schritt. Einfach so. Und was passiert? Nichts. Ich verstehe diese Stadt nicht.»

«Ach, alles halb so wild», lachte Haffner und schlug Magenreuter unangemessen hart auf die Schulter. «Wir kennen den alle. Von wegen Schamane, der Vater war Koreaner. Und in Wirklichkeit ist er übrigens eine Frau.»

Magenreuter seufzte ergeben.

Theuer kannte den oder die keineswegs, sagte aber ebenfalls nichts. Sodass es auf einmal still war.

Zehn Uhr, der erste Hauptkommissar war müde. «Wie viele haben wir noch?»

Magenreuter straffte sich. «Sind noch einige draußen, aber vielleicht nehmen wir nur noch das alte Weiblein, das ich vorhin gesehen habe, damit sie's hinter sich hat. Die anderen müssen halt nochmal wiederkommen. Was ist unser derzeitiger Stand?»

«Dass Herr Kohl ertrunken ist», sagte Senf würdig.

Es gab erhebliches Gemurre unter der anwesenden Zeugenschar, man habe schließlich zu tun, und noch ein halber Tag auf dem Revier gefährde letztlich die Existenz und ob der mit dem Schnurrbart, der die ganze Zeit rauche, bitte aufhören könne zu schreien.

Die alte Dame, die ihnen schließlich gegenübersaß, war dann aber eine wirklich erfreulich unprätentiöse Gesprächspartnerin, einfach nur eine zusammengerutschte pensionierte Grundschullehrerin. Den aufgehellten Mienen der Polizisten war zu entnehmen, wie angenehm das im Vergleich zum Maulheldensyndikat war.

«Sie wohnen also in der Floringasse?», fragte Theuer. «Schräg gegenüber von der Weinstube?»

Die alte Dame nickte. «Therese Guttinger heiße ich, und ich werde im Sommer 81!», ergänzte sie stolz. Theuer, dem diese Daten vorlagen, nickte trotzdem anerkennend. «Donnerwetter, Sie haben sich aber gut gehalten!»

Guttinger spitzte kokett ihre welken Lippen.

«Ja, Frau Guttinger», auch Magenreuter klang entspannt. «Können Sie uns etwas über Herrn Kohl sagen?»

«Aber gewiss doch!» Die alte Dame nickte energisch. «Wenn man in so engen Verhältnissen lebt wie in diesem

Teil der Altstadt, können Sie die Blähungen der gesamten Nachbarschaft statistisch auswerten.»

«Hoho!», lachte Haffner. «Na na, Großmütterchen!»

Sie schickte ihm einen vernichtenden Blick. «Junger Mann, 1958 hat Bill Haley als erster Rock 'n' Roll-Musiker Europa bereist. In Deutschland ist er in Berlin aufgetreten. Es gab Krawalle. Ich war dabei. Ich habe einen Stuhl zertrümmert und mit seinem Kontrabassisten geschlafen. Bitte, behandeln Sie mich entsprechend.»

Haffner nickte in einer Demut, die Theuer bei seinem Wüterich all die Jahre noch nicht wahrgenommen hatte.

«Und alles das mit Billigung meines Mannes», fuhr sie stolz fort. «Wir waren Existenzialisten, ich bin es noch.»

«Und Ihr Mann?», fragte Leidig seltsam aufgeregt.

«Ist tot», sagte sie. «Seit fünfzehn Jahren. Mir reicht die kleine Wohnung, die ich habe. Ich bin schnell auf dem Markt und in den anderen Geschäften.»

«Kohl ...», insistierte Magenreuter vorsichtig.

«Ach, er hat mir leidgetan!» Die alte Dame lächelte. «Er hat auf mich immer wie ein Kind gewirkt, das per Hexerei in einen erwachsenen Körper gesteckt wird. Dieses Antiquariat! Am Schluss hat er drin gewohnt. In Wirklichkeit war das Erbe seiner Eltern durchgebracht, und wenn er im Suff gerade noch lallen konnte, musste er noch betonen, dass er vierzig Sprachen spreche.» Sie schüttelte den Kopf.

«Wann haben Sie ihn das letzte Mal gesehen?», fragte Senf.

Guttinger zuckte mit den Schultern, was ein ziemlich verheerendes Knacken ertönen ließ. «Na, meine Augen sind nicht mehr die besten, aber ich denke mal, als er heute Morgen ins Wasser geworfen wurde, wenn er es denn war.»

Plötzlich war keiner mehr müde.

Obwohl die Zeugin ihnen allen sympathisch war, zwang sich Theuer doch zu ein wenig Strenge, betonte, das hätte sie früher, ja sofort sagen müssen, und erntete ein skeptisches Nicken.

«Wissen Sie, ich finde, die Alten wollen oft genug als Erste reden. Ich bin mir ja gar nicht sicher! Wie gesagt, ich sehe nicht mehr gut. Ich wache normalerweise sehr früh auf und gehe dann ein bisschen spazieren, mein Mann ist, wie gesagt, tot, die einzige Tochter ist uns vor dreißig Jahren verunglückt. Wovor soll ich mich fürchten? Wenn ich so um halb acht draußen herumlaufe, ist die Stadt noch leer, im Winter ist es zwar dunkel und kalt, aber ich habe es immer gemocht, Wege für mich allein zu haben. Öfters mal ist mir Herr Kohl da begegnet und hat dann so getan, als drehe er auch seine Runde. In Wirklichkeit ging er zum Bahnhof, um billigen Cognac zu kaufen, oder er kam sogar erst nach Hause, von irgendwelchen wüsten, öden Gelagen.»

«Na ja», murmelte Haffner. «Müssen ja nicht öde gewesen sein, ich meine, was ist schon öde daran, wenn man mal ...»

Theuers Blick genügte, das wunderte den Ermittler – dass er immer noch Autorität besaß, wo er doch nun bald ebenfalls Rentner würde.

«Heute Morgen bin ich in der Nähe des Wehrs spazieren gegangen, zwischen sieben Uhr dreißig und acht. Und da glaubte ich ihn zu sehen, ein anderer Mann war bei ihm. Hat ihn plötzlich gepackt und ins Wasser geworfen ...»

«Von wo aus haben Sie das beobachtet?» Magenreuter erhob sich halb und verharrte sichtlich jagdlustig in dieser athletischen Position.

«Weit weg. Vom Altstadtufer aus, und die beiden waren fast auf der Neuenheimer Seite. Ich war und bin mir auch nicht letztlich sicher, ob es wirklich so passiert ist. Vielleicht hat irgendein Schmutzfink seinen Müll verklappt, und ich altes Ross habe mir irgendwelche Sensationen eingebildet.»

«Angenommen, Sie haben sich nichts eingebildet.» Yildirim studierte den vorläufigen Bericht der Rechtsmedizin. «Denn die Zeit stimmt ziemlich überein, die gehen von einem Sterbezeitpunkt zwischen acht und neun aus. Eher acht als neun … Können Sie den Täter beschreiben?»

«Das ist der zweite von drei Gründen, warum ich mich nicht vorgedrängt habe.» Guttinger lächelte traurig. «Wie angedeutet: Retina Pigmentosa – ich habe einen Mann gesehen, eine Gestalt. Groß, aber kein Hüne, nicht auffällig dick. Mehr ist nicht mehr drin. Man wird eben alt, natürlich, ich weiß es ja, aber da merkt man's dann …» Sie klang schuldbewusst, als sei sie für ihre versteinernde Netzhaut persönlich verantwortlich. «Wen können Sie jetzt als Täter ausschließen?»

Theuer seufzte: «Zwerge, Riesen, Sumoringer und siamesische Zwillinge.»

Nach der Abarbeitung der Formalien und Leidigs galantem und dankbar angenommenem Angebot, die Dame nach Hause zu fahren, war Guttinger schon unter der Tür, als Theuer sie noch einmal ansprach: «Frau Guttinger, was war der dritte Grund, warum Sie sich, wie Sie es ausdrückten, nicht vorgedrängt haben?»

Guttinger schaute nachdenklich. «Es ist schwer in Worte zu fassen. Ich habe als junge Frau erlebt, wie die Russen Berlin eingenommen haben. Bin mit Müh und Not einer Vergewaltigung entgangen – was habe ich Leichen gesehen. Sicher bin ich davon abgestumpft. Trotzdem hätte es mich vor ein paar Jahren sicher noch – oder wieder – ganz schön schockiert, so etwas zu beobachten. Verstehen Sie?»

«Nicht ganz», entgegnete Theuer.

«Überall in der Welt hängen sie Kinder auf, es wird gemordet im Namen der verschiedenen Gottheiten, wenn in Thailand eine große Welle kommt, entdecken die Menschen ihre Menschlichkeit, aber die ganz normale Grausamkeit hat sich kein bisschen gebessert. Ich sage nicht», sie zog ihr rotes Halstuch enger, fast als wolle sie sich strangulieren, «dass es früher besser war, so alt bin ich noch nicht. Aber es ist eben auch nicht besser als früher, und ich erst recht nicht. Es hat mich nicht schockiert, ich dachte, die haben vielleicht Streit miteinander. Alla hopp! Wirft halt der Stärkere den Schwächeren weg. Davon möchte man auch nicht als Erste erzählen.»

«Wir intensivieren die Befragungen, setzen was in die Presse. Wir haben Grund zur Annahme, dass Kohl ermordet wurde – mehr wissen wir nicht.» Theuer musste es sich zugeben. Er wollte einfach nach Hause.

Yildirim nickte. «Aber das hat tatsächlich noch Zeit bis morgen früh.»

Auch Magenreuter schien damit sehr einverstanden.

«Will noch ins Kino», verriet er. «Lange Krieg-der-Sterne-Nacht.»

Theuer dachte, wie sie da so zufrieden plaudernd langsam nach Jacken und Mänteln griffen, an Guttingers dritten Grund. Nein, man wurde wohl mit den Jahren nicht besser.

Haffner fiel die Treppe hinunter, wobei er sich keinerlei Verletzungen zufügte.

«Schade», sagte Senf gemütlich. «Ich würde ihn so gerne pflegen. Ihn pudern und wiegen.»

Brief an wen?

Vielleicht hilft es mir, zu schreiben und einfach so zu tun, als wartetest du zu Hause auf mich, als käme ich irgend-

wann zur Tür herein und du wärst da. Ich hätte nicht gedacht, dass du mir so fehlst, dass ich das jemals tun würde, was ich hier getan habe. Ich bin die Wege gegangen, die du vielleicht gegangen bist, ich habe Menschen ausfindig gemacht, die dir begegnet sind. Und ich habe sie getötet.

I.

Herr Senf, ich habe das Gefühl, dass Sie diese ganzen Scherze nur machen, um vom Eigentlichen abzulenken. Und ich darf Ihnen sagen, dass ich es bevorzugte, wenn Sie mir bei unserem nächsten Händedruck keinen Elektroschock versetzten, das ist bei psychoanalytischen Sitzungen nämlich keineswegs üblich.»

«Es war wirklich nicht böse gemeint … es tut mir leid … Können wir jetzt nicht anfangen?»

«Nun, ich denke, wir sind schon mittendrin! Sie kommen jetzt schon einige Monate zu mir, und in der letzten Stunde haben Sie es geschafft, mir das Trauma Ihrer Kindheit sehr detailliert zu schildern – aber eigenartig emotionslos.»

«Es fällt mir leichter, darüber zu reden, seit ich mich letztes Jahr meinen Kollegen anvertraut habe, anvertrauen musste.»

«Das ist es nicht allein, Herr Senf. Mir scheinen Sie den Kollegen manchmal ein wenig viel zuzutrauen. Nach dem, was ich von Ihnen weiß, haben die doch alle auch massive Probleme?»

«Ich überhöhe die nicht – warum sind Sie so streng mit mir?»

«Ich bin keineswegs streng.»

«Nennen Sie es, wie Sie wollen. Außer den Kollegen habe ich eben niemanden.»

«Das muss nicht so bleiben.»

«Deshalb bin ich hier.»

«Und weil Sie nicht schlafen können.»

«Ja.»

«Und weil Sie sich fürchterlich vor sich selbst ekeln.»

«Ja, zählen Sie doch alles auf! Sie tun das wegen des Elektroschocks, stimmt's?»

«Bestimmt nicht. Ich glaube, dass es Ihnen noch viel schlechter geht, als Sie zuzugeben bereit sind.»

«Das müsste ich doch wissen!»

«Das müssten Sie überhaupt nicht wissen. Was weiß man denn schon über sich. Jetzt schweigen Sie. Ich habe Sie gekränkt? Herr Senf, es ist sehr mutig, sich nach so vielen Jahren auf eine mühsame und teure Analyse einzulassen, wir haben nicht den besten Stand in der Öffentlichkeit, andere Verfahren sind viel angesagter. Ich vergesse das nicht und achte das …»

«Nein, Sie haben mich nicht gekränkt. Aber …»

«Aber?»

«Ich habe das noch nie jemandem gesagt, es gibt noch etwas in meinem Leben, das nicht einmal meine Kollegen wissen.»

«Und was ist das?»

«Ich kann das nicht sagen … Sie haben ja recht, Leidig hat eine Horrormutter, Theuer spinnt, Haffner säuft wie ein Loch, aber … die scheinen noch zu leben! Leidig kann gut schlafen, ich habe ihn neulich gefragt, Haffner kann sogar aufwachen, und Theuer hat eine Freundin und scheint das hinzukriegen … mit einem Menschen zu leben …»

«Nach allem, was Sie mir erzählt haben, könnte das alles von begrenzter Dauer sein … Aber kommen wir jetzt nicht vom Thema ab? Lenken Sie vielleicht selbst ab von dem, über das Sie nicht sprechen können?»

«Wahrscheinlich schon. Ich habe vor vielen Jahren etwas getan, was niemand weiß. Manchmal habe ich das Gefühl, ich weiß es selbst nicht mehr … Etwas Fürchterliches.»

Armins Gedanken schlugen Räder, alberten durch seinen Kopf, verhöhnten ihn, der sie schlaflos betrachtete, als gehörten sie zu einem anderen. Draußen wurde es hell, Frederick und seine Deborah würden in zwei Stunden kommen, übernächtigt vom Flug, er musste wenigstens für ein Frühstück sorgen.

Er stemmte sich aus dem Bett. In der Wohnung oben wurde staubgesaugt, in seiner wäre es auch eine gute Idee. Zwei Zimmer für einen scheiternden Endzwanziger. Danke, großer Bruder, für den Dauerauftrag, in vielfältigem Sinne: Geld, aber mach was aus dir. Raufaser an den Wänden und nur ein Bild, schlecht gerahmt: Ernst Bloch, zu hoch gehängt. Armin ging in den Flur, in Unterwäsche, fröstelnd. Er musste tatsächlich kurz nachdenken, wo der Staubsauger war.

Als die gröbsten Staubflusen beseitigt waren, ging es ihm besser. Er duschte, putzte die Zähne und befand nach einem kontrollierenden Griff ans Kinn, dass die Rasur vom Montag immer noch ihren Zweck erfüllte. Das wenigstens hatte er mit seinem Bruder gemeinsam, kaum Bartwuchs. Er zog sich an und ging in die Küche. Erst dort fiel ihm auf, dass er den ganzen gestrigen Tag nichts gegessen hatte, in der Spüle stand noch der inzwischen trocken-krustige Teller von Mittwochmorgen, und danach war er zweimal in der Mensa gewesen.

Während er spülte, schaute er aus dem Fenster. Ein Eishimmel hing über den kantigen Sozialbauten des Hasenleiser, entvölkert zog sich die Straße Richtung Feld, zwei blaue Autos standen geparkt, exakt gleich in Farbe und Fabrikat.

Und trotzdem am Ende: Es gibt zwischen Geschichte und Natur, bei noch so bedeutsamer Trennung, die übergreifende Einheit dialektischer Gesetzmäßigkeit.

Inzwischen hatten die Polizisten jeden befragt, der auch nur sprechen konnte. Guttingers Aussage blieb das einzige Ergebnis.

Die Rechtsmediziner bestätigten diese weiter, indem sie geringfügige Gewaltspuren feststellten, im Nacken und im Bereich des Hosenbundes.

«Also hat da wohl wirklich einer diese Jammergestalt wie eine Katze in den Fluss geworfen.» Yildirim schüttelte den Kopf. Sie schaute die Papiere durch, gegen Mittag wollte Wernz ihren Rapport.

«Warum ist er eigentlich nicht geschwommen?», fragte Senf.

«Man merkt, dass du diese Stadt noch nicht gut kennst», bellte Haffner und rauchte drauflos, «dass du diese Stadt nicht lesen kannst!»

«Immerhin kann ich Dienstpost lesen», entgegnete Senf gemütlich. «Irgendjemand hat die Flaschenrückgabe in der Kantine durch die versuchsweise Eingabe von drei leeren Rumpullen ruiniert.»

Haffner schaute aus dem Fenster.

«Am Wehr kann man auch als Schwimmer wenig ausrichten», erbarmte sich Yildirim des frechen Karlsruhers.

«Trotzdem, es ist schon wichtig», mischte sich Theuer ein. «Wenn der Täter nicht weiß, ob das Opfer schwimmen kann, lässt das auf eine spontane Aktion rückschließen. Angenommen, Kohl konnte nicht schwimmen – dann schränkt das den Personenkreis ein auf die, die das wussten.»

«Und es könnte auch dann die Variante eins stimmen», ergänzte Haffner ungewohnt präzise.

«Ich fürchte …», fing Leidig an und musste dann kichern.

«Was ist denn?», fragte Theuer irritiert. «Warum lachst du so blöd?»

«Weil ich ja eigentlich immer meine Mutter fürchte.» Leidig brachte sich nur mühsam unter Kontrolle, und Theuer ängstigte sich kurz, diesmal käme der Mörder davon, weil sie einfach alle wahnsinnig würden. «Ich könnte das also immer sagen ... Nein, also. Entschuldigung. Ich fürchte, uns bleibt nichts übrig, als zu warten, ob sich noch Zeugen finden, und in Kohls Umfeld weiter nach irgendeinem Motiv zu stochern.»

«In der RNZ steht morgen nochmal ein Appell ans Volk, alles Erdenkliche auszusagen, vielleicht bringt das ja doch was.» Yildirim griff nach ihrer Jacke. «Wernz hat sich einfach zu gedulden. Ich muss los. Und Johannes, wir brauchen Klopapier.»

«Wie jeder Mensch», sagte der erste Hauptkommissar warm und wirr.

«Nein, unseres ist alle.»

Jetzt erst verstand er.

Haffner sah betrübt aus. «Das will mir nicht in den Kopf. Der Chef mit Klopapier unter dem Arm, das ist doch kein Bild!»

Armin hatte völlig unerwartet einen schönen Tag mit seinem Bruder. Die melancholische Grundstimmung angesichts der schlechten Nachrichten aus Kassel erklärte, dass er nicht allzu strahlend erschien, obwohl er seine Prüfung doch so gut abgelegt hatte. Er hatte gelogen, und die Lüge war ihm leichtgefallen, viel leichter, als sich an die Wahrheit zu erinnern. Vor allem gefiel ihm Deborah. Ihr Deutsch war nahezu akzentfrei, aber für Armin wäre sie auch erfreulich gewesen, hätte sie Kisuaheli gesprochen. Die rote Mähne, die Sommersprossen, grüne Augen, der Hintern, der Busen, beide nicht gerade verborgen unter dem knappen Pulli und der Designerjeans – mindestens den Frauentyp hatte er mit seinem Bruder offensichtlich gemeinsam. Dabei war Deborah herzlich und keineswegs so typisch amerikanisch-oberflächlich, wie er das eigentlich erwartet hatte. Einzig, dass sie Fredericks Freundin war, musste er verdrängen, und einen Abend lang konnte das ja vielleicht auch gelingen.

Nach dem Frühstück hatten sich die beiden zum Schlafen ins Hotel zurückgezogen, am Nachmittag waren dann trotz der wiedergekehrten Kälte Deborah zuliebe Altstadt und Schloss begangen worden. Jetzt, gegen sechs, saßen sie in der Reichskrone, nahe der alten Brücke.

«Also, dann stoßen wir mal an», sagte Frederick und hob sein Weinglas, «auch wenn ihr nur Wasser habt. Ich verstehe, Philosophen brauchen einen klaren Kopf. Und Amerikaner sind eben puritanisch.»

«Vernünftig», sagte Deborah und lächelte. «Auf die bestandene Zwischenprüfung!»

Armin freute sich. Ja, eben. Bestanden. Alles andere ging niemanden etwas an.

Sie aßen, plauderten, Deborah erwies sich dann als doch nicht so puritanisch. Sie rauchte und war begeistert, das endlich einmal wieder in einem Lokal zu dürfen.

«Ich treffe mich um neun noch mit einem Studienkollegen, einem Hämatologen.» Fredericks Miene wurde ernster. «Ich will mit ihm die Ergebnisse besprechen, bevor wir morgen nach Kassel fahren.»

«Willst du nicht mit?», fragte Deborah.

Bevor Armin antworten konnte, meinte Frederick, er könne gut verstehen, wenn sein Bruder ein Wochenende ohne Kasseltour genießen wolle.

Das stimmte nicht ganz, zwei weitere Tage mit Deborah konnte sich Armin durchaus vorstellen.

«Ich bin dir wirklich dankbar, dass du dich so um Mutter kümmerst», sagte Frederick und legte ihm sogar kurz die

Hand auf den Arm. «Und ich finde es beachtlich, dass du dann noch deine Prüfung bestanden hast, so gut bestanden.»

Armin fühlte sich rot werden. Was hatte er noch gesagt? 1 oder 1,5?

«Na ja», sagte er. «Ausreichend gut auf jeden Fall.»

Theuer, Yildirim und Babett aßen zu Abend, allgemein etwas genervt saßen sie da beieinander, obwohl der schwere Ermittler durchaus gerne nochmals begründet hätte, warum sich Papierküchentücher sogar noch besser für Toilettenhygiene eigneten als das «sogenannte» Klopapier.

Immerhin hatte er mit großer Geste das Kochen übernommen und beim langsamen Auftauen des Linseneintopfs keine schweren Fehler gemacht.

«Schmeckt gut», sagte Babett. «Ist ein superspießiges Essen, aber es schmeckt gut.»

«Danke!», sagte Theuer freundlich.

«Babett hat den Eintopf gemacht», ergänzte Yildirim trocken. «Vor drei Wochen.»

«Könnte mich meine Mutter eigentlich noch zurückholen, wenn sie es darauf anlegen würde, meine ich?»

«Ich glaube nicht», sagte Yildirim. «Es sei denn, du wolltest das ...» Statt etwas zu sagen, prustete Babett und rollte die Augen «... aber einer Adoption müsste sie zustimmen. Wenn nicht sogar dein Vater.»

Theuer sah etwas im Gesicht seiner Freundin zucken. Er wusste, dass sie der nur halboffizielle Status ihrer Familie schmerzte. Kurz erwog er, dem mit einem auf der Stelle und hochoffiziell vorgebrachten Heiratsantrag entgegenzuwirken, entschied sich dann aber zu fragen, was man denn nun noch Schönes miteinander machen könne.

«Ich gehe in die Stadt», sagte Babett. «Ich bin mit ein paar aus meiner Klasse verabredet.»

«Du bist fünfzehn», sagte Yildirim. «Du könntest fragen, ob du das darfst.»

«Könnte ich», sagte Babett vergnügt. «Darf ich?»

«Was macht ihr denn in der Stadt?», fragte Theuer mit echtem Interesse, denn er konnte sich diese Kinder und ihre Aktivitäten plötzlich überhaupt nicht vorstellen.

«Weiß nicht», antwortete das Mädchen.

«Aha!»

«Darf ich?»

«Bis zwölf», sagte Yildirim. «Und kein ...»

«Ungeschützter Geschlechtsverkehr?»

«So ähnlich.»

Armin war zu Hause und schaute gelangweilt fern. Frederick wollte später noch einmal kurz vorbeikommen und ihm die Meinung seines Bekannten mitteilen, aber eigentlich interessierte ihn das nicht sonderlich. Das durfte man natürlich nicht sagen, kaum denken. Dann eben nichts denken. Er fühlte sich müde werden, endlich.

Es klingelte.

Theuer und Yildirim liebten sich und zwar in erster Linie, das hatten sie vorher einander zugegeben, weil sie das Fernsehprogramm enttäuschte.

«Und es ist auch noch kostenlos», hauchte Theuer, bevor er mit seiner Atemluft haushalten musste.

Danach lag Yildirim in seinem Arm, und ihr schwarzer Lockenscheitel, kaum zu sehen im nachtdunklen Zimmer, rührte ihn.

«Es würde einiges anstehen, Johannes», sagte sie leise. «Meine Eltern wissen offiziell gar nicht, dass wir zusammen sind. Mein Bruder will dich mal kennenlernen. Ich weiß ...», sie zwickte ihn kichernd in den Bauch, «dass du

Angst vor ihm hast, aber er ist weder Islamist noch Schläger. Manchmal habe ich den Eindruck, du hast ein etwas belastetes Bild von den türkischstämmigen Bürgern der Bundesrepublik.»

«Aber nicht doch!», sagte Theuer. «Aber woher denn!» Dann dachte er an die Situation beim Abendessen – Yildirims kaum gezeigter Schmerz und sein plötzlicher Heiratsimpuls. Eigentlich hatten sie davon schon nach dem vorletzten Fall gesprochen und es dann einfach wieder gelassen – so, als sei das Zusammenziehen der vernünftige Ersatz.

Er hatte aber in Wirklichkeit vor gleich mehreren Dingen Angst: Erstens vor dem Heiraten an sich. Er wäre ja dann qua definitionem wohl kein Witwer mehr, eine Ausrede weniger, um dumme Possen zu treiben, ja, er alter Sack hätte eine ziemlich junge, ziemlich hübsche, ziemlich exotische Frau, sogar mit der heranwachsenden und zunehmend schlauen Babett, die mittlerweile ebenfalls ziemlich hübsch wurde, eine späte Familie, die er absolut nicht verdiente, dessen war er sich fast tragisch sicher. Dass die Frauen es merken würden und ihn verstießen, dass alles nur ein Traum war, den er noch nicht einmal richtig träumte, den er verdöste.

«Gehen wir in die Stadt», sagte er plötzlich aufgeregt. «Komm. Was die Jungen können, können wir auch!»

«Ich bin jung!»

«Komm, wir gehen!»

«Jung und nackt! Wohin denn überhaupt?»

«Ich weiß nicht», sagte Theuer. «Irgendwohin, wo es warm ist. Weil du ja nackt bist!»

Es war Deborah.

«Stell dir das mal vor.» Schnell erklomm sie die wenigen Stufen zu seiner Wohnung. «Ich stehe eingeseift unter der

Dusche und will danach nur noch ins Bett, da fällt im ganzen Hotel das Wasser aus. Pumpe kaputt!»

«Das ist bei eurem Hotel aber ungewöhnlich», stammelte Armin, damit beschäftigt, seine Freude über diesen Besuch nicht allzu deutlich zu zeigen. «Komm rein.»

«Ja, teuer genug ist es, aber das kann ja mal passieren. Und in zwei Stunden soll auch wieder alles funktionieren. Ich habe nur so eine furchtbar empfindliche Haut. Wenn ich die Seife nicht bald abwasche, sehe ich aus wie eine Erdbeere.»

«Dann willst du bei mir duschen?», fragte Armin.

«Es wäre nett, ja.» Deborah lächelte. «Ich dachte, Frederick kommt ja nachher sowieso zu dir, und dann kann ich einfach auf ihn warten. Gut, dass ich deine Adresse behalten habe.»

«Ja …» Armin schloss endlich die Wohnungstür. «Ich hol dir ein Handtuch.»

Fahrig griff er in den Schrank und nahm das größte Handtuch, das er besaß, aus dem Stapel, vielleicht würde sie sich das danach so umschlingen wie in den amerikanischen Filmen. Als er wieder in den Flur trat, hatte sich Deborah schon bis auf die Unterwäsche ausgezogen und rieb sich grimassierend die Arme.

«Es fängt schon an zu jucken, du bist ein Schatz!» Ehe er sich's versah, hatte sie ihn auf die Wange geküsst, beinahe hätte er sich am Türrahmen festhalten müssen.

«Die Badezimmertür klemmt ein bisschen», hörte er sich sagen. «Manchmal. Lehn sie am besten nur an.»

«Okay.»

Er blieb im Flur stehen, hörte, wie sie den Slip abstreifte, glaubte sogar, das Öffnen des BHs zu belauschen.

«Ich habe gedacht, ihr habt schon heute Mittag geduscht.» Sofort ärgerte er sich über seinen Satz. Was erwähnte er Frederick, und was unterstellte er ihr mangelnde Hygiene!

«Haben wir auch. Aber du weißt doch, wir Amerikaner duschen uns ständig.»

Jetzt hörte er das Wasser rauschen, dahinter ihr befreites Seufzen. «Gott sei Dank. Jetzt geht es besser.»

Sie saßen auf dem Sofa, leider war sein Badelakentraum nicht in Erfüllung gegangen, aber auch angezogen gefiel ihm Deborah immer besser. Sie roch frisch, in den Haaren glitzerte noch die Feuchtigkeit der Dusche, lässig hatte sie die Beine auf seinen niederen und – wie er erstmals so richtig feststellte – hässlichen Glastisch gelegt.

Er hatte aufgeregt alles Mögliche angeboten, um dann festzustellen, dass er das meiste gar nicht im Haus hatte, und zeigte ein gerade noch glaubhaftes Rieseninteresse an der Arbeit einer Lehrerin für Deutsch als Fremdsprache. Mit der Jüdin war er gar nicht so falschgelegen. Deborahs Vater entstammte tatsächlich einer deutsch-jüdischen Familie, aber die Mutter war Katholikin mit irischen Vorfahren. (Sommersprossen, rote Haare, grüne Augen – natürlich ...) Sie hatte dann auch einige Jahre in Berlin studiert, sogar bei einem deutschen Film als Komparsin mitgewirkt, und sie hatte schöne Hände.

«Hallo?»

«Oh!» Armin wurde rot. «Entschuldigung, ich war einen Moment ...»

«Bei der interessantesten Frage. Aber ich wiederhole gerne: Hast du denn eine Freundin?»

Armin fühlte es kalt werden. «Nein. Ich habe da nicht die Hand dafür ...»

«Die Hand ist auch nicht so wichtig.» Sie zwinkerte ihm zu. Allmählich glaubte Armin sich das Unvorstellbare wenigstens ein bisschen vorstellen zu dürfen. Hoffentlich kam Frederick noch nicht so bald. «Darf ich rauchen? Ich kann rausgehen. Hast du einen Balkon?»

«Mich stört es überhaupt nicht, wenn du rauchst.» War das zu hastig gekommen?

«Wenn du mir meine Handtasche gibst, da sind die Zigaretten. Und einen Aschenbecher ...»

Armin war schon draußen, eine Tasse als Aschenbecherersatz, die Handtasche, unwillkürlich roch er an ihr: Leder, Parfüm.

Obwohl wegen des Mordes sicher kein arbeitsfreies Wochenende anstand, benahmen sich Theuer und Yildirim wenigstens als-ob. Sie saßen (bekleidet) im Café Vilar am Fenster, betrachteten das rege Leben der Hauptstraße, tranken Rotwein und knabberten Oliven.

«Warum wolltest du unbedingt in die Stadt? Willst du mir einen Heiratsantrag machen?» Yildirim versuchte sich eine Olive in den lasziv geöffneten Mund zu werfen und traf die Stechpalme nebenan.

«Genau», sagte Theuer entwaffnet. «Das wollte ich wirklich.»

Sie lächelte, eigentlich genauso wie nach der Siegesfeier im Turner-Fall von der Treppe aus, warum fiel ihm die ein, Haffner hatte ... genau ... und überhaupt, ein Mord war bitte schön aufzuklären ...

«Und wenn ich ja sage?»

Er stöhnte und sagte: «Aber erst, wenn ich in Rente bin, nächstes Jahr. Wenn wir nicht mehr zusammenarbeiten. Dann aber bestimmt. Sogar im Mai.» Eigentlich war er sich sicher, damit die Stimmung vernichtet zu haben.

«Okay, Theuer.» Wahrhaftig. «Im Mai 2006. Komm, wir stoßen an.»

«Wir behalten aber vielleicht jeweils unsere Nachnamen?», fragte er, nun von der eigenen Courage doch wieder ziemlich geplättet.

«Na ja, Bahar Theuer klingt blöd», lachte die Anklägerin, «aber Johannes Yildirim? Klingt doch gut! Nein, keine Angst. Wir können die Namen gerne behalten. Aber nur, wenn du mich immer so klasse vögelst wie heute.»

«Nicht so laut.» Erschrocken schaute Theuer sich um. Es war nicht zu leugnen, seine Freundin hatte einen Schwips – kamen Lebensentscheidungen so zustande? Der Ermittler befand: in aller Regel ja.

«Der vögelt gut!», rief Yildirim nun und deutete auf ihn.

«Nicht doch!»

«Der vögelt spitze, auch wenn er nicht danach aussieht!!»

«Pssst.»

«DER KANN GUT VÖÖÖÖÖÖÖÖÖÖÖGELN!!!»

Dabei war er einfach mal nicht eingeschlafen. Was für eine genügsame Frau er gewählt hatte. Der Kommissar schämte und freute sich.

«Weißt du, Armin», Deborah saß jetzt mit angezogenen Beinen neben ihm auf dem Bettsofa, fast berührten ihre Füße sein rechtes Bein, «vielleicht merkst du einfach nicht, wenn du einer Frau gefällst.» Er schaute zu ihr, in ihre Augen, sie schaute nicht weg, und das musste etwas bedeuten, jetzt schaute sie weg, aber das war später, als man das, wenn man … «Krieg ich einen Zug?»

«Rauchst du?»

«Manchmal.» Gelogen.

«Klar», sie beugte sich zu ihm, nahm die Zigarette aus dem Mund, und er küsste sie. Verschreckt wich sie zurück.

«Hey, das war kein Zug!»

Armin rauschte das Blut in den Ohren.

«Ich gehe jetzt. Ruf mir ein Taxi.»

«Nein, ich ...»

Aber sie war schon aufgesprungen, er wollte sie festhalten, griff viel zu fest zu.

«Du tust mir weh! Spinnst du denn?»

Stammeln, sich entschuldigen, es klingelt, ich mach auf, natürlich, entschuldigen ...

Armin schaute nicht auf, auch so spürte er Fredericks Blick auf sich gerichtet.

«Du hast gedacht, meine Freundin steht auf dich? Du?»

«Es ... es tut mir leid. Ich bin immer noch durcheinander. Die Prüfung ist doch nicht so gut gelaufen ...»

Er hörte, wie Frederick ans Fenster trat, schaute aber trotzdem nicht auf. «Die lief gar nicht gut. Ich habe gelogen.»

«Das habe ich mir gleich gedacht.» Die Stimme des Bruders klang hart. «Du hast noch nie etwas gut gemacht, wenn ich das mal so unschön sagen darf. Jetzt ist es dir peinlich», missdeutete Frederick seinen offensichtlich dunkelroten Kopf. «Feiner Bruder.»

«Es tut mir leid.»

«Ja. Gut. Ich gehe jetzt. Das Taxi und Deborah warten. Unser Flug ist am Montag. Wir fänden es besser, wenn wir dich am Sonntag nicht mehr träfen. Halte mich wegen Mama bitte trotzdem auf dem Laufenden.» Frederick stand schon an der Tür, dann drehte er sich nochmal um. «Du hast übrigens einen schrecklichen Mundgeruch. Das wäre vielleicht mal das Erste, was man ändern könnte, das musst du doch wissen.»

Armin zitterten die Knie. «Es gibt niemanden, der mir so etwas sagen könnte», sagte er leise, aber Frederick war schon gegangen.

Spät, dieselbe Nacht. Armin hatte sich den Rachen wund gegurgelt und das Zahnfleisch blutig geputzt. Hatte sich ans Fenster gesetzt. War aufgestanden und in die Stadt gegangen, ganz so, als sei er ferngesteuert, eben kein tätiges Subjekt, die lebende Widerlegung seiner selbst.

Es wäre die klassische Nacht gewesen, sich zu betrinken, aber er hasste Alkohol. Was tat er hier? Was sollte das?

Er verlangsamte seinen Schritt und machte sich zumindest klar, wo er war: die Hauptstraße. Er blieb stehen und schaute sich in einer Schaufensterscheibe an. Ganz normal. Siebenundzwanzig Jahre. Vier hoffnungslose Semester Medizin, acht in Philosophie, erst Haupt-, dann Nebenfach. Gescheitert.

Er spürte sich innerlich zerfallen, in einzelne sinnlose Gruppen von Gefühlen, in etwas, das vielfältig zuckte, aber sich im Chaos gegenseitig aufhob und lähmte. Jetzt erst erschrak er, dass er offensichtlich, ohne zu denken, ohne zu wissen, warum, ja ohne sich auch nur genau zu erinnern, wie er überhaupt hierhergekommen war, bis zum Marktplatz gelaufen war. Er schaute auf die Uhr. Es war ein Uhr nachts, von Rohrbach bis hierher musste er eine Stunde gebraucht haben, diese Stunde war weg. Ein Gefühl zog ihn wieder zusammen, angelte sich Stück für Stück sein wie Strandgut verstreutes Ich: Hass.

«Dich habe ich ja noch nie in der Stadt gesehen! Und dann um diese Zeit!»

Armin fuhr herum. Er kannte den Namen des Kommilitonen nicht.

«Hast du dich wieder beruhigt?»

«Weshalb?»

«Na, die Zwischenprüfung! Ich habe dich doch rauskommen sehen. Pittus hat noch den Kopf geschüttelt, als ich mein Thesenpapier hingelegt hab.»

«Das kann sein», sagte Armin. «Ich habe mich eben gewehrt. Und bei dir?»

«Super! Glatte Eins.»

Armin schaute ihn an. «Ihn». Wie machten es die anderen nur, dass sie sich mit Namen kannten? «Er» sah jedenfalls gut aus. «Er» war in allen Seminaren, die sie gemeinsam besucht hatten, brillant gewesen, und die Mädchen lagen ihm sicherlich zu Füßen – der südländische Typ, der, allen Emanzipationsparolen zum Trotz, bei Frauen ja doch am besten ankam. Gel im Haar, ein paar freche Fransen in der Stirn.

«Ich wette, du hast dasselbe Ziel wie ich», grinste der Schöne.

«Wieso?»

«Na, die Theologenfete! Da geht's doch ab eins erst richtig los.»

«Nein, ich bin nur so unterwegs.» Armin blieb stehen. «Ist sie hübsch, deine Freundin?»

Auch der andere blieb stehen und musterte ihn irritiert. «Ja, klar. Sie ist hübsch. Aber die Frage ist ein bisschen blöde, oder?»

«Klar. Eine blöde Frage», hörte sich Armin sagen. «Du stinkst nach Alkohol», sagte er. «Das darf man anscheinend, aber wenn man nichts dafür kann, Mundgeruch zum Beispiel, das ist dann …»

«Hey, du spinnst, lass mich in Ruhe.»

«Das ist eben so. Ein Gesetz. Aber auch der Lauf der Gesetze kann als etwas an sich Fälschliches betrachtet und so übersteigert werden.»

«Du liebe Zeit.» Kopfschütteln. Wer erlaubte eigentlich der Menschheit, immer gerade bei ihm so eselhaft den Kopf zu schwenken?

«Du bist das.»

«Was, wer?»

«Der Blochjünger. Der Zitate seines Meisters herbeten kann. Alle aus demselben Dreißig-Seiten-Aufsatz.»

«Das noch nicht Gewordene ist nicht dein Thema, für dich ist alles schon da. Für dich ist die Welt so in Ordnung …»

«Lass dein Marx-Geschwätz, verpiss dich.»

«Aber klar! So einer wie ich muss sich verpissen, so einer wie du …»

«Lass mich los. Du bist eine Lachnummer!»

Armin blieb stehen und fühlte die Kälte wie eine stählerne Haut. Der andere ging weiter. Armin orientierte sich erst jetzt wieder, der Marktplatz links, Kornmarkt rechts, vor ihm ein Haufen loser Pflastersteine. Er griff sich den nächstbesten Stein und rannte los.

Recht albern beglichen Yildirim und Theuer ihre beachtliche Rechnung, unter anderem davon amüsiert, dass die Bedienung irgendwelche Andeutungen machte, wenn man sich so benehme, könnte man auch die Polizei holen.

Als sie ins Freie traten, bemerkten sie in der Nähe des Rathauses einen Menschenauflauf. Leute fassten sich an den Kopf, andere zogen ihre Handys, wieder andere kauerten am Boden, es sah nach versuchter Erster Hilfe aus. Etwas wurde gerufen. Theuer wollte es nicht verstehen. Aber es war das böse Wort:

«Polizei!»

Und dann noch:

«Der ist tot!»

«Totgeschlagen!»

«Zweiter Mord?», fragte Yildirim leise.

Armin rannte, flog und wusste nicht, woher er die Kräfte nahm, Karlsplatz, Haus Buhl, Herrenmühle.

Ich fühle mich wie der junge Cromwell.

Das hatte er doch auch irgendwann gesagt, der Große.

Karlstor, Karlstorbahnhof und weiter. Man musste ihn gesehen haben, man würde ihn kriegen, er würde ins Gefängnis kommen. Es war ihm egal. Rechts ging es hoch, also hoch. Das war zu steil, das kann man nicht im Laufschritt. Aber das kann man sehr wohl.

Erst auf Höhe des Schloss-Wolfsbrunnenwegs brach er zusammen. Keuchend, nassgeschwitzt.

Die noble Wohnstraße lag vollkommen ruhig da. In keiner der Villen brannte Licht, nur ein fast voller Mond thronte über dem Wald, in der Stadt war ihm der gar nicht aufgefallen.

Armin fühlte eine grenzenlose Freiheit.

In seinem Leben gab es jetzt ein Davor und Danach.

Seine Blochleidenschaft kam ihm auf einmal lächerlich vor. Und wenn nicht lächerlich, so doch zumindest unreif, die Vorstufe dessen, was er jetzt war.

Ich brauche die Großen nicht mehr. Der junge Cromwell passt ganz gut. Ich werde sie auseinandernehmen, werde ihre Ordnung zerstören. Ich bin der junge Cromwell.

Langsam ging er Richtung Stadt zurück. Etwas raschelte in den Bäumen, aber er hatte keine Angst mehr. Im Gegenteil, in der Finsternis, Kälte und Gefahr fühlte er sich endlich zu Hause angekommen.

Erschöpft, mit zitternden Knien, erreichte er das Schlossgelände. Ein seltsames Lichtspiel in der Stadt war so eben wahrzunehmen, auf einem dünnen Nebel schien etwas rhythmisch projiziert – Blaulicht. Er lächelte.

Er ging weiter durch den Park, da erst fiel ihm auf, dass er den Stein noch in der Hand hielt, den schweren Pflasterstein. Er betrachtete ihn: Blut, ein paar Haare. Dann warf er ihn in den Schlossgraben. Der Aufschlag des Steines wiederholte ihm noch einmal das Geräusch vorhin, das Knacken, das offensichtlich der Schädelknochen des ehemals Schönen gewesen war.

Er suchte nach Reue, Bedauern und merkte gleich, dass er das nicht durfte, wenn er das bleiben wollte, was er nun war: der junge Cromwell.

Über den Graimbergweg wieder hoch in den Wald, dort die vertrauten Wege bis ans Ende der Weststadt. Dann die Rohrbacherstraße queren, die Römerstraße, im Bosseldorn, Wege durchs Feld, hinten vorbei bei den Amis, dem ein oder anderen Puff. Drei Uhr.

Armin war zu Hause. Er stand im Flur. Der Kühlschrank brummte in der Küche, der Anrufbeantworter blinkte.

Frederick: «Hör zu. Wir wissen, dass du das nicht böse gemeint hast. Ich habe Debbi schon oft gesagt, dass sie mit ihrer offenen Art gerade in Deutschland missverstanden werden kann …» Es raschelte in der Leitung, Deborah nahm den Hörer. «Also, von meiner Seite können wir das vergessen. Vielleicht reicht es ja doch am Sonntag noch und wenn nicht, dann eben das nächste Mal. Hoffen wir, dass es keine zu traurige Gelegenheit ist … Also, mach's gut. Bye.»

Das hätte dir einfallen können, bevor du mich rattenscharf gemacht hast.

Die Nächste würde eine Frau sein.

Er hängte das Porträt Blochs ab und legte es in die unterste Schublade seiner Wäschekommode.

Es kann ein Zufall sein.» Theuer war schlecht vor Müdigkeit. Yildirim erschien ebenfalls einigermaßen zerstört. Nur Haffner sah noch schlimmer aus, aber das war man ja gewohnt.

«Jemand erschlägt einen Studenten, einen Tag vorher wird einer ins Wasser geschmissen. Das scheint mir nicht auf den gleichen Täter hinzudeuten.»

«Und warum nicht?» Selbst Magenreuter schien seltsam blass.

«Keine Ähnlichkeit beim Modus Operandi», sagte Leidig. «Aber andererseits ist das nach nur zwei Delikten noch nicht so recht festzustellen.»

«Nur zwei!»

«Du weißt, wie ich das meine.»

«Der Vollständigkeit halber: Was meinen Sie, Haffner? Und lassen Sie wenigstens mal kurz Luft rein. Ich kann Sie kaum noch erkennen.»

«Klar, Dr. Magenreuter, weil wir ja auch keine anderen Probleme haben.» Widerwillig kippte Haffner ein Fenster. In der Tat war sein Schreibtisch beinahe hinter Rauchschwaden verschwunden. «Ich bin mir sicher, dass der Täter ein Student ist. Wer hat bitte schön Zeit, frühmorgens und spätabends durch die Stadt zu spazieren, wenn nicht einer von diesem faulen Pack!»

«Danke!» Magenreuter fixierte zwanghaft eine der vier Neonröhren. «Ich wusste, das bringt uns weiter. Ihr sozusagen nüchterner Blick auf die Dinge.»

«Apropos nüchtern», frech nahm Haffner einen Schluck Sambuca direkt aus der Flasche.

«Morgenkaffee», sagte er in Senfs Richtung, der anerkennend nickte. In die Runde: «Ist nämlich Kaffeelikör!»

«Ich denke, wir haben es alle verstanden», sagte Yildirim.

«Der Tote heißt Frank Engelbrecht, Erstwohnsitz in Kaiserslautern.» Senf kniff die Augen zusammen. «Die Familie ist verständigt. Studierte Philosophie und Mathematik. Adresse in Neuenheim in einem kirchlichen Wohnheim, war wohl sehr beliebt.»

«Und es ist noch was in Sachen Kohl rausgekommen», mischte sich Leidig ein. «Ich kriege es gerade als Mail … Da schau hin.»

«Warum haben wir eigentlich Licht an?», wimmerte Theuer. «Es ist doch hell!»

«Es war dunkel, als wir kamen.» Yildirim klang etwas spitz. «Weil es Nacht war», ergänzte Haffner.

«Ich gehe dann mal», sagte Magenreuter. «Wenn Sie etwas erfahren, informieren Sie mich bitte. Wenn Sie einfach nur dummes Zeug reden, informieren Sie mich bitte, bitte nicht. Man hat mich gewarnt. Man hat mich vor Heidelberg gewarnt.»

Nachdem der Polizeidirektor leicht hinkend den Raum verlassen hatte, schloss Haffner das Fenster sofort wieder.

«Entschuldigung.» Theuer riss sich zusammen. «Weiter, Leidig.»

«Es gibt so ein Heft: ‹Alumni-Worldwide›, das bringt die Uni zweimal im Jahr heraus, geht ausschließlich an ehemalige Studenten im Ausland, deswegen haben wir da auch nichts davon mitgekriegt. Da hat einer im Januar eine Geschichte über den Turner-Fall gebracht, von dem ist auch die Mail. Der will herausgefunden haben, dass die Fälschung, also das Bild, dass das verschwunden ist …»

Theuer schaute verblüfft auf: «Stimmt das?»

«Ich weiß nicht …» Leidig runzelte die Stirn. «Aber ich geh dem mal nach. Der Verfasser schickt mir auch ein Exemplar des Heftes. Der Zugriff damals war in Mannheim, die Kollegen müssten …»

«Dann ist es bestimmt weg, die Mannheimer sind so blöd und nehmen das als Arschwische, hoppla, hab nur noch zehn Zigaretten …»

«Und was hat das mit Kohl zu tun?», fragte Senf.

«Kohl kannte Willy, also den Fälscher des Bildes … er

gibt sozusagen ein Interview, nach allem, was wir über ihn wissen, dürfte er ziemlich dick aufgetragen haben …»

«Und deshalb kommt irgendein Gelehrter aus Usbekistan und bringt ihn um!», höhnte Haffner.

Theuer war sich nicht so sicher, ob das Heft wichtig oder unwichtig war. Er war sich aber auch nicht so sicher, ob Deutschland bei der WM im nächsten Jahr wirklich sofort rausfliegen würde, wie alle behaupteten. Er war sich momentan auch nicht so sicher, worin nochmal genau der Unterschied zwischen Mann und Frau bestand und ob das gut war, dass er die alte, speckige Lederjacke nicht mehr allzu oft trug, nur weil Babett gesagt hatte, er sehe in ihr wie eine altersschwache Robbe aus.

Seine Gedanken flogen hin und her, er war müde.

«Ich weiß noch nicht einmal», brachte er mühsam heraus, «ob wir den Fall haben. Als Team. Magenreuter hat die Teams ja aufgelöst.»

«Außer uns», rief Haffner stolz.

«Richtig», bestätigte Theuer, «damit, Zitat: ‹Der Tumor nicht streut.›»

«Wir haben den Fall nicht», sagte Senf. «Es gibt ganz klassisch eine Soko. Hat er doch vorhin rumgeschickt.»

Theuer hatte die Mail nicht gelesen – eigentlich sehr unprofessionell. Haffner auch nicht. Leidig? Gut, der hatte da die Sache mit dem Alumni-Heft, aber, na ja. Vielleicht stimmte das mit dem Tumor doch.

«Und wer leitet die Soko?», hörte sich Theuer verzagt fragen.

«Er.»

«Darauf muss man einen heben», stöhnte Haffner und griff in die Brusttasche. Den kleinen blitzenden Flachmann, den gab es also auch noch. Das war ja gut. Das war ja immerhin etwas.

Armin ging in eine der Telefonzellen am Seiteneingang des Bahnhofs und wählte die 110.

«Polizeidirektion Mitte.»

Theuer drückte erneut auf den Startbutton der Audiodatei.

«Ich war das, beide Male. Ich bin der junge Cromwell. Und ich mache weiter. Bald. Es wird eine Frau sein.»

«Deutscher, zumindest hier aufgewachsen, zwischen zwanzig und dreißig, würde ich sagen.» Wie immer, wenn es hoch herging, durfte Leidig Haffners Zigaretten rauchen.

«Student, ich hab's ja gesagt», brummte der edle Spender. «Wer benutzt sonst solche verrückten Fremdwörter? Und hat um diese Zeit die Muße, dumm herumzutelefonieren?»

«Es ist Samstag, und Cromwell ist ein Name.» Senf klang für seine Verhältnisse fast aggressiv. Ein paar Mausklicks später: «Da, in Wikipedia, ich erklär dir nachher, was das ist, ein Getränk schon mal nicht.»

«Schade.»

«Also, es gab verschiedene Cromwells, aber Oliver Cromwell ist der bekannteste. Hat den König abgesetzt und eine Art Militärdiktatur errichtet, Anfang, Mitte des 17. Jahrhunderts …»

«Ein Rebell», nickte Theuer. «Wer ist der abgesetzte König?»

«Und wenn es einfach nur ein Wichtigtuer war?» Yildirim fasste sich ans Ohr, der Tinnitus bedankte sich für eine schlaflose Nacht.

«Wir müssen grundsätzlich so tun, als wäre es keiner», entschied Theuer. «Mein Gott, weitermachen will er, das wird eine Nummer zu groß …»

«Was wird zu groß?», fragte Leidig ungewohnt forsch.

«Wenn es eine echte Mordserie geben sollte, drei, vier, fünf Opfer.» Theuer spürte eine Migräne nahen. «Scheiße.»

«Ich glaube, das Alumni vergessen wir mal …»

«Nicht so schnell, Leidig, wir müssen allem nachgehen!»

Nach dem Semester leerten sich die Wohnheime, aber die ausländischen Studenten blieben oft noch länger da.

«Studentenwohnheim Klausenpfad. Hier spricht der junge Cromwell.» Jetzt würden sie suchen, such, such, such, Polizei!

Theuer drückte sich normalerweise davor, aber diesmal schaute er die Leiche an. Eine kleine Frau, hätte man nicht gewusst, dass sie studiert hatte, hätte man sie für ein Kind halten können.

Ihr PC war an, er hatte eine Nachricht hinterlassen:

Der junge Cromwell macht es jedes Mal anders.
Der junge Cromwell erfindet sich jeden Tag neu.
Der junge Cromwell macht Ernst mit der Freiheit.

«Diese Drecksau», sagte Haffner ohne Stimme. «Dreht einer Unschuldigen die Gurgel um, damit er seinen Spruch auf dem Monitor hinterlassen kann.»

Auch Theuer konnte kaum sprechen, kaum auch nur denken, musste nur die fürchterlichen Würgemale anschauen. Schließlich, nach einigem Räuspern, ging es: «Das ist sein Modus Operandi, da steht es …» Seine Hand zitterte, als er auf den Monitor deutete. «‹Der junge Cromwell macht es jedes Mal anders …› Er will eine Serie hinlegen, und zwar ganz schön schnell. Was sagt uns das über ihn?»

Leidig hielt sich den Magen: «Er ist wahrscheinlich intelligent, will die Planlosigkeit zum Prinzip erheben und dadurch originell sein. Hat ein paar Krimis gesehen. Aber er fängt erst an. Er übt noch.»

«Und er ist verrückt», sagte Senf. Der Karlsruher sah grün aus. «Aber nicht zu verrückt, um aufzupassen. Er kann sich in einem Studentenwohnheim bewegen, ohne aufzufallen.»

Theuer schaute zu Haffner: «Mensch Thomas, das ist vielleicht mein letzter Fall mit euch, und endlich hast du vielleicht recht. Der Täter könnte ein Student sein.»

Jemand von den vielen in weißen Raumanzügen trat zu ihnen.

«Er hat Handschuhe getragen, Fingerabdrücke haben wir keine. Ein paar Haare sind wohl zu sichern, die nicht von der Toten stammen. Aber es ist ein Wohnheim – da ist viel Kommen und Gehen.»

Als Theuer wieder im Revier war, konnte er nichts mehr sehen. Eine riesige pulsierende Aura durchflutete sein Gesichtsfeld. Die Hälfte der Welt war weg, noch nicht einmal zu erinnern. Noch nie hatte er in diesem Zustand weitergearbeitet, es ging eigentlich auch gar nicht, aber er musste.

«Warum dreht ein Student durch?» Er hörte selbst, wie verwaschen er sprach. Wenn nur der metallene Geschmack nicht wäre, der seinen Mund ausfüllte, als lutschte er an einer Batterie.

«Das Semester ist vorbei», hörte er Senf sagen. Was hieß denn noch einmal vorbei? Ach ja, vorüber. Was war vorüber? Das Ganze hier war nicht vorüber. «Vielleicht einer, der bei einer Prüfung durchgefallen ist?»

«Wie viele Studenten gibt es in Heidelberg?»

Theuer erkannte die Stimme nicht gleich, aber doch, es war Magenreuter. Plötzlich merkte er, dass die Migräne nun die Regie übernahm. Rechts stand der Papierkorb, er erwischte ihn und erbrach sich.

Kaum hatte er die letzten Husten- und Würgekrämpfe bezwungen, sagte er: «30 000.»

Es war schon Montagabend, der Tag war in hektischer Betriebsamkeit vergangen. Zahllose Beobachtungen eifriger Mitbürger galt es zu überprüfen, beziehungsweise überprüfen zu lassen. Theuer musste zugeben – der Wegfall der Teamstrukturen brachte auch manche Erleichterung mit sich.

So war es doch komfortabel, durch einen Streifenkollegen namens Schmoll zu erfahren, dass der Herr Spitz aus Neckarhausen, der «alles» gesehen haben wollte, leider ans Bett gefesselt war, was so tragisch dann auch wieder nicht erschien, wenn man sich klarmachte, dass 102 schon ein ganz beachtliches Alter war.

Irgendwann war Theuer der Letzte im Büro. Er hatte nur seine Schreibtischlampe an, genoss die Dunkelheit und das letzte bisschen bläuliches Licht in den Straßen. Wenn es schon keine ruhige Zeit geben würde, so galt es doch wenigstens die Illusion von Ruhe eine Zeit lang aufrechtzuerhalten.

Was war überhaupt Zeit? Theuer sah als inneres Bild einen kantigen Metallblock in einem leeren Universum schweben.

«Zeit ist Bewegung im Raum», sagte er überraschend laut.

«Und knapp», ergänzte Magenreuter. Theuer hatte ihn nicht hereinkommen hören, war aber ausnahmsweise nicht beschämt, sondern eher angetan, den neuen Chef mit einem so schlauen Satz empfangen zu haben.

«Sie sollten nach Hause gehen», sagte Magenreuter und setzte sich auf einen sinnlos gegenüber positionierten Stuhl. (Theuer musste dringend klären, wie es zu diesem Stuhl gekommen war …) «Im Moment tut sich nichts.» Der Polizeidirektor entnahm seiner Jacke zu Theuers Verblüffung eine Schachtel HB.

«Wollen Sie?»

Der schwere Ermittler nickte.

«Meine erste Schachtel seit 376 Tagen.» Magenreuter zuckte mit den Schultern. «Ich habe meiner Willensstärke nicht getraut. Zwölf Monate lang. Da ist es fast angenehmer, einfach in aller Ruhe zu versagen.»

«Das kenne ich.»

«Nur, beim jungen Cromwell dürfen wir nicht versagen.»

«Klar.» Theuer seufzte. «Ehrlich gesagt habe ich gehofft, von so etwas in meinem letzten Jahr verschont zu bleiben.»

«Ehrlich gesagt habe ich das auch gehofft.» Es war zu dunkel, um Magenreuters Miene zu deuten.

Theuer entschied sich, aus Bequemlichkeit nicht beleidigt zu sein.

«Was meinen Sie?», fragte Magenreuter. «Wie geht es weiter?»

Theuer sah zur Decke, die man eigentlich nicht mehr sehen konnte: «Ich würde tippen, dass er stillhält, wie lange, weiß ich nicht. Die drei Taten waren ja eher ein Amoklauf als eine Serie. Wenn sein Geschreibe auf dem PC nicht wäre, könnte ich mir sogar vorstellen, dass er aufhört. So, wie es aussieht, hat er das aber nicht vor. Jetzt ist er wahrscheinlich ziemlich leer, aber das bleibt wohl nicht so.»

«Ich glaube sogar», Magenreuter unterdrückte ein Gähnen, «er hat das geschrieben, um sich sozusagen selbst zu verpflichten weiterzumachen. Nach allem, was ich weiß, treten Serienkiller im Allgemeinen nicht so früh mit der Polizei in Kontakt.»

«Könnte sein», sagte Theuer. «Aber ich weiß zu wenig über solche Leute.»

«Ich auch.» Magenreuter schlug sich auf die Schenkel. «Das war immer die Stelle, wo die Ausbilder sagten, dass es in Deutschland schon nicht so weit kommen wird wie in

Amerika. Wir bräuchten einen Profiler, einen, der sich in so einen hineindenken kann. Mir fällt das schwer.»

Theuer musste lachen.

«Warum lachen Sie?»

«Weil ich so etwas eigentlich ganz gut kann. Wenn ich heute Polizist würde, wäre das wahrscheinlich meine Richtung. Mein Problem waren immer die ...»

«Vorschriften?» Magenreuter klang ironisch.

«Nein!» Theuer wurde fast laut. «Auch, aber trotzdem nein, sondern ... die scheinbar logischen und vernünftigen Abläufe, die eigentlich total ... verrückt sind. Außerdem bin ich faul.»

Der Polizeidirektor seufzte. «Sie werden es nicht glauben, aber ich finde auch, dass Sie da Talente haben. Und ich finde auch, dass Sie faul sind.»

Sie schwiegen. Durch die isolierten Scheiben drang dezent der Straßenlärm. Theuer überlegte, ob er in Pension stricken lernen sollte, konnte hierzu keinen Standpunkt einnehmen, fragte stattdessen:

«Was ist unsere Funktion bei diesem Fall?»

«Sie sollen ihn fassen.»

«Nein, ich meine, Sie haben die Teamstrukturen aufgelöst. Aber wir vier sitzen zusammen in unserem Büro, als wäre nichts geschehen, kriegen Anrufe, Mails ...»

Magenreuter rieb sich die Stirn. «Ehrlich gesagt lasse ich Ihnen ziemlich freie Hand. Ihr Team, wobei es mir immer noch schwerfällt, für Ihre Gruppe ein so schnittiges Wort zu verwenden ... Na ja, wenn Sie gemacht haben, wie Sie wollten, waren Sie immer noch am besten.»

«Danke.»

«Ich weiß noch nicht einmal, ob Sie sich hier duzen oder siezen! Speziell auch Frau Yildirim, ist sie mit den Kollegen per Du?»

«Das wechselt. Sie haben mal damit angefangen und es dann wieder bleibenlassen, ich weiß es auch nicht …»

Magenreuter stand auf. «In diese Richtung gehen meine Probleme … und meine Hoffnungen. Machen wir Feierabend.»

Heute hatte ich Lust, mir Geld zu verschaffen, und habe ein Spiel daraus gemacht. Wetten, dass ich ganz einfach und sicher zu Geld komme, auch wenn ich mir nur zwei Stunden auf einem Autobahnparkplatz Zeit gebe? Gut, ich mache es mir etwas leichter und lege die Stunden in die Nacht.

Das waren die Spielregeln.

Um Mitternacht fuhr ich los, bog auf den ersten besten ab und parkte hinter dem WC-Pavillon. Nach zwanzig Minuten hielt ein Kleinbus voller junger Leute, da war nichts drin. Nach einer Dreiviertelstunde hielt dann ein Passat, dem nur ein Passagier entstieg. Der hätte dir gefallen! So der Typ feister Filialleiter – wahrscheinlich gerade zurück von der dummen Kassiererin, der er die Ehe versprochen hat, wenn dann irgendwann die Scheidung durch ist. Er machte sich nicht die Mühe, das Urinal zu benutzen, sondern pinkelte draußen gegen einen Papierkorb. Ich bin einfach zu ihm gegangen, habe ihm kurz meine Geldbörse (!) entgegengehalten und die Gebühr für diese Ordnungswidrigkeit kassiert: 200 Euro, und er hat sich noch dafür bedankt, dass dann keine Post nach Hause kommt.

Um den Spaß auf die Spitze zu treiben, habe ich dann gemeint, dass er jetzt seiner Freundin kleinere Geschenke machen soll, dann hätte er das Geld schnell wieder drin. Er ist ganz blass geworden, der arme Lustmolch. Volltreffer.

Das Geld habe ich später aus dem Fenster geworfen. Fast so gut wie deine Nummer mit dem Prediger damals, oder?

Der junge Cromwell hielt still, aber die Stadt war in hellem Aufruhr. Kinder wurden nicht in die Schule gelassen, die Wanderwege verwaisten im Stadtwald, viele der nicht mehr so vielen Unternehmungslustigen ließen sich selbst zu moderaten Zeiten mit dem Taxi direkt von der Kneipe abholen, was gar nicht so einfach war, denn nicht wenige Taxifahrer hatten sich krankgemeldet oder ganz gekündigt. Nie war es so leicht gewesen, Babett irgendwelche Abendaktivitäten zu verbieten, nie waren die Morgen hektischer gewesen, weil Yildirim darauf bestand, dass Theuer das Mädchen bis zur Schule begleitete.

In Rücksprache mit Yildirim ordnete Magenreuter– abgesehen von einigen allgemeinen Warnhinweisen – totale Funkstille gegenüber der Presse an, um die Stimmung nicht weiter eskalieren zu lassen, was misslang: Artikel zu den Vorfällen mussten natürlich trotzdem geschrieben werden, dann eben mit wilden Spekulationen auf den nötigen Umfang gebracht. Ob die zweite Absicht hinter der Nachrichtensperre – nämlich den Täter nicht aufzuwerten – den gewünschten Effekt zeitigte, blieb abzuwarten. Man entschloss sich, seinen Anruf via Radio zu verbreiten, es brachte kein nennenswertes Ergebnis. Irgendwelche Kollegen hatten sich allerdings daran kaputt zu arbeiten, alle Verdächtigungen, die nach der Ausstrahlung seitens der Bevölkerung geäußert wurden, zu überprüfen. Selbst ein Rabbiner hatte einen Tipp gegeben: seinen Kantor. Und der habe was mit seiner Frau.

Armin war keineswegs enttäuscht, die teilweise verwegenen Theorien über ihn amüsierten ihn sogar. Von Satanisten war die Rede, natürlich wurde auch Islamismus erwogen, mehrere Kommentatoren stimmten allerdings darin überein, dass die Taten zu wenig gemein hatten, als dass man von einem Täter ausgehen könnte.

Das war das Einzige, was Armin missfiel. Er hatte die Wasserleiche für sich reklamiert, und das schien ihm fair. Wie die Sache wirklich gelaufen war, interessierte ihn nicht. Irgendwo, war er sich sicher, saß einer und ärgerte sich, dass man ihm seine Tat geklaut hatte.

Der Gedanke, dass er dem anderen gelegen kam, streifte ihn nicht.

Er las alles, was er im Netz über Serienmörder fand, und lernte, dass zwischen den Taten Phasen der emotionalen «Erkaltung» liegen mussten, anderenfalls war man ein Massenmörder, und das wollte er nicht sein. Er wartete.

Eine Woche war fast vergangen. Samstagabend. Jetzt sollte es weitergehen. Er wollte nicht noch einmal so ein Gezerre wie im Wohnheim, und um seine Arbeit sauberer zu machen, brauchte er eine bessere Ausrüstung.

Er packte ein paar Kleinigkeiten in seine Aktentasche, verließ gegen neun die Wohnung und ging in zügigem Tempo Richtung Sickingerstraße. Im Davor hatte er einmal – recht erfolglos – als Interviewer für ein Meinungsforschungsinstitut gearbeitet. Es erschien ihm nachgerade wie eine Fügung, dass einer der ganz wenigen, die ihn überhaupt hereingelassen hatten, ein alter Kommisknochen und Hobbyjäger gewesen war. Fast der einzige Erfolg damals, und daher wusste er noch die Adresse.

Nach der frustrierenden Woche konnte sich Theuer auch nicht so recht auf den Samstagabend freuen. Seit einigen Monaten hatte sich Yildirim mit der gehörlosen Lehrerin Maria Wessels angefreundet, die die Theueryildirims nun just bei der wenig erfolgreichen Befragung eines Gorillas als Gebärdendolmetscherin kennengelernt hatten. Speziell Theuer hatte sich da einiges anhören müssen.

Aber das trübte seine Stimmung nicht allein. Ihrer beider

Heiratseuphorie kam ihm nachgerade ein bisschen lächerlich vor, und Yildirim schien es nicht anders zu gehen. Sie mieden das Thema, und Theuer kam über speziell einen Gedanken nicht weg: Warum sollte Yildirim ihn eigentlich wollen? Er fand einfach keine Antwort, versuchte an etwas anderes zu denken und konversierte entsprechend mäßig.

Wessels hatte Wein mitgebracht, das mochte die Rettung sein.

«Ich kann mir vorstellen, dass ihr keine gute Woche gehabt habt.»

«Nein, überhaupt nicht.» Theuer versuchte den bereits halb abgebrochenen Korken noch irgendwie aus dem Flaschenhals zu wuchten und gleichzeitig nicht zu vergessen, dass er Wessels beim Sprechen anschauen musste, die temperamentvolle Lehrerin nahm Unterbrechungen des Lippenbildes übel.

«Die Gehörlosen wissen zu wenig von den Gefahren», sagte Wessels. «Die ganzen Hinweise, die im Radio gesendet werden, gehen an uns vorbei. Es würde mich nicht wundern, wenn der junge Cromwell sich auch mal einen von uns heraussucht.»

«Wie ist das», plumpste Theuers Satz heraus: «Wie ist das, wenn man nichts hört?»

Yildirim rollte die Augen, aber Wessels schien gutwillig gestimmt.

«Wie ist das», fragte sie zurück, «wenn man keine ultravioletten Strahlen sehen kann?»

Theuer verstand schon, aber: «Ich meine es anders. Nicht so blöd. Wie ist es, wenn man eine Fähigkeit, die anderen ganz selbstverständlich ist, nicht hat, was kann man stattdessen tun? Ich meine damit … Ich glaube, ich spreche von mir …»

Er traute sich nicht, zu Yildirim zu schauen.

«Es gibt Fotos von mir, als ich klein war.» Wessels nahm einen kräftigen Zug am Wein, der endlich den Weg in ihre Gläser gefunden hatte. «Man sieht mich mit riesigen Hörgeräten, die meine Ohren nach vorne drücken, obwohl es eigentlich klar war, dass bei mir nichts zu holen ist. Ich war in einem kirchlichen Internat, wo nach Mottenkugeln riechende Ordensschwestern sportlichen Ehrgeiz entwickelten, unsere Schlafsäle nachts abzudunkeln, als ob die britischen Bomber kämen – damit wir nicht gebärden. Später hat mir ein Berufsberater technische Zeichnerin, Floristin und Putzfrau als Berufsmöglichkeiten vorgestellt. Die Gehörlosigkeit ist oftmals nicht das Hauptproblem.»

Yildirim nickte. «Man ist anders, und das zieht einen ganzen Rattenschwanz nach sich. Das versteht nur, wer selbst anders ist.»

Da löste sich etwas in Theuer. Das konnte es sein. Er war auch anders: ein Fühlidiot und Mondmann. Das konnte man vielleicht lieben.

«Es reicht, Johannes.»

«Hab ich gesungen?»

«O ja.»

«Und was?»

«Ain't no mountain high enough. War schrecklich.»

«Kein Mangel ohne Vorteil», sagte Wessels trocken und schüttelte sich die blonden Haare in den Nacken.

Genau, im Grunde sah sie aus wie die komplementäre Yildirim, dröhnte es durch Theuers Kopf.

«Tritt etwas an die Stelle des Hörens?», fragte Babett, die sich während Theuers Gesang interessanterweise die Augen zugehalten hatte.

«Natürlich das Sehen», antwortete Wessels, «der Geruch, aber auch so etwas wie Rhythmus, Timing …»

Der Ermittler, der ziemlich tierhaft Yildirims – wie immer

äußerst mäßige – Pasta in sich hineinschaufelte, um dem Wein, der in seinem müden Leib das Kommando übernommen hatte, etwas entgegenzusetzen, dachte, dass das Tempo eine der Sachen war, die diesen Fall von allen anderen unterschied. Diesmal ging alles furchtbar schnell.

In der Tat: Es klingelte.

Babett stand auf: «Das ist wahrscheinlich für mich.»

Fragender Blick, genervte Antwort: «Er heißt Ronny, und seine Eltern sind Ärzte.»

«Du solltest nicht einfach auf den Türöffner drücken, nicht zurzeit.» Yildirim klang so schrill, dass es ihr selbst auffiel. Die Nerven lagen blank.

Und in der Tat war es auch nicht Ronny aus gutem Hause – vielmehr stürmten zwei nassforsche junge Männer in die Wohnung. Einer rief immerhin noch: «Presse!» Der zweite fotografierte.

«Wir sind uns schon mal begegnet, Herr Kommissar!», rief der erste. «Ist noch gar nicht so lange her, damals im Zoo.»

Der Ermittler nickte benommen.

«Staatsanwaltschaft und Polizei beisammen und heben einen. Das sieht gut aus!»

«Was … Was?» Theuer lag manchmal im Bett wach, weil ihm all das Gute durch den Kopf ging, das man diesem oder jenem hätte so vortrefflich um die Ohren hauen können, wäre es einem nur rechtzeitig eingefallen.

«Immerhin sind wir seit der Zoogeschichte feste Freie.»

«Bei der RNZ?» Endlich fand Theuer zu einem halbwegs verständlichen Satz.

«Nein, wir arbeiten für ein aggressiveres Medium», sagte der Fotograf lächelnd.

«Sagen Sie uns etwas mehr als nichts?», ergriff der erste wieder das Wort und legte, scheinbar harmlos, den gegelten Kopf schief. «Schon mal was vom Beta-Blog gehört?»

«Der ‹Beta-Blog›», Wessels hatte Mühe, ihre Stimme zu beherrschen. «Das ist eine ganz üble Internetgeschichte, die versuchen mit reißerischen Geschichten Werbekunden zu kriegen. Und da Gehörlose große Blogger sind, haben die einen total unseriösen Artikel über neue Therapieformen rausgehauen: ‹Implantat statt Affensprache›.»

«Meine Herren, ich weiß genug!», sagte Theuer, endlich konnte er mal was richtig machen, erhob sich. «Raus!»

«Wir werden schreiben, dass der Ermittler und die Anklägerin in froher Runde sitzen und die Presse hinauswerfen, okay?»

«Dürfen Sie!», schrie Theuer. «Können Sie! Mich können Sie!»

Der Spuk war so schnell vorbei, dass der Ermittler, wäre er allein gewesen, vermutlich Zweifel an der Realität dieses kleinen Scharmützels gehabt hätte. So aber ließen sie sich von Wessels erklären, was es mit dem Bloggen auf sich hatte und worin sich ein Blog von einem Forum unterschied. Beim Wort «Forum» dachte Theuer, dass es doch auch einmal eine schöne Sache wäre, in Italiens Süden zu reisen, Pompeji zu betrachten, auf ein Mosaik zu pinkeln.

Als Ronny anrief, um Babett abzusagen – die Eltern wollten ihn nicht mehr weglassen –, musste der Ermittler schon wieder fragen, wer das nun wieder sei.

Armin fand die Wohnung ohne Mühe, die Klingel war noch gleich beschriftet: Kurth. Ein Name wie ein Knurren. Ihm war kaum jemand begegnet – seltsam an einem Samstagabend. Dann musste er grinsen: Der Grund war er.

Der alte Soldat Kurth schaute auch dieses Mal aus dem geöffneten Fenster, entschlossen, als sei es eine Schießscharte. Bei Nacht. Idiot.

«Was wollen Sie?»

«Ich glaube, Sie könnten mich noch kennen», sagte Armin und schaute so freundlich er konnte, stellte sich artig in den Kegel einer Straßenlaterne.

«Ach, der Meinungsfritze! Wieder unterwegs? Am Samstagabend.»

«Wir machen eine Umfrage wegen dieser Mordserie», sagte Armin. «Da wollen die schnell Ergebnisse.»

Der Alte saß ihm gegenüber. Ein verwittertes, böses Gesicht hinter einer dicken Hornbrille, ungepflegte graue Haarflusen standen in alle Richtungen ab. So ziemlich als Erstes hatte er damals erzählt, dass er noch in beiden deutschen Armeen Sold bezogen habe, in der Wehrmacht habe er den mit reinerem Gewissen angenommen. Unter dem schlabberigen, beigen Pullover war aber nicht mehr viel stählerne Kampfkraft übrig.

«Und da gehen Sie nachts einsam durch die Stadt, um Ihre Fragen loszuwerden? Könnte doch gefährlich werden!»

Armin gab sich betont lässig. «Ich bin nicht so leicht einzuschüchtern.»

Kurth nickte anerkennend. «Die meisten Jungen verkriechen sich doch schon, wenn mal ein Schwarzkittel durch die Gärten zieht.»

«Ja, ich erinnere mich, Sie sind Jäger!» Armin ließ den Blick über die Wände gleiten, von wo zahlreiche Tierköpfe glasäugig starrten. «Kommen Sie denn noch zu Ihrer Passion?»

«Das war einmal», seufzte Kurth. «Die Augen. Ich seh noch ganz leidlich, aber in der Morgendämmerung einen sauberen Schuss zu setzen – das will nicht mehr so recht gelingen. Ich hab schon einen Termin, wo ich die Waffen abgebe. Das muss man ja in dieser Puddingrepublik ganz offiziös halten. Ich sage Ihnen: Wenn unsere Bevölkerung bewaffnet wäre, dann gäbe es diesen Colonell …»

«Cromwell.»

«Ja, also den gäbe es gar nicht mehr, das können Sie mir glauben!»

Armin nickte freundlich. «Aber dann wäre er vermutlich auch bewaffnet.»

Kurth machte eine wegwerfende Handbewegung. «So einer hat nicht die Härte, die man braucht, um eine Waffe zu benutzen. Ich musste Exekutionen durchführen, und einer, bei dem ich das sogar kommandieren musste, den habe ich gekannt. Der hat mich vielleicht angeschaut! Das schafft kein Reh!» Er lachte. «Aber dann fangen wir mal an. Wo haben Sie denn Ihren schlauen Fragebogen?»

«Bevor wir loslegen, müsste ich mal in Ihr Bad. Wenn Sie das erlauben …»

Kurth zuckte mit den Schultern. «Hinten im Flur links.»

«Danke.»

Fiel es dem Alten auf, dass er seine Tasche mitnahm? Aber Kurth schaute versonnen auf seine staubigen Vorhänge, so als seien sie eine Leinwand, auf die etwas Schönes projiziert würde: eine Schlacht, eine Jagd, eine Exekution.

Dagegen das Bad des Helden: ein dreckiger, verwahrloster Abtritt. Der fleckige, orangene Einwegrasierer, das Haargewürm im Abfluss. Armin schaute in die Toilette und musste angesichts der eindeutigen Spuren ein Würgen unterdrücken. Er entnahm seiner Tasche den Hammer.

Später, zu Hause: Ganz entgegen seinen Hoffnungen hatte er immer und immer wieder zuschlagen müssen. Zuletzt hatte der Alte noch etwas geröchelt, ein letztes Wort gesucht, und Armin, wohl wissend, wie absurd das war, tat es leid, dass er diese letzte Äußerung nach über acht Jahrzehnten Leben nicht verstanden hatte.

Trotzdem: Es war gelungen. Er hatte die Pistole und Munition gefunden. Gut, die Fingerabdrücke, die waren da, jede Menge Spuren – er hatte danach nicht sehr organisiert gearbeitet, das musste besser werden. Andererseits: Sollten sie die Abdrücke doch haben! Er war polizeilich nicht erfasst. Das zeigte nur, wie sicher er war. Er schaltete seinen Computer ein.

Lieber Frederick,
ich kann diese Woche erst am Montag zu Mama. Ich bin nicht ganz gesund, Magen, Darm, daher auch die Uhrzeit, zu der ich dir schreibe, an Schlaf nicht zu denken. Ich komme dann am Montagabend auch gleich wieder nach Heidelberg.
Armin.

Später googelte er noch ein wenig herum und stieß auf eine Seite, die seine Laune weiter hob:

Beta-Blog, brandaktuell – heute Abend: Ein Killer geht um, und einer der leitenden Ermittler lässt es sich mit der Staatsanwältin gutgehen.

Er druckte sich das Bild aus. Theuer hieß der Herr.

Es war schon so, wie sein Deutschlehrer immer gesagt hatte: Man brauchte einen Adressaten.

Er stand auf und holte die eingestaubte Schreibmaschine aus dem Bodenfach des Kleiderschranks.

Kurth wurde erst am Sonntagnachmittag gefunden, als eine Nachbarin ihm Suppe bringen wollte und das Blut am Türgriff bemerkte. Sie hatten sich ohnehin für zwei Uhr im Revier verabredet. Theuer war gerade schön in Fahrt gekommen: «Und dann bringen die Idioten ein Foto von mir und der Wessels! Journalistenpack!», als das Telefon klingelte.

«Mit einem Hammer erschlagen, keine Nachricht», fasste Magenreuter am Nachmittag die ersten Untersuchungen zusammen. «Dreiundachtzig Jahre war der Mann. Nicht sehr beliebt im Haus. Hat mit seinen Kriegserlebnissen geprahlt, nur die Familie, die ihm da Suppe bringen wollte, stand besser mit ihm, da gab es wohl politische Übereinstimmungen», mit zwei Fingern deutete der Polizeidirektor das schäbige Gesichtskomma eines Führerbärtchens an. «Unser Mörder, wenn es denn unser Mörder war, fast hätte ich gesagt: hoffentlich, hat allerdings ziemlich die Nerven verloren. Diesmal haben wir Fingerabdrücke, Fußspuren. Nur leider keinen entsprechenden Eintrag in irgendeiner Datenbank.»

Haffner, der, das war eigentlich auch schon normal, neben einer dahinglimmenden Reval im Aschenbecher eine weitere geradezu schmatzend zur Weißglut saugte, gab seinem Papierkorb einen rauflustigen Tritt. Man hörte etwas klirren:

«Wenn ich also tatsächlich einmal recht haben sollte und unser kleiner Schweinepriester ist Student ... dann sehe ich kein Problem darin, das gesamte Gammelpack den Daumen in ein Stempelkissen drücken zu lassen. Es muss ja nicht meines sein.»

Normalerweise wurden Haffners Vorschläge, die immer auf eine Art Kriegsrecht hinausliefen, rasch abgewiegelt oder einfach ignoriert. Diesmal schien alles denkbar.

«Da haben wir aber ein Problem», sagte Leidig.

«Du hast zwei», sagte Senf. «Du musst deine Mutter dazuzählen.»

Leidig nickte unbeeindruckt. «Also, wir haben mehrheitlich ein Problem: Lange nicht alle Studenten, die hier wohnen, sind hier auch gemeldet. Hinzu kommt, dass er auch außerhalb wohnen kann, schön offiziell in Leimen zum Beispiel.»

«Ja, ich fürchte auch», schaltete sich Magenreuter ein, «so eine Riesenaktion bedeutet noch nicht, dass wir ihn finden. Aber trotzdem, einfach richtig mal drauflos assoziieren, was man machen könnte. Das war doch immer die Stärke dieses Teams!»

Sollte er es ironisch gemeint haben, so ignorierten das alle.

Theuer rieb sich die Stirn wie ein Rubbellos. «Es gibt doch inzwischen eine ganze Handvoll Leute, die Krimis über Heidelberg schreiben, gibt es da irgendwelche Motive, die er mit seinen Taten nachstellt?»

«Diese Schreiberlinge gehören alle in einen Sack gesteckt», kreischte Haffner hysterisch, «und dann mit einem grünen Knüttel gehauen, bis er morsch ist.»

«Nicht alle, es gibt einen ...», intervenierte Senf fast besorgt und sollte den Satz nie beenden, denn erstens unterbrach ihn Leidig, der quasi andächtig das Wort «Knüttel» wiederholte, zweitens unterbrach Magenreuter:

«Eine gute Idee, aber ich habe zur Einstimmung auf die neue Stelle diese ganzen absurden Taschenbücher der Herren und Damen gelesen. Da gibt es keine Parallelen. Die Wirklichkeit ist einfach nicht realistisch genug.»

Theuer hatte die Bubis vom «Beta-Blog» fast vergessen, zumal sich bereits Kollegen damit befassten, den dumm-frechen Beitrag löschen zu lassen und die Jungjournalisten mit Theuers Anzeige zu konfrontieren. Die hatte er gleich als Allererstes erstattet und war sich dabei seltsam zwitterhaft vorgekommen, denn noch nie hatte er das getan, er hatte Anzeigen immer nur aufgenommen.

Nun, da es spät war und sie allmählich müde den Arbeitstag beendeten, weil er eben vorbei war, fiel ihm ein, dass er Wessels verständigen sollte – für alle, die den Blog heute besucht hatten, war sie erst mal die Staatsanwältin.

Er wählte ihre Nummer, als alle anderen gegangen waren, um nicht Haffners tausendsten Witz zum Thema «taub am Telefon» hören zu müssen. Wessels hatte einen Apparat mit Spracherkennungssoftware, das wusste er seit längerem, aber erst seit gestern wusste er, dass das keineswegs der Standard Gehörloser war. Das Gerät war ein teurer Prototyp, weit von jeder Serienreife und selbst dann wohl kaum eine Sache, die die heulenden Kassen ihren Mitgliedern spendieren würden.

Sie war nicht da. Wahrscheinlich wusste sie es schon. Wie enorm das Netz für ihresgleichen die Welt öffnete, hatten sie gestern noch lange besprochen. Wie demütigend dagegen schon ein Arztbesuch war, wo man per Lautsprecher aufgerufen wurde, ebenfalls.

Der erste Hauptkommissar spürte mit einem Male, wie entsetzlich müde er war. Wenn das noch Wochen so weitergehen würde, wie sollte er das aushalten? Der junge Cromwell zeigte vielleicht schon erste Anzeichen von Erschöpfung: keine Nachricht, viele Spuren. Auch das Risiko in Kauf genommen zu haben, in einem Mehrparteienhaus zu töten, konnte diesen Hintergrund haben. Was die diesmalige Tat aber außerdem bedeutete, hatte Theuer erst so richtig begriffen, als es Magenreuter noch einmal betont hatte: Kurth war passionierter Jäger gewesen. Der Waffenschrank war aufgebrochen, die Pistole für den Fangschuss und zwei Schachteln Munition fehlten.

Der schwere Ermittler vergrub sein müdes Gesicht in den

Händen, was musste er für ein jämmerliches Bild abgeben, wie ein greinendes Kind im Dunklen sitzend. Konnte man im Dunklen ein Bild abgeben?

Was wussten sie? Dass es vielleicht ein Einzeltäter war, hoffentlich, der da seit gerade einer Woche wahllos tötete. Er nannte sich der junge Cromwell. Sämtliche Recherchen in diese Richtung hatten nichts ergeben. Er sah offensichtlich nicht weiter auffällig aus. Er hatte Finger. Schuhgröße 45. Vielleicht Student. Vielleicht am Durchdrehen, eventuell aber nur übermütig angesichts seiner raschen Erfolge. Und er war jetzt bewaffnet.

Das Telefon klingelte, Theuer schrak hoch wie aus einem tiefen Schlaf und griff fahrig nach dem Hörer.

«Theuer?»

«Guten Abend, Herr Theuer, Simonson ist mein Name.»

«Däne?», fragte der Polizist dumm dazwischen.

«Mein Urgroßvater, also nein … Herr Theuer, es tut mir leid, dass ich Sie am heiligen Sonntag aufspüre, aber Ihre Lebensgefährtin, Frau Yilidi … Yildirim, diese türkischen Namen, also …»

«Deutsche!»

«Ja, also, die … äh … hat mir Ihre Durchwahl gegeben … was wollte ich jetzt sagen?»

Der Ermittler konstatierte seltsam zufrieden, dass es ihm immer noch gegeben war, mit zwei Worten einen Menschen in tiefe Verwirrung zu stürzen.

«Ich bin Gefängnisseelsorger in Offenburg (umso besser, das mit dem Verwirren). Wir kennen uns sogar.»

«Ich war noch nie in Offenburg.»

«Mag sein, aber ich war früher Pfarrer in Handschuhsheim. Ich habe Ihren Kollegen Stern beerdigt.»

Theuer vergingen alle Frechheiten. Oh ja, er entsann sich der jämmerlichen Zeremonie.

«Hier in Offenburg ist auch eine Abteilung für weibliche Gefangene», fuhr Simonson fort. «Der Name Cornelia Oberdorf dürfte Ihnen noch etwas sagen?»

Theuer zuckte zusammen. Die Täterin im Fall des Turner-Bildes. Das Riesenweib, bestgehasste Professorin für Kunstgeschichte der Ruperta Carola ohnehin. Was war das? Was schob sich der alte Fall schon wieder in das neue Chaos?

«Frau Oberdorf hat mich letzte Woche angesprochen, sehr dringlich. Sie möchte mit Ihnen reden, wenn das geht.»

Theuer musste fast lachen: «Was schließen Sie daraus, wenn Sie mich Sonntagabend im Büro antreffen? Sieht das danach aus, als hätte ich viel Zeit?»

«Nein, natürlich nicht ... Ich habe von der Geschichte in Heidelberg gehört, schrecklich ...»

«Woher haben Sie überhaupt meine Privatnummer?», schrie Theuer plötzlich zornig und voller Verschwörungsängste.

«Telefonbuch. Hab's versehentlich mit umgezogen.»

Der Polizist schwieg besiegt.

«Wie gesagt, ich weiß, dass Sie vermutlich keine Zeit haben. Aber ich muss die Bitte schließlich weitergeben, außerdem ...»

«Ja?»

«Frau Dr. Oberdorf wird wegen Depressionen behandelt. Ich fürchte, sie wird ihrem Leben vielleicht irgendwann ein Ende setzen, und dieser Wunsch, Sie zu treffen, scheint sehr groß zu sein ...»

«Zunächst einmal hat sie dem Leben eines anderen Menschen ein Ende gesetzt», blaffte Theuer in die Leitung.

Andererseits – Kohl, und da war doch noch etwas mit diesem Alumniheft gewesen ... «Aber ich werde mal schauen, ob ich da einen Termin freischaufeln kann. Das kann ich nicht alleine entscheiden.»

«Natürlich nicht. Ich danke Ihnen.»

«Keine Ursache.»

«Ja.»

«Ja?»

«Ich meine doch, also ich meine: Das ist sehr nett von Ihnen.»

«Vielen Dank.» Theuer fasste nach Zigaretten in der Brusttasche, obwohl er seit Jahren kaum je rauchte. «Warum rufen Sie mich eigentlich am Sonntag an?»

Kurz war es still in der Leitung, dann: «Ich hatte es vergessen. Frau Oberdorf hat mich schon zweimal gebeten. Vorhin ist es mir wieder eingefallen. Auf dem Klo.»

«Sie könnten glatt bei uns anfangen.»

Sehr geehrter Herr T~~Z~~heuer,

Sie sind also einer der Herren und Damen, die mich jagen.

Seit meiner letzten Operation haben Sie ja nun Spuren, nehme ich an. Die werden Ihnen nur nichts nützen, denn ich bin in keiner einschlägigen Datenbank. Dennoch bin ich kein ~~n~~Niemand. Ich bin der junge Cromwell und freue mich auf unser weiteres Räuber-und-Gendarm-Spiel.

Allzu leicht werde ich es Ihnen aber doch nicht machen: Auf meine Handschrift müssen Sie verzichten. Aber, wie wir aus den einschlägigen Trivialfilmen alle wissen, Typ und Exemplar einer guten alten Schreibmaschine können Polizisten bestimmen. Ich werde Ihnen also jedes Mal einen mit dieser Maschine geschriebenen Gruß hinterlassen.

Es tut mir leid, dass ich diese Sorgfalt bei meinen ersten vier Taten nicht habe walten lassen, aber ich bin noch neu in diesem Metier.

Ich habe gerade erst angefangen, und ich werde weitermachen. Ohne System, ohne Ordnung. Ich werde Kinder und Greise töten, Männer und Frauen, Menschen mit mitleiderr~~r~~egenden Gebrechen, stadtbekannte Lumpen, um die niemand trauert, Pfarrer und Polizisten.

Sie werden sich mit mir befassen müssen.

Der junge Cromwell.

Armin nickte zufrieden. Vier Morde, es war einfach die geschlossenere Serie. Jetzt würde er schlafen, morgen dann nach Kassel, dann zurück und sich wieder so leicht und frei fühlen, dieses herrliche Gefühl.

Theuer starrte die Uhr an. Zehn Uhr. Montag. Das stand da nicht, aber war ja so. Dann wieder auf die Kopie.

«Ausgerechnet mich hat er sich ausgesucht», sagte er leise. «Ausgerechnet.»

«Wollen Sie nicht wissen, wo wir das Original gefunden haben?», fragte Magenreuter mit brüchiger Stimme.

«Und?»

«Im Kragen eines Mädchens, in den Feldern zwischen Rohrbach und Kirchheim. Ist da Fahrrad gefahren, ganz früh heute Morgen. Er hat sie erschossen.»

Armin saß im Zug nach Heidelberg.

«Du siehst ja bald so blass aus wie ich», hatte die Mutter gesagt.

«Ich würde so gerne noch erleben, wie du eine Freundin findest. Ich weiß, dass du nicht alleine bleibst.»

«Früher, als du klein warst, da hast du immer so ernst geschaut. Und wenn ich dich gefragt habe, was du hast, hast du immer gesagt: ‹Ich denke nach!› Mit diesem ganz ernsten Gesicht. Du warst so ein süßer Junge! Und schon damals ein richtiger Philosoph!»

«Frederick ist auf die Bäume geklettert. Du hast mich gefragt: ‹Mama, warum heißt ‹Baum› ‹Baum›? Ich habe dir gar keine richtige Antwort geben können …»

«Ich weiß, dass Papa Frederick bevorzugt hat, aber er hat dich gerne gehabt, wirklich! Mit deinen Anlagen konnte er nicht so viel anfangen, Frederick war ihm ähnlicher.»

«Wenn ich bald gehen muss, mein Armin, dann weiß ich aber wirklich, dass ich zwei gute Jungen auf die Welt gebracht habe. Ihr habt mir nichts als Freude gemacht!»

«Allmählich konzentriert es sich aber doch auf Rohrbach», sagte Leidig.

Sie standen zu zehnt, zwölft vor einem großen Stadtplan, in den rote Fähnchen gesteckt worden waren.

«Das weiß ich nicht», sagte Magenreuter. «Ich glaube, den alten Mann müssen wir rausnehmen, den hat er aufgesucht, weil er ihn kannte, weil er wusste, dass er Waffen hatte. Dann haben wir zweimal die Altstadt und einmal das Neuenheimer Feld, zweimal Rohrbach.»

«Er schreibt von vier Taten», mischte sich Metzner ein, «zuerst von drei.»

«Er hat sich ein paar Mal vertippt.» Senf schüttelte den Kopf. «Vielleicht hat er sich in der Aufregung verzählt.»

Theuer wog nachdenklich den Kopf: «Das ist eben die Frage: Hat er auch Kohl getötet? Stand eigentlich überhaupt in der Zeitung, dass Kohl ermordet wurde?»

«Nur im Zusammenhang mit dem jungen Cromwell.» Senf fächerte Haffners Rauchwolke zur Seite. «In der Öffentlichkeit schlägt man Kohl der Serie zu.»

«Wir sind aber nicht die Öffentlichkeit.» Theuer merkte, dass er anfing, bockig zu klingen. «Und der Turner-Fall kommt komischerweise schon wieder irgendwie rein.»

Er berichtete von seinem gestrigen Telefongespräch. Während Theuer sprach, entwand Magenreuter Haffner beiläufig den frischgeöffneten Weißburgunder und nahm einen Schluck. Dann ergriff der Polizeidirektor das Wort: «Drei Fragen: Erstens, Herr Haffner. Dieser Weißwein ist gekühlt, obwohl es hier keinen Kühlschrank gibt. Wie machen Sie das?»

«Sag ich nicht.»

«Im Winter bindet er die Flaschen an eine Schnur und hängt sie aus dem Fenster. Im Sommer hat er einen anderen Trick, aber den habe ich noch nicht rausgekriegt.»

«Danke, Herr Senf. Zweitens, der Wein hat tatsächlich Kork – trotz Schraubverschluss.»

«Das ist selten», sagte Haffner im Ton eines WHO-Referenten. «Aber Oxidationsprozesse können auch in Ausnahmefällen …»

«Drittens, wir können ja wirklich nichts ausschließen: Wollen Sie morgen nach Offenburg, Herr Theuer?»

Theuer nickte. Yildirim bot an, das aber nicht gleich dem Oberstaatsanwalt zu petzen. «Ein Hauch Seltmann ist ihm eigen, so in die Richtung ‹großer Fall ist Chefsache›, und er will vielleicht morgen mal hier vorbeischauen, ob alles gut läuft.»

Magenreuter verdrehte die Augen. «Geht in Ordnung. Herr Theuer ist unterwegs, aber eben irgendwo.»

Der schwere Ermittler schlug nach einer Motte. Wie würde das werden, Oberdorf wieder zu sehen?

Magenreuters Handy klingelte. Er schaute aufs Display, und seine Miene hellte sich auf. «Ich denke, ich habe da jetzt noch eine Überraschung für Sie alle!»

Anzug, Weste, Hose mit Bügelfalte, die notfalls zum Rasieren taugen würde (Theuer hatte vergessen sich zu rasieren), kurze eingrauende blonde Stoppeln, europäisches Gesicht, Version de Luxe, grüne Augen, hellgrüne Augen, Sagrotanblick, Name: Franz-Karl Leonard. Dr. Franz-Karl Leonard. Besondere Kennzeichen: Versetzt badische Neger, also westdeutsche Afrikaner, also Polizeidirektoren mit spezieller dermatologischer Ausstattung in Verzückung.

Theuer hatte noch nie von ihm gehört, und das konnte, nach allem, was jetzt an Informationsflut über ihn hereinbrach, eigentlich nur eines bedeuten – er brauchte auch so ein teueres Spezialtelefon wie die Wessels, er musste einfach von jeher stocktaub sein, das hätte ihm aber auch jemand sagen können.

Dr. Leonard war Europas bekanntester Profiler: Ihm verdankte man, dass der Yorkshire Slaughter, der Kannibale von Barcelona, die Todesnanny von Edinburgh ihren insgesamt zweiundfünfzig grauenhaft ermordeten Opfern nun keines mehr hinzufügten, sondern in der Bürsten- und Schemelproduktion tätig waren. Er war es, der bei der Jagd auf den Augapfelstecher aus Rom den entscheidenden Hinweis gegeben hatte: ein gehbehinderter Mann mit einer einseitigen entstellenden Linsentrübung.

Dr. Leonard war verschiedentlich in den USA zu aussichtslos scheinenden Fällen herangezogen worden – von den toughen Hunden des FBI, die normalerweise noch nicht einmal bei einem Nuklearangriff zugäben, die Sache möglicherweise nicht ganz im Griff zu haben. In Island hatte er den Innenminister indirekt zum Rücktritt gezwungen. Der Minister hatte ihm nicht glauben wollen, dass die abscheulichen Bluttaten in Serie ausgerechnet von einem der ganz wenigen isländischen Moslems verübt worden waren, hatte ihn gar des Rassismus geziehen, bis Abbas Sigurvindson seine aberwitzigen Metzeleien an Landpfarrerwitwen endlich einräumte.

In Paris durften Eltern blonder Mädchen ebenso aufatmen wie in Salerno die Besitzer von Pekinesen. Im Chaos des demokratisierten Kabul musste man wenigstens «den Hinkenden» nicht mehr fürchten, und der erste Serienkiller Guernseys, ein adipöser Grundschullehrer, würde seine Tage, dies war die neueste erfreuliche Mitteilung, in einem Hochsicherheitstrakt bei Manchester fristen, merklich schlanker bereits jetzt.

«Und das Beste», Magenreuter strahlte, als hätte es den jungen Cromwell angesichts dieser Lichtgestalt ohnehin nie gegeben, «Herr Leonard ist zwar Weltbürger, aber Schweizer Provenienz, er ist einer von uns, hat auch in Deutschland studiert.»

«In Marburg», ergriff nun der Vielgepriesene erstmals selbst das Wort, «aber das ist lange her», und natürlich klang seine Stimme wie eine Platon'sche Uridee dessen, was «Stimme» wirklich ist. Theuer, von Magenreuters Ode an den Fremden fast betäubt, stellte gerade noch fest, dass man keinerlei Schweizer Akzent hörte.

Es fügte sich glücklich, dass Leonard trotz seiner internationalen Tätigkeiten ohnehin seit einiger Zeit in Deutschland weilte, genauer gesagt in Frankfurt, wo er, nach vielen produktiven, aber auch auszehrenden Jahren seiner zweiten Passion – neben Psychologie hatte er auch Soziologie studiert – für einige Zeit als bescheidener Gaststudent wieder einmal nachgehen wollte.

«Ich gebe ja zu, ich bin da vielleicht einer romantischen

Vision aufgesessen», erklärte Leonard lächelnd. «Ich habe mich in der Bibliothek, ab April dann sogar in großen Hörsälen einfach wieder als jungen Franz-Karl in die Welt des Wissens eintauchen sehen. Die letzten Wochen haben mich gelehrt, dass das so wohl nicht funktioniert. Ob Sie wohl das Rauchen für die Dauer meines Besuchs in Ihrem Büro einstellen möchten?»

Haffner gehorchte wie ein wohlerzogener Hund.

Leonard dankte ihm mit einem Nicken. «Die ganze Zeit sprechen mich Studentinnen an, ob ich Professor Soundso bin, die echten Professoren beargwöhnen meinen Kleidungsstil, in der Straßenbahn hat mir ein Punk seinen Sitzplatz angeboten ... Ich fürchte, den jungen Franz-Karl bekomme ich nicht zurück ...» Leidig lächelte, als trauerte auch er der Jugend hinterher, die er nach Theuers Wissen ohnehin nie gehabt hatte.

Magenreuter breitete die Arme aus, und Theuer hatte einen kurzen Moment das Gefühl, nun werfe sich sein Chef an des Edlen Brust, aber es war wohl nur eine Geste, die ausdrücken sollte, dass das Leben doch die seltsamsten Spiele veranstalte.

«Man kann das ja kaum so formulieren. Aber es ist vielleicht unser Glück, ein Glück im Unglück selbstverständlich, dass unsere furchtbaren Morde natürlich auch in Frankfurt Aufsehen erregen und Dr. Leonard daher spontan angeboten hat, uns bei der Suche nach dem Täter zu unterstützen. Ich wollte nicht früher darüber reden, aber inzwischen ist die Sache auch offiziell abgesegnet. Die Staatsanwaltschaft ...», Magenreuter warf Yildirim einen nervösen Blick zu, «war in diese Bestrebungen durch den leitenden Oberstaatsanwalt Wernz ...»

«Sparen Sie sich gleich den Rest», unterbrach ihn Yildirim kühl. «Schon klar, dass Sie mich nicht informieren konnten, wir sehen uns ja zurzeit praktisch nie, Herr Seltmann.»

Unergründliche Blicke beider: «Magenreuter natürlich.» Die Anklägerin sandte dem Polizeidirektor ihr tödlichstes Lächeln.

Leonard unterband die sich anbahnende Peinlichkeit: «Ich arbeite mit Ihnen allen ganz offen zusammen, es geht sonst auch gar nicht anders. Ich bitte Sie aber auch, mich in alles einzubeziehen, mir alle Ergebnisse, die wir haben, mitzuteilen. Herr Magenreuter hat mich vorgestellt, als wäre ich ein Superstar – das bin ich nicht. Ich bin Psychologe – inzwischen gelte ich zwar als Polizist, aber das ist in erster Linie wegen der Pensionsansprüche so geregelt.» Einige lachten. «Die echten Polizisten sind Sie ...»

«Danke», sagte Magenreuter, «aber ich bin mir sicher, dass Sie im Laufe der Jahre, wenn nicht Jahrzehnte, so viele Erfahrungen gesammelt haben, dass wir keine Verständigungsprobleme haben werden.»

Leonard wog den Kopf. «Man lernt eine Menge nebenbei. Ich weiß sogar, wie man Briefbomben anfertigt. Aber das ist Stückwerk. Was zum Beispiel bestimmte genetische Spuren nahelegen, müssen Sie mir von Fall zu Fall dann doch immer wieder erklären.»

«Das werden wir», sagte Magenreuter. «Zwei Dinge sollten wir aber noch betonen: Erstens, Herr Leonard ist ein bescheidener Mann, das ist der Hauptgrund, warum viele von uns den Namen vielleicht bislang nicht kannten ...» Leonard wollte etwas sagen, aber Magenreuter fuhr fort: «Oh, ich weiß, Bescheidenheit kann so weit gehen, dass man sogar bestreitet, überhaupt bescheiden zu sein. Natürlich: Es ist auch in der Regel von Vorteil, wenn ein Profiler diskret an einem Fall mitwirkt. Auch Mörder bilden sich fort und wissen inzwischen, dass ihre wiederkehrenden

Handlungen, ihre Handschrift und ihr Modus Operandi solchen Spezialisten wie Herrn Leonard helfen, ein Bild von ihrer Persönlichkeit zu gewinnen. Also: Herr Leonard hat auf alles Schriftliche, auf alle Unterlagen und sonstigen Dokumente zu jeder Zeit Zugriff.

Zweitens …»

«Das erkläre jetzt vielleicht wirklich besser ich.» Leonard blieb freundlich, aber man ahnte, dass er bestimmt zu reden verstand. «Ich war nicht immer so vorsichtig, was meinen Namen betrifft, und es gibt, das können Sie sich vorstellen, innerhalb und außerhalb der Gefängnisse eine Menge Leute, die mich gerne tot sähen. Ich lasse mich also grundsätzlich nicht fotografieren – zu keiner Gelegenheit. Ich bin da ein wenig wie der ehemalige Geheimdienstchef der DDR.»

«Ich schlage Folgendes vor», sagte nun wieder Magenreuter. «Ich werde Herrn Leonard in der gebotenen Ausführlichkeit das präsentieren, was wir bisher zusammengetragen haben. Das dürfte einige Zeit dauern.» Er schaute auf seine Armbanduhr. «Wir treffen uns dann um fünf wieder hier im Konferenzraum, bis dahin macht jeder weiter, wo er gerade dran war.»

Haffner trank nun doch den verdorbenen und darüber hinaus auch mittlerweile warmen Weißwein.

«Der ist», stöhnte er zwischen zwei Lungenzügen der Art, wie sie Hinzurichtende als Letztes tätigen, «der ist richtig gut.»

«Vielleicht haben wir so einen gebraucht», sagte Theuer. «Aber mir gefällt nicht, wie Magenreuter den geradezu anhimmelt.»

Senf schoss mit einem grünen Bürogummi kleine Papierkügelchen auf Leidig, die dieser, freilich um den Mundwinkel schon recht nervös zuckend, ignorierte. «Ein Genie. Ein Genie muss uns helfen», greinte der freche Karlsruher. «Als ob wir nicht alle zusammen auch ein Genie sein könnten, dreimal IQ 100 minus 70 unter null made in Pfaffengrund …»

«Scheißarsch, dummer, mittelbadischer Oberunterirdischer …»

«Ich habe … jetzt lass das mal mit den Kügelchen, Senf, lass es einfach! Au! Danke!» Senf steckte das kleine Katapult ein, und Leidig durfte: «Ich habe schon einiges über unseren neuen Kollegen gelesen: Magenreuter ist vielleicht etwas hingerissen, aber er hat nicht übertrieben. Leonard muss so einer sein, dem letztlich alles auf intellektuellem Gebiet fürchterlich leichtfällt», in Leidigs Stimme schwangen Neid und Trauer mit, «er hat einen IQ, der jede Skala sprengt.»

«Hört mal», schier haffnerhaft rauchte auch die asthmatische Yildirim, «ich habe irgendwie das Gefühl, ihr seid beleidigt, ist das möglich? Es muss uns alles recht sein, um diesen Cromwell zu kriegen. Alles, wirklich alles!»

«Du magst ja recht haben», sagte Theuer in Yildirims Richtung. «Wahrscheinlich kratzt uns das an unserer dummen Bullenehre. Das größere Problem sehe ich aber darin, dass unsere Funktion bisher ungefähr dem entsprach, was Leonard nun anscheinend tun soll. Und dann sehe ich irgendwie nicht, was wir beitragen sollen.»

Yildirim schaute etwas gequält zu Boden. «Weißt du, Jockel … eure Funktion», Yildirim seufzte, «schien mir die ganze Zeit weniger bedeutsam, als dir das Magenreuter weisgemacht hat. Ich glaube, er wollte in erster Linie …»

«Dass wir keinen Scheiß bauen», nickte Senf. «Offen gestanden habe ich auch in die Richtung gedacht.»

«Ich auch.» Leidig klang, als müsse er gleich losheulen.

«Ich nicht.» Der schwere Ermittler straffte sich und schaute zornig zu seiner Freundin, die ihn nur etwas traurig anlächelte.

«Ich hätte es auch nicht gedacht», kam es müde aus einer Rauchwolke, «ich glaube es nicht und werde es niemals …» Da entschied der Polizist Thomas Haffner, den Satz zugunsten eines tröstenden Zusatzschlucks einfach nicht zu beenden.

«Wie auch immer.» Theuer merkte, dass er sich furchtbar schämte, teilweise sogar für Dinge, die mit dem aktuellen Anlass nicht das Geringste zu tun hatten. «So ganz draußen werden wir nicht sein, solange der junge Cromwell an mich schreibt. Warten wir bis fünf, hören wir uns an, was Leonard zu sagen hat.»

Einer wie unser Täter hat keine Alibis. Niemand beachtet ihn, niemand erinnert sich an ihn – bis er zum Mörder wird. Er ist nicht stark. Das zeigen uns seine Opfer. Das erste: ein körperlich unterlegener Alkoholiker, den er über ein Brückengeländer stößt. Wahrscheinlich war das Fass bis zum Überlaufen gefüllt. Sein Leben war eine einzige Katastrophe bisher – zumindest ist es ihm so vorgekommen. Ein Spaziergang durch Heidelbergs romantische Altstadt, voll bitterer, existenzialistischer Gedanken. Und dann ein Betrunkener auf dem Wehr, der ihn vielleicht provoziert, möglicherweise sogar angreift. Er wehrt sich. Endlich. Und es gelingt! Es geht ganz leicht!

Es ist gar nicht selten, dass ein Serienmörder zuerst fast zufällig tötet – um dann festzustellen, was für eine Last von ihm abfällt, was für ein immenses Bündel an Demütigung und Scham ihn plötzlich nicht mehr niederdrückt.» Leonard, der ohne Notizen frei formulierend vor der gesamten Soko stand, nahm einen Schluck Mineralwasser, im Raum war es totenstill. «Aber dieser Effekt hält bei ihm nicht lange an. Er ist vielleicht nicht primitiv, nicht roh genug. Das Gewissen mischt sich in die Euphorie der Tat, und er ist schon in einer der nächsten Nächte wieder unterwegs – halb im Gefühl, sich möglicherweise zu stellen, halb mit dem Plan befasst, was wäre, wenn er es noch einmal täte, und sei es, um zu überprüfen, ob dieses einmalige, irritierende Hochgefühl stabilisierbar, steuerbar werden könnte. Er ist innerlich zerrissen, durcheinander, geht ein immenses Risiko ein, erschlägt, wenn auch spätnachts, so doch auf offener Straße einen jungen Mann. Einen Studenten, dem er nahe kommen konnte, es spricht also viel dafür, dass er selbst Student ist.» Haffner seufzte hörbar, wie erlöst. «Es gelingt wieder», fuhr Leonard fort. «Und alles, was die Leute gesehen haben, ist ein junger Mann. Er ist nicht dick, er ist nicht behindert, er ist nicht entstellt ...»

«Woher wollen Sie das wissen?», entfuhr es Theuer, was ihm einen strafenden Chef-Blick eintrug.

«Weil er irgendwelchen Leuten vorher aufgefallen wäre. Und die hätten sich gemeldet. ‹Da lief einer durch die Hauptstraße, der ist mir gleich komisch vorgekommen ...› – etwas in der Art; aber da war nichts, soweit ich weiß.» Leonard schaute zu Magenreuter, der nickte. Theuer bemerkte eine Taube auf dem Fensterbrett, hinter ihr sah man unscharf eine junge Frau ein Bügelbrett zusammenfalten – demnach verkauften sich die Eigentumswohnungen drüben langsam. Blaue Tapeten – auch nicht schlecht, besser als das komische Tarngrün im Revier ...

«Jetzt ist er in Hochform. Ich bezweifle, dass er die übliche pathologische Sexualität solcher Täter aufweist – schon allein, dass er kein Beuteschema hat, spricht dagegen. Ich bezweifle sogar, dass er so pathologisch strukturiert ist, wie das Serienmörder normalerweise sind. Aber er will es sein – er will sich jetzt einbilden, dass er zu den Monstern gehört, kein Mensch mehr ist. Wir haben es mit einem in jeder Hinsicht durchschnittlichen jungen Mann zu tun, der allenfalls ein, zwei diskrete Eigenschaften hat, die ihn daran hindern, wenigstens dieses durchschnittliche Leben zu führen, das ihm sozusagen zustünde …»

«Was meinen Sie damit?», fragte diesmal Magenreuter dazwischen.

Leonard zuckte die Schultern. «Er stottert, er ist übermäßig schüchtern, er hat Mundgeruch, er ist inkontinent, zum Beispiel, dazu ist noch etwas hinzugekommen, fortwährende Erfolglosigkeit im Studium, aber durchgefallene Examenskandidaten sind ja überprüft?»

Metzner nickte.

«Vielleicht ist ihm die Wohnung gekündigt worden, oder er kann sich einfach nicht mehr vorlügen, die richtige Wahl in seinem Studium getroffen zu haben – wieder ein Semester nicht vorangekommen in Mathematik, Physik, Philosophie oder …», Leonard grinste, «Psychologie. Jetzt will er es so machen, wie er es aus den Filmen kennt, die er einsam angeschaut hat und bei denen er das Gefühl hatte, dass weniger die Polizisten in ihrer Durchschnittlichkeit, sondern vielmehr die grauenhaften Täter etwas von dem Leben hatten, das er sich wünscht und das er im Guten nicht haben kann, aber im Bösen vielleicht schon.

Der Mord an der chinesischen Studentin soll das Werk eines kalten professionellen Killers sein, das gelingt ihm auch – aber es macht ihm nicht so richtig Freude. Einen Menschen zu erwürgen ist eine widerliche Angelegenheit, einen Todeskampf mitzuerleben ist neu für ihn. Unser eingebildeter Serienkiller will sein Bild von sich retten. Er muss weiter töten, er hat es ja angekündigt. Sonst ist er wieder ein Nichts.

Der Ausweg? Feuerwaffen. Ab jetzt wird er schießen. Töten auf Entfernung, das steht er durch. Möglicherweise erholt er sich darüber und traut sich dann irgendwann auch wieder mehr zu, aber nicht sofort. Nur, um an Waffen heranzukommen, muss er es noch einmal anders machen. Ich bin mir sicher, dass er den alten Mann kannte, wie wäre er sonst auch in die Wohnung gekommen. Nur leider haben die Befragungen der Nachbarn ja gar nichts ergeben?»

Scherer schüttelte traurig und fast schuldbewusst den Kopf.

«Den Alten zu erschlagen hat ihn dann überfordert, im Grunde kann er nicht mehr, gesteht sich das aber nicht ein. Wenn ich recht habe, fällt ihm seine Rolle von Tag zu Tag schwerer, und diese Schwere kann er irgendwann nicht mehr verdrängen. Er hinterlässt Spuren, er hat einfach nur noch einmal Glück, da ist nichts Professionelles – und das weiß er auch. Deshalb der Brief an Sie», Leonard nickte in Theuers Richtung. «Die echten nehmen immer Kontakt mit der Polizei auf, und er will ein echter sein. Dazu gehört der absolute Tabubruch. Ein Kind.

Er wohnt eher in der Gegend des alten Mannes und des Kindes. Wie gesagt, er kannte ihn, und in der Altstadt geht man auch so mal spazieren, Studentenwohnheime besucht man für irgendwelche Feten, auch wenn man dann die ganze Zeit in der Ecke steht. Aber um dort spazieren zu gehen, wo er das Mädchen erwischt hat, dazu reist man nicht an. Hier fehlen ja noch einige Ermittlungsergebnisse?»

Diesmal nickte ein Beamter, dessen Name Theuer vergessen hatte. Bitter musste er bilanzieren, dass sie tatsächlich dezent und wesentlich geschickter als zu Seltmanns Zeiten außen vor waren.

«Also», fasste Leonard zusammen. «Wir suchen einen jungen Mann, Student, erfolglos, durchschnittlich, aber sozial unangenehm, ambitionierter Studiengang, wohnhaft: Rohrbach, Kirchheim, Hasenleiser. Ich danke Ihnen.»

Einige applaudierten. Und es war tatsächlich der brave Leidig, der schließlich sagte: «Ich brauch jetzt einen Kurzen.»

Dieser Satz schien eine geradezu magische Wirkung zu haben. Fast ohne es abzusprechen, ging das Team gemeinsam ins nahe Thanner, auch Yildirim wäre gerne noch dabei gewesen, aber sie opferte sich großmütig, damit Babett nicht zu lange allein sein musste.

Wie selbstverständlich, obwohl beide das nicht zugaben, aber eigentlich aus Angst, blieb Theuer bei ihr auf der Straße stehen, bis das Taxi kam.

«Ist dir das aufgefallen?», fragte er. «Während Magenreuter ihn vorgestellt hat, hat er was auf einem kleinen Zettel notiert.»

«Und warum sollte er das nicht tun?» Yildirim hustete, Asthmaspray, besser.

«Nein, so meine ich das nicht ...» Theuer versuchte, den Kopf hin- und herbeugend, seine knirschende Nackenmuskulatur zu lockern. «Ich glaube, ich fange an zu spinnen. Ich achte bei allen Leuten auf kleinste Anzeichen, dass sie abnorme Naturen sind.»

«Schau in den Spiegel», sagte Yildirim.

Das Taxi kam.

«Ich frage mich wirklich, was die Oberdorf von mir will.» Yildirim öffnete die Beifahrertür und stieg ein.

Im Lokal wusste er dann bald nicht mehr, warum er überhaupt geblieben war. Zwar zeigte sich Haffner wie üblich als durchaus unterhaltsames Phänomen, so versuchte er über eine halbe Stunde ausgerechnet einen mineralwassertrinkenden Mormonenmissionar zu einem «harten Wettsaufen» zu überreden, Theuer konnte das aber nicht hinreichend amüsieren. Etwas bohrte, biss und nagte in seinem Hirn herum, und er wusste nicht, was.

Unter einem Vorwand verließ er die Runde, gerade als Senf den Vorschlag machte, der Mormone könne doch Wasser trinken und der Kollege Bier, und so wäre der Wettbewerb dann vielleicht doch noch durchführbar, was Haffner sofort akzeptierte.

Es war so eine Idee ... Seine Schritte hallten auf dem Asphalt, unwillkürlich schaute er sich mehrfach um und befand dann, dass alle recht hatten, die nur wollten, dass man diesen Cromwell fasste, egal wie. Trotzdem ging er noch einmal ins Büro.

Selten, sehr selten, wählte er zur Strukturierung seiner wirren Gedanken die Anfertigung von Notizen. Er besaß ungefähr zwanzig Notizbücher, verstreut in Wohnung, Auto und Büro. Stets waren nur die ersten fünf Seiten beschrieben, manchmal noch weniger. Mitunter schlug er eines nach Jahren auf und sah kleine, offensichtlich irgendeine Strukturierung darstellenden Graphiken aus seiner Hand, die er beim besten Willen nicht mehr verstand: Pfeile, Kugeln, wirre Linien.

Und jetzt brauchte er geschlagene fünf Minuten, eines zu finden. Unter einem Katalog für Gartenmöbel, aha, und das im Schreibtisch eines sozusagen gartenlosen Menschen.

Seufzend knipste er die Schreibtischlampe an.

Was passt nicht beim Kohl-Mord(?)?

– Wirft man jemand im Affekt ins Wasser? Oberdorf hat es getan. Wollte aber Schande loswerden ... Der Täter muss eine besondere Beziehung zu Kohl haben ...

Er brach ab und machte das Licht aus, so peinlich war ihm plötzlich das Ganze. Was sollte denn das? Welche Vermessenheit trieb ihn dazu, einen internationalen Experten mal so eben denkerisch auszuhebeln? Er, dessen Mathematikkarriere bei der Berechnung des Pyramidenstumpfes für immer geendet hatte? Er stand auf, zog den Mantel an, ging.

Ich habe geträumt, und es war einer dieser Träume, die einen auch nach dem Aufwachen nicht loslassen. Minutenlang lag ich wach und kämpfte gegen das Gefühl an, neben mir läge eine blondgelockte Frau, schon etwas breiter in den Hüften – aus den üblichen Weibergründen. Sie hieß komischerweise Yvonne – ich verbinde mit dem Namen nichts –, und wir lebten mit unseren zwei Kindern in irgendeinem nicht näher bestimmten Ort, der ein wenig an eine holländische Kleinstadt erinnerte. (Waren wir je gemeinsam in Holland?) Ich hatte einen seltsamen Beruf, musste tote Raben begutachten und nach Kriterien, die nur im Traum logisch schienen, immer die vier besten aussortieren.

Dann war ich zu Hause, meine Kinder saßen auf meinem Schoß, meine Frau werkelte in der Küche, sang sogar irgendetwas und trug schließlich vier tote Raben zum Essen auf. Sie lagen dampfend auf einer prächtigen Silberplatte, waren aber nicht gerupft oder sonst wie vorbereitet. Man aß sie aus der Hand, biss ihnen die Köpfe ab.

Dann wachte ich auf und brauchte, wie gesagt, eine gewisse Zeit, bis ich mit Erleichterung feststellte, dass alles nur ein Neuronengewitter gewesen war. Der Ekel ließ nach – und ich wagte den Griff neben mich: keine Frau, keine Kinder, Gott sei Dank, niemand.

Theuer träumte in dieser Nacht, er heiratete zwei Elefanten. Aufgeregt, atemlos stand er zwischen ihnen in einem gewaltigen Gotteshaus, dessen gotische Säulen sich in der Schwärze des Alls verloren, dann irgendwie schon verheiratet, ja sogar nach einer im Traum nicht weiter fassbaren sexuellen Freude der allergrößten Art, war er selbst im All. Seine neuen Gatten waren tot, begriff er. Er weinte, schrie, schlug um sich – es durfte nicht sein! Dann beruhigte ihn ein pulsierendes Licht, auf das er zuging. Als er das hypnotische blaue Signal erreichte, wusste er, dass hinter diesem Licht alle warteten, die ihm wichtig waren, die Lebendigen und die Toten. Er wachte auf. Dienstag, 1. März, bald würde es Frühling. Das war unglaublich.

Er saß, unpassend stark erschöpft von 90 Minuten Autobahnfahrt, im Besuchsraum der Offenburger Justizvollzugsanstalt. Eine steinerne Hölle, deren Version für Frauen er nun zum ersten Mal kennenlernte – sie unterschied sich in nichts von der für Männer. Das Kunststoff-Furnier des Tisches war an den Ecken abgebrochen, die grün-orangenen Muster der eckigen Sessel erkennbar aus den 70er Jahren. Das Fenster: Die Eisenstäbe, dahinter noch ein feineres Metallgeflecht, das die Mauer ahnen ließ, den weißen Himmel und eine halbe Baumkrone – der Jahreszeit gemäß entlaubt. Jetzt erst entdeckte er ein schlichtes Holzkreuz über der Metalltür – natürlich, Pfarrer Simonson hatte einen seiner Räume zur Verfügung gestellt, er war sozusagen privilegiert. Theuer wäre gerne auf die Cornelia Oberdorf von heute – ohne Lehrstuhl, Ruhm und furchteinflößende Aura – vorbereitet gewesen. Aber der Pfarrer, das hatte man ihm am Eingang schon mitgeteilt, war beim Betreten der Wohnung über seine Katze (!) gestolpert und liege nun mit Prellungen darnieder. Der Katze gehe es gut.

Theuer seufzte. Vielleicht war sie ja zu einer finsteren Regentin der Unterwelt herangereift, die man in einer Sänfte aus in Streifen gerissenen Bettlaken und zusammengeschnürten Zahnbürsten durch die Gänge trug?

Ein Schlüssel wurde ins Schloss gesteckt, die Tür ging auf.

Der junge Cromwell klaubte seinen Koffer vom Schrank, klopfte die Staubflusen ab. Wann hatte er den das letzte Mal benutzt? Für Kassel nahm er immer nur die kleine Reisetasche. Als es ihm einfiel, schossen ihm plötzlich die Tränen in die Augen. 2003, im Rekordsommer, da hatte er seine Mutter, die sich einfach nicht von dieser Frühlingsgrippe erholte, an die Nordsee begleitet, die richtige Diagnose wurde dann erst im November gestellt. Armin straffte sich, wischte die Tränen grob aus den Augen. Das durfte jetzt nicht sein.

Packen: Kleidung, Waschzeug, die Schreibmaschine, die Waffe, das Bild von Ernst Bloch und die sechs Taschenbücher, die den Namen des großen Mannes trugen, schließlich schauten sich seine Jäger vielleicht in der Wohnung um. Er war sich sicher, dass sie ihn jagten. Aber mit seiner Finte würden sie nicht rechnen. Dann ließ er den Koffer sinken. Wenn sie die Wohnung betraten, wäre es vorbei, er hatte ja bei Kurth alle erdenklichen Spuren hinterlassen.

Er packte zu Ende, ließ die belastenden Gegenstände, als Letztes die Plastiktüte mit den besudelten Kleidungsstücken, offen liegen und verließ dann die Wohnung, ohne sich noch einmal umzuschauen.

«Herr Theuer, geben Sie sich nicht die Mühe, Ihre Gefühle zu verbergen. Ich weiß um mein Erscheinungsbild.»

Der erste Satz, den Theuer nun nach vier Jahren von der früheren Professorin Oberdorf hörte, war also vorhersehbarerweise eine Art Befehl. Zu ihrer großen Zeit hatte sie eine

Schneise in die Studentenschaft der Kunstgeschichte geschlagen, schier Unzähligen in Heidelberg und anderswo den erträumten Beruf gründlich, meterhoch verbaut. Er wusste noch, wie sie ihn aus ihrer Wohnung geworfen hatte. Und was sah er nun? Eine immer noch riesige Frau, auch immer noch voluminös, aber das Volumen verdankte sich gedunsenem Fleisch, die Leibesfülle eines Menschen, der mit Medikamenten vollgepumpt ist, die gegen etwas helfen sollen, wo es nichts gibt, was helfen könnte. Ihre Haare waren grau geworden und straff, aber dennoch nachlässig nach hinten gebunden, was ihre kantigen Gesichtszüge betonte. Sie war ihm immer wie ein Mensch im Maßstab zwei zu eins erschienen, nun schien auch ihr Leiden größer, als es in diesen Mauern ohnehin für jeden war.

«Frau Oberdorf, Sie wollten mich sprechen. Zunächst einmal, warum mich?»

Sie schaute ihn mit wässrigen Augen an. «Ich wüsste nicht, an wen ich mich wenden sollte. Mein Anwalt hat meinen Wunsch abgelehnt, hat mir mitgeteilt, er sei kein Privatdetektiv. Und da sind nur Sie mir eingefallen. Ich entsinne mich, dass Sie sich nach der Festnahme menschlich benommen haben.»

Theuer musste sich eingestehen, dass er sich an die Zeit direkt nach der turbulenten Verfolgungsjagd nicht mehr erinnerte.

«Wissen Sie eigentlich, was ich bekommen habe? Ich meine, wie viele Jahre?»

Der schwere Ermittler schüttelte den brummenden Kopf.

«Für diesen Willy Totschlag, für Daniel versuchten Mord, zusammen zwanzig Jahre. Ich werde jenseits der siebzig sein, wenn ich herauskomme.»

Theuer fiel auf, dass sie Sundermann immer noch beim Vornamen nannte.

«Das heißt», fuhr sie fort, «einige Dinge kann ich schlecht auf eine Zeit nach der Haft schieben. Sie erinnern sich an die albanische Putzfrau, die das Bild für Daniel versteckt hat?»

«Natürlich.» Theuer merkte, wie sich sein Puls beschleunigte, dieser erste kapitale Fall seines Teams – da war er wieder. «Ich hätte die Frau ja beinahe erschossen, und letztlich wegen mir und …», sie pausierte, «wegen Ihnen ist ihr Sohn im Gefängnis gelandet.»

«Vor allem wegen Sundermann!»

Sie lächelte unfroh. «Mag sein. Auf jeden Fall hatte ich ihr gegenüber ein schlechteres Gewissen als gegenüber meinen Opfern. Ich nahm Kontakt mit ihr auf, die Adresse wusste ich ja, den letzten Ort, wo man in Freiheit war, und wenn es diese Wörthstraße in Mannheim ist, vergisst man nicht.»

Sie schwieg, schaute nach unten, schien ganz in diese Nacht zurückzukehren und Theuer ging es ähnlich.

«Vokrri heißt sie, Alba Vokrri. Ich sehe das Namensschild vor mir, als hinge es an der Innenseite meiner Zellentür. Lange Zeit antwortete sie nicht. Ich dachte, sie wollte mit mir nichts zu tun haben, aber sie war praktisch Analphabetin, und Deutsch lesen konnte sie dann natürlich erst recht nicht. Das habe ich erfahren, nachdem mir ein Sozialarbeiter geschrieben hat, den sie dafür gewinnen konnte. Irgendwann will man wissen, wer einem da und warum zum zehnten Mal schreibt.» Oberdorf hielt sich den linken Arm. «Zittert manchmal», deutete sie Theuers Blick richtig, «kommt von den Medikamenten.»

Der Kommissar entsann sich, dass sie damals davon ausgegangen waren, dass auch die Putzfrau vor Gericht käme, Yildirim hatte befürchtet, die Anklage erstellen zu müssen, denn in ihr konnte man wirklich ein Opfer der Umstände sehen. Aber aufgrund der letzten Vorkommnisse vor Oberdorfs Ergreifung war der Prozess nach Mannheim gewandert, und offensichtlich hatte man dort in Sachen Putzfrau ein Einsehen gehabt. Obwohl es Mannheim war.

«Hätte ich Familie, sie hätte sich sicher von mir abgewandt, aber da war ja niemand. In meinem ganzen Leben war im Grunde niemand. Einen Cousin habe ich, viel jünger, knappe dreißig, er taugt nicht viel, na ja, er hat zumindest niemanden umgebracht ...» Wieder brach sie ab, schüttelte den Kopf, als könne sie noch immer, im fünften Jahr, nicht begreifen, wie alles das hatte passieren können. «Also, er verwaltet meine Finanzen, dafür habe ich ihn zum Alleinerben eingesetzt. Im Lauf der Jahre hat sich doch eine Menge angesammelt gehabt, ich musste ja nie für jemanden aufkommen. Er hat das dann geregelt: Ich habe Frau Vokrri monatliche Zuwendungen gemacht, und – was soll ich sagen – die sind ihr gut bekommen.

Ihr Junge kommt nächstes Jahr raus, nicht zuletzt, weil er Ihnen das Leben gerettet hat, außerdem fielen die drei Burschen unter das Jugendstrafrecht», Theuer nickte, «sie hat ein Haus im Kosovo für die beiden gekauft, will dann auch zurückkehren ... diese Vokrri hat einen zähen Charakter, das habe ich ja auch gemerkt, als ich das Bild wollte. Sie wissen, dass das Bild verschwunden ist, nehme ich an.»

«Ja.» Aber Theuer brauchte eine Weile, bis er sich wirklich erinnerte, woher er das wusste – das Alumni-Heft.

«Sie hat es.»

Frau Meier im dritten Stock, mit der hatte er, in einer sentimentalen Anwandlung, einmal über die Krankheit seiner Mutter gesprochen, eines der wenigen nachbarschaftlichen Gespräche, das er überhaupt je geführt hatte. Er klingelte, sie war zu Hause, er hörte ihre schlurfenden Schritte. Er musste ein Kichern unterdrücken, denn er fasste automatisch in die Jackentasche, wo er neuerdings die Waffe trug.

Er musste aufpassen, dass er nicht irgendwann aus Versehen tötete.

«Ach, Herr Hahn, Sie sind es.» Die alte Dame löste die Türkette und bat ihn erleichtert herein. «Man weiß ja nicht, wo und wann dieser Kerl das nächste Mal zuschlägt. Kommen Sie nur, setzen Sie sich. Wie geht es Ihrer Mutter?»

Armin nahm auf dem geblümten Sofa Platz, bemühte sich, artig auszusehen, während die alte Meier schlurfend in den Fernsehsessel zurückkehrte, der, wenn man die in Griffnähe um ihn drapierten Medikamente, Diabetikerleckereien, Wassergläser und Enkelfotos betrachtete, wohl ihren Lebensmittelpunkt bildete.

Und sofort ging es auch los, mit einer Greisenlitanei: Die Kinder, sie schauten gar nicht mehr nach einem, als ob das von Darmstadt aus so weit wäre, gut, zu Weihnachten wollten sie sie holen, und zurzeit riefen sie auch täglich an, aber da muss also erst ein Mörder kommen, dass die jungen Leute ... Armin hörte nicht weiter zu, ließ die Augen wandern: Hummelfiguren in der scheußlichen Vitrine, ein Bild, das wohl eine Heidelandschaft darstellen sollte, ein Zinnkrug mit Alpenmotiven. Er musste sich mehrmals zwingen, nicht doch den Koffer zu öffnen, zwei, drei schnelle Handgriffe, und diese klebrige Mischung aus Geschwätzigkeit, Weinerlichkeit und schlechter Geschmack wäre zu Ende. Aus.

«... aber jetzt, was rede ich denn auch die ganze Zeit! Wie geht es denn nun Ihrer Mutter?»

«Ja, also deshalb bin ich eigentlich hier.» Er leierte seinen Text herunter. «Ich muss etwas länger nach Kassel, dieses Mal. Es steht schlecht um meine Mutter. Sehr schlecht.»

Die Meier hielt schockiert die Hand vor den Mund, Armin nahm ihr die Gefühlswallung keine Sekunde ab. «Ja und, da wollte ich Sie informieren.»

«Ach ja, das ist nett», sagte die Alte. «Es ist schon wichtig, dass man zurzeit weiß, welche Leute im Haus sind und wer verreist ist!»

«Es hängt über ihrem Sofa. Irgendein Schwachkopf von der Mannheimer Polizei hat es wohl in dem ganzen Durcheinander an die Hauswand gelehnt, und da stand es noch, als sie am nächsten Tag von der Vernehmung nach Hause kam. Später haben Sie es natürlich gesucht, aber sie wollte es behalten und versteckte es. Es war der Polizei wohl etwas peinlich, deshalb wurde nie viel darüber gesprochen.»

Theuer musste lachen und schüttelte ungläubig den Kopf. In der Tat, das war ein bisschen peinlich für die Polizei – für die Mannheimer Polizei, ergänzte er schnell.

Sogar Oberdorf gelang ein echtes Lächeln: «Na ja, nachdem wir dann beim Prozess geständig waren, Daniel und ich, wurde über das Bild nicht mehr so viel geredet.»

Theuer schaute zur Uhr: «Frau Oberdorf, ich kann gut verstehen, dass Sie diese ganze Geschichte sehr beschäftigt, aber …»

Sie hob die Hand. «Warten Sie. Bitte. Nur einen Moment noch.»

Theuer nickte.

Armin fuhr mit der Straßenbahn zum Bahnhof, lief eine Runde durch die Bahnhofshalle und ging dann zum Taxistand. «Zum Europäischen Hof.»

Dr. Kunz hieß er jetzt bis auf weiteres. Er hatte eigentlich damit gerechnet, seinen Ausweis zeigen zu müssen, und schon an einer Geschichte gebastelt, Taschendiebstahl im Zug oder Ähnliches, aber das war gar nicht nötig gewesen. Ein Hotelgast kam als junger Cromwell anscheinend nicht in Frage.

«Vokrri hat inzwischen ganz gut Deutsch gelernt. Sie kann auch schreiben. Wir haben uns fast ein wenig angefreundet. Man stelle sich das vor, die erste Freundin einer Ordinaria für Kunstgeschichte ist eine albanische Putzfrau.»

Da schimmerte sie noch einmal auf, die Arroganz, die Oberdorf zu ihren besseren schlechten Zeiten ausgezeichnet hatte.

«Ich denke nicht, dass Sie diesen Titel noch führen», versetzte Theuer dann auch kühl.

«Das weiß ich», entgegnete sie gleich aggressiver. «Das weiß ich in jeder Sekunde, die ich hier lebendig begraben bin. Mein Leben war die Kunst! Für andere sind fehlende visuelle Erlebnisse vielleicht bedrückend, für mich sind sie eine Qual, aber ...» Sie schloss die Augen und fasste sich an die Stirn. «Ich will Sie nicht verärgern, wirklich nicht. Sie schreibt seit über zwei Wochen nicht mehr, wir schrieben uns zuletzt täglich, die wenigen Male, wo ich telefonieren konnte in dieser Zeit, habe ich sie nicht erreicht, und ich weiß nicht, was los ist.»

«Ich denke, Strafgefangene haben ein gewisses Limit, was den Briefverkehr betrifft?»

Oberdorf schaute auf die Tischkante. «Pfarrer Simonson ... es sind nur Postkarten, kleine Grüße, die mir zu überleben helfen ...»

Theuer seufzte: «Aber ja doch, einer trage des anderen Last, und wenn es nur ein paar Gramm zum Briefkasten sind ...»

Oberdorf schaute ihn flehentlich an. «Aber das ist doch nicht so ...»

Der Ermittler winkte ab: «Wenn es der Direktor erfährt, kriegt der Pfarrer Schwierigkeiten, mir ist es egal.»

Oberdorf atmete hörbar, Theuer kannte das, wenn man gegen die Furcht anschnauft und unterliegt.

«Ich habe furchtbare Angst, dass wieder etwas Schlimmes passiert ist», sagte Oberdorf dann auch, «für das letztlich wieder ich verantwortlich bin.»

«Und jetzt soll ich für Sie nach Mannheim fahren und schauen, was mit dieser Vokrri los ist?»

«Ich wäre sehr dankbar.»

Theuer zog den Mund breit. «Normalerweise übernehme ich keine Botengänge für verurteilte Straftäter ...»

Oberdorf nickte, schlug die Augen nieder und machte Anstalten aufzustehen.

«Bleiben Sie sitzen», sagte Theuer, fasste sogar über den Tisch, berührte sie aber nicht. «Ihr Cousin, was ist mit dem?»

«Der wird sich hüten, ich habe es ja probiert. Er hat natürlich urplötzlich Pfeiffer'sches Drüsenfieber. Wenn die Vokrri weg ist, bleibt mehr für ihn.»

Theuer dachte nach. Versuchte zu glauben, dass es einfach nur Zufälle waren, die ihm den alten Fall in die Gegenwart holten, es gelang ihm nicht.

«Also gut, Frau Oberdorf. Ich verspreche es. Ich kümmere mich darum.»

Er lag auf dem Bett, hörte durch die schweren geschlossenen Vorhänge fast nichts von draußen. Am liebsten wäre er so eingeschlafen. Eingeschlafen und nicht mehr aufgewacht, aber das ging nicht. Er riss sich geradezu aus der Horizontalen, packte die Schreibmaschine aus und stellte sie vor sich aufs Bett. Soweit er das mitbekommen hatte, waren die Zimmer neben ihm leer, es dürfte zurzeit eine Menge Stornierungen geben. Trotzdem musste er mit der Maschine so leise wie möglich sein.

Herr Theuer,
beim Ostereiersuchen würde man sagen:
Kalt.
Sie sind weit davon entfernt, mich zu kriegen.
Der junge Cromwell

Die Besuchszeit lief ab, und Theuer war herzlich froh darum, dem zerstörten Weib zu entkommen, bevor sie ihm zu leid tat.

«Abgesehen davon, dass es grässlich ist.» Er bemühte sich um einen lockeren Ton. «Wie kommen Sie denn hier zurecht? Wie geht es mit den anderen Gefangenen?»

Oberdorf machte eine wegwerfende Handbewegung. «Ich kann mir denken, was Sie glauben. So autoritär, wie ich früher war, werde ich doch wohl hier einen guten Platz in der Rangordnung einnehmen können, wenigstens das?»

In der Tat waren Theuers Gedanken in diese Richtung gegangen.

«Vergessen Sie es. Es ist durchgesickert, welcher Art meine Beziehung zu Daniel Sundermann war. Dass ich eine Masochistin bin. Ich hatte es ja vorher selbst nicht geahnt. Da gilt man hier nichts, erst recht nicht als hässliches Riesenweib.» Sie biss sich auf die Unterlippe.

Einen kurzen, verwirrten Moment lang fragte sich Theuer, ob sie das jetzt wohl genieße. «Sie erwähnten mehrfach Sundermann», versuchte er das Thema zu wechseln. «Wie geht es ihm …»

«Seit ich ihm das halbe Gesicht weggeschossen habe?», unterbrach ihn Oberdorf. «Ich habe über Frau Vokrri tatsächlich immer wieder einiges über ihn erfahren. Sie besucht ihn regelmäßig, die treue Ex-Angestellte – obwohl er am Schicksal ihres Sohnes fast genauso schuld ist wie ich.» Sie brach ab, holte schwer Luft und schluchzte. Kurz, zwei, drei Stöße, die ihr fast die Brust zu zerreißen schienen. «Es ist furchtbar. Er kann leidlich sprechen, aber ich habe auch sein Rückenmark und Gehirn verletzt, er kann nur einen Arm eingeschränkt bewegen, schlecht laufen. Am schlimmsten ist aber – ein Auge habe ich ihm kaputt geschossen, und nach einigen Monaten konnten die Ärzte nicht verhindern, dass seine vielen Gesichtsverletzungen zur Entzündung des verbleibenden führten. Er ist blind. Hat natürlich Haftverschonung und lebt jetzt wohl in einer betreuten Wohngemeinschaft für spät Erblindete. Wenigstens sehen seine Mitbewohner sein zerstörtes Gesicht nicht.

Alba Vokrri bewahrt das Bild für ihn auf, für den Fall, dass er sozusagen doch noch einmal Freude an Bildern findet – natürlich weiß sie, dass es Unsinn ist. Er hat sie gefragt, was mit dem Bild ist, da hat sie nur ausweichend geantwortet, hat sie erzählt. Man kann ja schlecht zu einem Blinden sagen: Ich bring dir ein Bild mit.

Ein gefälschtes Aquarell ist zu einem wahren Fetisch geworden. Durch mich.»

Theuer schaute seine Schuhe an. «Er war ein so schöner Mann.»

«O ja, das war er.» Oberdorf schien etwas hinter den Gittern entdeckt zu haben, schaute hinaus, wie Theuer sah, als er den Kopf wieder hob. Und er wusste doch, dass es da gar nichts zu sehen gab.

Armin ging schon am frühen Abend in die Altstadt, nahm den Schlüssel mit. Er würde es tun, irgendwo, bei irgendwem und dann möglichst abgeklärt essen gehen, am besten ganz in der Nähe, dann wieder ins Hotel zurückkehren.

Er fühlte sich großartig. Er musste möglichst wenig er selbst sein und möglichst viel der junge Cromwell.

Theuer traf seine Leute noch an, natürlich. Auch Magenreuter war da – mochten sie bei den entscheidenden Aktionen nicht die erste Wahl sein, er schien den Stand der Dinge immerhin gerne mit ihnen zu rekapitulieren –, seltsam genug, schließlich hatten sie schon früh Krach bekommen, und mit Haffner verband den Polizeidirektor, es blieb unfassbar, ein gemeinschaftlich erworbenes Lokalverbot in einer zwielichtigen Kaschemme.

Zunächst erzählte allerdings Theuer, was er erlebt hatte, und die Jungs waren richtig aufgeregt, an den alten Fall erinnert zu werden, sogar Senf, der ja damals noch gar nicht dabei gewesen war.

«Der Hammer», stöhnte jemand, der dies beim Inhalieren konnte, Theuer versuchte es später zu Hause mit einer von Yildirims Zigaretten, es ging eigentlich nicht. «Das gönn ich nicht mal dieser Mannheimer Sadoschwuchtel. Die Fresse weg, okay. Aber blind?»

«Ich war immer davon überzeugt, dass du im Grunde Humanist bist», flötete Senf.

«Aber das ist ja jetzt alles nicht so wichtig», sagte Theuer. «Was ist hier los?»

«Wir haben den Hasenleiser durch», sagte Magenreuter. «Auf drei zurückgezogene Studenten hätte das Profil gepasst. Nummer eins ist bei seinen Eltern und zwar schon vor Semesterende dort eingetroffen, weil man gemeinschaftlich den Dachstuhl renoviert.»

«Und wo wohnt das Muttersöhnchen wohl?», knurrte Haffner. «Dresden – der fällt weg. Entzieht sich.»

Leidig schaute müde zu Haffner, der ein kleines flämisches Klosterbier nebst passendem Kelch zur Verkostung vorbereitete.

«Thomas, niemand, der unschuldig ist, entzieht sich dadurch einer Bestrafung, oder wenn du so willst: jeder.»

«Ossidepp trotzdem.» Haffner nahm einen Schluck und seufzte selig. «Warum haben wir eigentlich nicht Belgien genommen statt der Scheiß-DDR?»

«Apropos Entziehen», stichelte Senf, wechselte dann aber das Thema. «Nummer zwei ist laut Angaben einer Nachbarin heute verreist, nach Kassel, weil seine Mutter mit Leukämie im Krankenhaus liegt. Wir haben uns wund telefoniert ...»

«Wir haben denen einen Hörsturz drangelabert», präzisierte Haffner.

Theuer schaute ihn verblüfft an. «Das hast du lange nicht mehr gesagt.»

Haffner rülpste, nickte. «Seit vier Jahren.»

«Und weiter?»

«Na ja, ein Krankenhaus gibt nicht so ohne weiteres Auskunft.» Magenreuter massierte sich die Nasenwurzel, sie waren alle wirklich ziemlich im Eimer. «Und es gibt in Kassel natürlich mehr als eines. Aber immerhin: Seine Mutter liegt im Krankenhaus, hat wohl Leukämie, und er besucht sie häufig.»

«Das heißt, wenn in seiner Abwesenheit ein Mord geschehen sollte, so makaber das ist», inzwischen scheute sich niemand mehr, von weiteren Taten zu sprechen, noch nicht einmal Leidig, «dann ist er aus dem Schneider.»

«Und Nummer drei?», fragte Theuer.

«War vorhin nicht zu Hause, wir bewachen das Haus. Er wohnt im Keller, und im Haus sind sie immer von seinem Schreibmaschinengehacke genervt.»

Theuer stand der Mund offen. «Ja, aber ...»

Magenreuter winkte ab: «Bis darauf, dass er wenig Kontakte hat, stimmt er mit Leonards Profil nicht überein.»

Endlich verstand Theuer besser, warum Magenreuter hier war – sobald «Nummer 3» auftauchte, würde man sie zu ihm bringen – das stimmte ihn wieder etwas versöhnlicher.

«Wenn er es ist», sagte Magenreuter, «dann hat er an Sie geschrieben, ich hoffe, Ihre Gegenwart verunsichert ihn. Außerdem», er lächelte, «könnt ihr vier das ganz gut, das weiß ich doch.»

«Was können wir?», fragte Leidig und klang ehrlich interessiert.

«Leute verrückt machen.»

Die Tür ging auf, man brachte Nummer drei.

Hatte man nicht vor drei bis vier Jahrzehnten so ausgesehen? Nicht ganz: Die Anti-Atomkraftsticker waren später aufgekommen, bunte Stulpen hatten Anfang der Achtziger eine kurze unbegreifliche Popularität im linken Lager errungen – die Friedenstaube war sogar noch jünger, freilich immer noch alt. Theuer wunderte sich, dass es noch Anstecker mit dieser Graphik gab, noch nicht einmal rostig war das alberne Ding, und was war da noch am Revers des historischen Parkas (dessen schwarz-rot-goldene Embleme sorgfältig entfernt worden waren)?

Schwerter zu Pflugscharen. Aber gewiss doch.

Ansonsten aber: Die John-Lennon-Brille, die Mähne, der wildgewachsene Ziegenbart, der Rollkragen und vor allem der Geruch, das war alles lange her und wieder nicht. Er saß inmitten des Raumes und hieß auch noch ganz dumm Hans Holz. 27 Jahre, ein paar Millionen Semester Sonderschulpädagogik.

«Isch sag ga nix, ihr Wichser», sagte er, was ja auch schon ein bisschen paradox war.

«Dieses Wort!», schrie Haffner, und man roch den Schrei im ganzen Raum. «Dieses W-Wort hat in einem Polizeirevier nichts verloren!»

Senf hielt sich den Mund zu, auch Leidigs Augen schienen auf doppelte Größe anzuschwellen.

«Sie sind kein unbeschriebenes Blatt», gurrte Senf vergnügt. «Sie sind sogar vorbestraft, weil Sie eine Tür in der Steingasse verschmutzt haben. Sie haben ein Hakenkreuz aufgemalt», Senfs Blick tastete über ein verblichenes Protokoll, «…Steingasse I.»

«Weil dort ein Faschist wohnte. Dachte ich. Aber ich hatte mich geirrt. Und hätte mich entschuldigt. Der Sohn des Hauses war in Italien … Mussolini … Ihr seid Wichser!»

Und dann war es auch schon wieder vorbei: Holz hatte für alle Tatzeitpunkte ein Alibi. Am Sonntagmorgen zuletzt war es ein Treffen des Arbeitskreises «Halt's Maul, Deutschland!» gewesen. Immerhin zehn Teilnehmer konnte Holz namentlich nennen.

Theuer seufzte, schaute zu Magenreuter, der ein unangenehmes Wusst-ich's-doch-gleich-Gesicht machte.

«Okay», sagte Theuer, «lasst den Stinker nach Hause bringen.»

Holz schien nachzudenken.

Haffner trat zu ihm: «Aufstehen, Scheißer, es geht zurück in die Baracke. Dein Bad hast du doch sicher untervermietet? Wer wohnt dort? Noch so ein Zottelwrack?»

«Ich habe Ihnen etwas mitzuteilen», sagte Holz mit wichtiger Miene. «Ich habe eine Reihe Delikte begangen und möchte diese nun gestehen.»

«O nein», entfuhr es Senf. «Nicht doch, überlegen Sie sich das. Ich hab nichts gehört, versprochen!»

Aber was half es? In unterirdischer Laune protokollierten Theuers Buben die weinerliche Selbstanklage des Studenten Hans Holz. Im Grunde ging es immer um das Gleiche: Warenhausdiebstähle, der erste lag sieben Jahre zurück, und er wusste noch alle, besonders gerne nahm man Lachs, Sekt und Bifi.

Theuer befand im Stillen, dass man es ja an irgendetwas merken musste, ein hohes Dienstalter zu haben, und verließ wie selbstverständlich mit Magenreuter den Raum.

«Kann ich Sie in Ihrem Büro noch sprechen?», fragte er und dachte: Aha, demnach will ich das wohl.

«Herr Magenreuter.» Der schwere Ermittler verschränkte die Arme über dem Bauch, so als gäbe es in diesem Gespräch nur noch den Austausch von Gemütlichkeiten. «Sie wollen doch gar nicht, dass wir mitmachen.»

Magenreuter schaute an ihm vorbei, er schien ein Lächeln zu unterdrücken, schließlich und etwas kleinlaut: «Nein, ehrlich gesagt haben Sie ein Stück weit recht. Aber auch wieder nicht. Ihr vier macht bei Verhören den härtesten Typen mürbe – aber soll ich Haffner im Ernst Alibis überprüfen lassen? Leidig in den Nahkampf schicken? Und dieser Senf! Man kann ja froh sein, dass er einen nicht mit der Wasserpistole traktiert!»

Theuer entsann sich eines Spätsommertages im vergangenen Jahr, wo sie alle nass wie die Pudel nach Hause heimgekommen waren, weil Senf am Zierbassin vor dem Revier eine kolossale Spritzschlacht angezettelt hatte.

«Es tut mir leid», fuhr Magenreuter fort, «das können Sie glauben oder nicht. Ich möchte speziell Sie nicht aus Ihrem letzten Fall rausschießen, aber …»

«Was ich vielleicht beisteuern könnte, bietet Leonard viel besser …» Theuer versuchte einverstanden zu klingen, und eigentlich war er es sogar.

Magenreuter nickte. «Wenn Sie es selbst sagen.»

«Dann lassen Sie mich und die Jungs nach der Vokrri suchen, nach der Putzfrau, besser gesagt, das kann ich allein

… Aber falls da was ist mit dem Turner-Fall, lassen Sie uns das verfolgen.»

Magenreuter stand auf, wandte ihm den Rücken zu, als müsste er gerade jetzt einmal dringend schauen, ob die Aktenordner nicht nachts heimlich die Plätze tauschten. «Also gut», sagte er schließlich. «Suchen Sie. Aber Ihre Leute, das sollten Sie jetzt allmählich doch verstehen, sind nicht mehr Ihre. Die Teams gibt es nicht mehr und insofern keinen Teamchef. Ich brauche hier alle verfügbaren Kräfte. Auch die Herren Leidig, Haffner, Senf. Wenn nicht an der Front, dann eben in der Etappe.»

«Waren Sie bei der Bundeswehr?», bellte der schwere Ermittler Johannes Theuer.

Magenreuter ließ resigniert den Kopf tief hängen. «Polizisten müssen nicht. Wissen Sie es noch?»

«Jetzt wieder.» Theuer raffte seine Kräfte zusammen: «Gut, das sehe ich ein, meine Jungs sind nicht mehr meine Jungs, Sie brauchen sie und mich nicht so sehr …» Er stand seinerseits auf und sah überhaupt nichts ein. Er wollte jetzt hier raus.

Magenreuter seufzte: «Herr Theuer, ich bin seit einem Jahr hier – da bin ich immer noch der Neue. Und Sie wissen ganz genau, wie die Leute sind: Unter Seltmann sind die Fälle gelöst worden! Der war zwar ein wenig komisch, ja, genauer gesagt, zuletzt war er komplett wahnsinnig, aber er hat den Laden ja wohl doch …»

«Sie haben Angst, weil Sie schwarz sind», hörte sich Theuer sagen und erwartete eine ziemliche Explosion, setzte aber trotzdem noch hinzu: «Das verstehe ich.»

Statt Krach Stille. Schließlich, müde: «Wir machen das so, Herr Theuer. Sie verfolgen eben diese Putzfrauengeschichte. Am Ende bringt es ja was. Wahrscheinlich will sie nur mit diesem Weib da nichts mehr zu tun haben – also rechtfertigt das bisher nicht, die Mannheimer Kollegen einzuschalten. Es muss ja niemand erfahren.»

Theuer nickte. «Danke!»

Magenreuter trat zu ihm, sie gaben sich die Hand: «Ich schätze Sie schon irgendwie, Herr Theuer. Nicht jeder Vorgesetzte ist automatisch ein Feind.»

«Natürlich nicht», bestätigte Theuer traurig.

Armin schlenderte durch die Gassen, mäanderte immer zwischen Haupt- und Ingrimstraße. Sein Blick wanderte Richtung Heilig-Geist-Kirche. Auch dort, in dem Ausschnitt der Hauptstraße, den er sah, tat sich nicht viel. Es musste nichts mit ihm zu tun haben, es war noch kälter geworden, vor allem hatte eine feuchte Kälte Einzug gehalten, die gerade älteren Semestern wohl ziemlich in die Gelenke biss.

Armin wurde klar, dass er das nie erleben würde. Er würde niemals das erfahren, was man als junger Mensch ständig an Klagen zu hören bekommt – banale Dinge: Lesebrille, Hörgerät, Spritze für die Bandescheibe, vom Arzt verordnete Menge Wasser trinken …

Er würde aber auch nicht erleben, wie er für etwas geehrt würde, und sei es für irgendeinen Hilfsdienst im Kleintierzüchterverein. Er würde nie mit unverhältnismäßig geschwellter Brust am Esstisch verkünden, dass er befördert worden war. Er konnte gar nicht sagen, wann dieser Gedanke Gestalt angenommen hatte, vielleicht lag es schon an seinem Namen: Der junge Cromwell – wie sollte der alt werden.

Immerhin passend, dass nun eine alte Frau von der Hauptstraße in die Gasse bog. Näher kam. Ihn kaum beachtete, stehen blieb, den Schlüssel aus der Handtasche nahm.

Ich sitze in der Stadtbücherei und schreibe, wann ich das erste Mal getötet habe. Es amüsiert mich, dass die ganzen beflissenen Menschen, die um mich herumsitzen, wohl ganz erheblich erschreckten, wenn sie mir über die Schulter schauten. Wir beide hatten ja immer Spaß an solchen – zugegebenermaßen etwas infantilen – Spielchen. Ich schreibe also über meinen ersten Mord und weiß sehr wohl, dass ich damit zu spät dran bin – immer wolltest du die Geschichte von mir hören, und immer habe ich dich vertröstet.

Vielleicht musste ich dich verlieren, um endlich hart genug zu sein, wirklich kompromisslos in diese Welt zu schauen. Keine Farben mehr zu sehen, sondern Lichtbrechungen zu konstatieren, Musik als physikalisches Ereignis hinzunehmen, anstatt diesen lächerlichen Schauder zu spüren, Menschen als Insekten und Ameisen so lange zu dulden, bis sie stören.

Es war einmal ein kleiner Mann in unserem Viertel, bucklig, undefinierbar alt. Als Kind hatte ich Angst vor ihm, denn er roch schlecht, hatte einen wilden Blick und rief unanständiges Zeug hinter uns Kleinen her. Er hauste im Erdgeschoss eines Heimes für Männer, die die Linie im Leben verloren haben – Trinker, Vagabunden, wohl auch der ein oder andere Psychopath, da hing er dann am Fenster und rief seine Zoten. Er galt aber als harmlos, und bis auf ein paar Pöbeleien, die er von Halbstarken zu erdulden hatte, konnte er seine Widerlichkeit, seine Pestilenz ganz ungestört ausleben.

Auch mein Zimmer lag ebenerdig. Drei Blocks weiter, aber in einer weitaus reicheren Welt. Nach einem Streit mit meinem Vater bin ich aus dem Fenster geklettert, vierzehn war ich da, und streifte in einer Mischung aus Jungmännerstolz und ein wenig Angst durch die dunklen, ungewohnt verwaisten Straßen, es war spät. Ich weiß nicht mehr, wie spät, was für ein Tag war, nicht einmal genau die Jahreszeit, jedenfalls hatte ich keine Schule, sonst wäre ich ja gar nicht da gewesen.

Es war kalt, die Kälte kann ich noch geradezu fühlen.

Da habe ich den Alten gesehen, er ging einfach die Straße entlang, runter Richtung Park, und brabbelte etwas vor sich hin. Ich bin ihm nachgegangen, ich hätte nicht sagen können, warum.

Im Park hat er sich in die Büsche geschlagen, und obwohl ich wirklich gehörig die Hosen voll hatte, folgte ich ihm weiter. Dann sah ich ihn. Er stand an einen Baum gelehnt, vom Streulicht der Stadt hinlänglich beleuchtet, es gab keinen Zweifel, er holte sich einen runter. Natürlich hausten die Männer in Mehrbettzimmern, und da mag es einen Rest Scham gegeben haben, vielleicht waren die Toiletten so schmutzig, dass es selbst so einem verging, auf jeden Fall stand er da, und es reichte mir mit ihm. Ich wartete, bis er fertig war – die Hände wischte er sich an der Hose ab, das weiß ich noch.

Ich tötete ihn mit Tritten. Ich wollte mein Messer nicht schmutzig machen, ihn nicht anfassen. Aber ich wollte ihn von der Erde tilgen, zuletzt sprang ich auf seinen Kopf.

Dann ging ich nach Hause und war endlich einmal froh, keine Freunde zu haben, das machte es leichter, das Geheimnis zu bewahren.

II.

Herr Senf, ich möchte noch einmal auf die letzte Stunde zurückkommen …»

«Das denke ich mir schon.»

«Und ich lasse es unerwähnt, dass meine Frau eine unruhige Viertelstunde hatte, bis ich zu Hause war und versichern konnte, keine neue Einbauküche bestellt zu haben. Versichern konnte, dass da jemand einen dummen Telefonscherz unternommen hatte.»

«Tja …»

«Wie gesagt – wir lassen das unerwähnt. Sie kriegen das schon noch in den Griff, ist ja besser als Saufen.»

«Hmm.»

«Nein, Herr Senf, im Ernst: Wir kommen da an eine Grenze. Sie haben angedeutet, einmal etwas Fürchterliches getan zu haben, das kann ich nicht stehenlassen. Das hat dann auch nichts mehr mit ärztlicher Schweigepflicht zu tun.»

«Ja, das verstehe ich. Dann muss ich jetzt wohl gehen.»

«Ich glaube nicht, dass ich Sie so gehen lassen kann. Ich müsste zu Ihren Kollegen. Wissen Sie, ich bin eben kein Beichtvater.

Jetzt schweigen Sie beharrlich. Aber, Herr Senf, wir kommen da nicht herum. Sie können Ihren eigenen Missbrauch nicht verarbeiten, wenn Sie so einen Bereich aussparen. Was haben Sie getan?»

«Es war 1981. Ich war ein junger Kerl.»

«Ja?»

«Die Geschichte, also … das, was mir passiert ist, war ja noch nicht lange her …»

«Hm.»

«Ich bin herumgereist, alleine, das habe ich oft gemacht –

nichts gedacht, einfach durch Europa gegondelt. Ich glaube, manchmal war ich glücklich dabei. Es war in Frankreich, ich hatte ein billiges Zimmer in einem kleinen Ort in der Nähe von Paris, er lag an einem großen Wald, und ich bin spazieren gegangen. Da habe ich einen gesehen, der hat einen Jungen angesprochen, der mit dem Fahrrad unterwegs war. Ich habe immer einen Blick für solche Typen gehabt, hat uns letztes Jahr ja sogar einen Erfolg beschert. Und ich habe es die ganze Zeit geschafft, dabei nicht an damals zu denken. Aber jetzt ist es wieder da ...»

«Schweifen Sie ab?»

«Nein. Natürlich, ja, aber ich will es nicht. Der Junge war pfiffig, hat sich nicht blöde anmachen lassen und ist weitergefahren. Vielleicht war es ja gut, dass ich dazugekommen bin, bis zu diesem Zeitpunkt. Ich habe, so wie ich mich erinnere, eigentlich nichts empfunden, habe mich umgeschaut, einen Knüppel vom Boden aufgelesen, bin zu dem Kerl hin. Der stand ganz ruhig da und hat mich angeschaut. Es war unwirklich. Ich habe zugeschlagen, er ist umgefallen, ich bin weitergegangen.»

«War er tot?»

«Ich weiß es nicht. Ich bin sofort abgereist. Aber so wie er umgefallen ist ...»

«Sie müssen das klären, Herr Senf, so etwas verjährt nicht.»

«Es gibt keine andere Möglichkeit ...»

«Nein. Sie müssen. Dann sehen wir uns wieder. Ich hoffe, dass nichts passiert ist. Ich wünsche es Ihnen, nicht so sehr dem Mann, wenn Sie recht hatten.»

Der schwere Ermittler Johannes Theuer brauchte eine Zeit, um zu rekapitulieren, was gestern Abend gewesen, ja sogar, wie er ins Bett gekommen war. Nicht etwa, weil er betrunken gewesen wäre, sondern weil Alltag, harmlose Verrichtungen gegenüber alldem, was sonst los war, verblassten.

Er hatte beim Schnellchinesen am Bismarckplatz Nudeln verschlungen, war heimgegangen, hatte ein wenig mit Babett über das Fernsehprogramm gezankt – Babett beleidigt ins Zimmer, Yildirim noch im Büro, Programm Scheiße. Er war eingeschlafen, aufgewacht, ungewaschen ins Bett.

Mit steifem Nacken stand er auf, ging ins Bad, schiss, duschte, putzte die Zähne, rasierte sich sogar, und speziell das zeigte ihm, dass er im Grunde ein gebrochener Mann war. Mit dem Abstand einer schlafarmen Nacht kam ihm alles nur noch absurd vor.

Nichts passte zu irgendwas, nichts passte zu ihm und seiner Stadt: Da killte einer, der sich der junge Cromwell nannte, jenseits jeder Vorstellung ... Nein, jenseits *seiner* Vorstellung, und er, der Theuer, suchte eine Putzfrau.

Warum tat er das?

Weil er nicht denken wollte, was offensichtlich war. Er beneidete die Jungs, dass sie weitermachten, Magenreuter, dass er es zu etwas gebracht hatte, Leonard, dass er ein Lichtgeschöpf war, das man sich nicht brillanter hätte ausdenken können. Und nur deshalb bastelte er an einem zweiten Fall, einer Neuauflage, einer Privatschnurre, die er sich besser verkneifen sollte.

Da hinten, wo die Strohblumen in dem blauen Krug den Staub fangen, da hatte Armin als Kind manchmal seine Legokiste hingestellt und gebaut, während seine Mutter vor dem Fernseher bügelte und Schwachsinn schaute.

Da, die kleine Absplitterung am Rahmen der Terrassentür, der verdankte Frederick die Narbe am Knie, sogar, allerdings kaum mehr zu erkennen, der Blutfleck von damals als dunkler Schatten auf dem Teppichboden.

Das Davor, man konnte es sehen, anfassen, vor allem riechen. Aber nicht mehr betreten. Er war hier und gleichzeitig von allem getrennt.

Das Telefon klingelte. «Armin Hahn?»

«Ja, guten Tag, Scherer von der Kriminalpolizei in Heidelberg. Sie sind Armin Hahn, wohnhaft im Hasenleiser in der ...»

«Ja, ich bin der ...», ‹junge Cromwell› hätte er beinah gesagt.

«Aha, wir waren schon bei einer anderen Familie Hahn in Kassel gelandet ... Im Krankenhaus bei Ihrer Mutter waren Sie noch nicht?»

«Nein ... Ich bin am Abend angekommen, hab einen Zug verpasst, da war es zu spät ... Warum fragen Sie mich das? Woher wissen Sie das?»

«Nun ja, es war nur Routine. Ich denke, das war es schon, Herr Hahn. Auf Wiederhören.»

Armin legte auf. Im Takt seines jagenden Pulses rasten die Gedanken: Ich habe die Alte vor mir hergetrieben.

In ihrer Wohnung.

Ich habe gesagt: «Ahnen Sie, wer ich bin?»

Und sie sagte: «Was heißt ahnen?»

Sie sagte: «Ich habe mein Leben gelebt, Sie werfen Ihres weg.»

«Wenn Sie schon töten, dann töten Sie uns Alte, lassen Sie die Kinder in Ruhe.»

«Ich tue Ihnen nicht den Gefallen, mich zu fürchten. Warum sollte ich mich fürchten?»

Er massierte sich die Schläfen. Gott sei Dank hatte das Pfeifen im Ohr aufgehört, es war ihm nicht klar gewesen, wie laut ein Schuss in einem geschlossenen Raum war. Halb taub war er aus dem Haus gegangen, nichts hatte er danach gegessen.

«Sie müssen abreisen, Dr. Kunz?»

Den letzten Zug nach Kassel bekommen.

«Ich tue Ihnen nicht den Gefallen, mich zu fürchten.»

Bestimmt hat sie sich gefürchtet, aber sie hat mit ihrer blöden Greisenstimme diesen Satz hingekriegt, trotz des Pistolenlaufs an ihrer Schläfe.

Aber es hatte geklappt, die Polizei würde ihn beiseitelegen, fürs Erste.

Nein, Armin fasste sich verzweifelt ans Ohr, das Pfeifen war nicht weg, oder es war wieder da – kaum auszuhalten.

Der junge Cromwell schwor sich: Die Nächste wird sich fürchten, sie wird sich entsetzlich fürchten.

In der Küche saß Yildirim, barfuß im Bademantel, und las angestrengt ein Protokoll, dass sie mit nach Hause genommen hatte.

«Sind Sie der Herr Theuer? Wir arbeiten angeblich zusammen.»

«Du bist später heimgekommen als ich.»

«Ja, ich weiß. Ich lese gerade die Aussage der Eltern des kleinen Mädchens. Ein Wildfang war die Kleine, ist immer ausgebüchst und Rad gefahren. Natürlich hatten sie es ihr verboten. Waren gerade erst ins Quartier am Turm gezogen. So ein Eselficker. Was grustelst du rum? Kaffee steht auf dem Tisch.»

Theuer hatte die große Kanne nicht gesehen. Er goss sich ein und erzählte, ohne sich lange damit aufzuhalten, ob das Yildirim gerade passte oder nicht.

Als er geendet hatte, sah sie ihn unergründlich an: «Theuer?»

«Ich weiß.»

«Du findest sie, und dann Schluss mit damals. Es bleibt nur Kohl, der da an den alten Fall erinnert. Und der ist wirklich ein ideales Opfer für jeden denkbaren Maniac.»

«Ich wusste nicht, dass du das Wort ‹Maniac› in deinem aktiven Wortschatz hast.»

Sie lachte und schüttelte den Kopf.

Ja, es war eigentlich nur Kohl. Und diese Sache mit dem Alumni-Heft, verdammt.

Theuer sprang auf, ging in den Flur und schnappte sich das Telefon.

Grußlos schrie er: «Leidig, wir vergessen die ganze Zeit das Alumni-Heft, wir müssen ... was? Ich komme.»

Yildirim schaute auf: «Was ist?»

«Er hat zugeschlagen. Der junge Cromwell. Er hat die Guttinger erschossen.»

«Wen?»

«Wir haben die verhört, vor langer Zeit, vor einigen Tagen ... Aber warum rufen die mich nicht an?»

«Weil du offiziell gebeten hast, heute nach Mannheim fahren zu dürfen.»

Theuer nickte. Aber er verstand es nicht.

Als er ankam, war das ganze Revier wie ein Bienenstock, Magenreuter hatte in den Konferenzraum befohlen – nicht gebeten.

Schnell, ähnlich einem Staatsmann im Krieg, kam er mit Leonard herein und schlug mit der Faust auf das Stehpult.

«Die Drecksau hat es wieder getan. Gestern Nacht. Er hat eine alte Frau in der Floringasse in ihrer Wohnung durch einen Schuss in die Schläfe getötet, besser gesagt, exekutiert.»

Obwohl das alle schon wussten, war es totenstill. «Wie er

hereingekommen ist, wissen wir nicht. Anscheinend hat er einen Schlag bei Senioren …»

Leonard unterbrach ihn: «Ich nehme an, er hat die Frau auf der Straße abgepasst und mit vorgehaltener Waffe in die Wohnung getrieben. Hat gewartet, bis sie den Schlüssel ins Schloss steckte – dann hat sie ihm nämlich den Rücken zugekehrt.»

«Kaum suchen wir den Hasenleiser ab, schlägt er wieder in der Altstadt zu!» Magenreuter blickte Leonard wie ein enttäuschter Liebhaber an.

Das beeindruckte den Profiler sichtlich überhaupt nicht.

«Das bedeutet vermutlich, dass er seinen Standort gewechselt hat. Vorübergehend. Er hat gemerkt, dass wir in seine Nähe gekommen sind.»

«Wie kann er das merken?», fragte Leidig dazwischen.

Leonard hob die Brauen: «Glauben Sie im Ernst, es fällt einem, der darauf achtet, nicht auf, wenn in einem Wohngebiet plötzlich paarweise fremde Leute auftauchen und überall klingeln?»

«Wohngebiet», unterbrach Magenreuter. «Wir sprachen von Rohrbach oder Kirchheim allgemein, er könnte auch zum Beispiel in Alt-Rohrbach wohnen …»

«Wer sagt eigentlich, dass es keine Frau ist», maulte Haffner sinnlos.

«Ich», entgegnete Leonard knapp in seine Richtung. «Nein, Herr Magenreuter, wir können davon ausgehen, dass er in einer ruhigen Seitenstraße wohnt. Vielleicht nicht im Hasenleiser, sondern in einem Neubaugebiet von Kirchheim. Trotzdem: Wir müssen nochmal alle Adressen durchgehen, auch dort, wo wir schon waren. Vielleicht ist er so gesichtslos, dass er nicht einmal den Nachbarn auffällt, vielleicht haben Ihre Leute die falschen Nachbarn befragt.»

«Und wie ist es mit dem Quartier am Turm?»

Leonard nickte: «Natürlich. Da auch.» Er hielt ein Blatt in die Höhe. «Er hat übrigens wieder an uns geschrieben, genauer gesagt wieder an Sie, Herr Theuer. Er war oder ist jetzt an einem Ort, wo man ihn tippen hören könnte, das Schriftbild ist blass, er hat die Tasten so schwach wie möglich gedrückt und sich ganz kurz gefasst. Man sollte alle Hotels überprüfen.»

Magenreuter schaute sich um: «Okay, Leidig, Haffner, Senf – alle Hotels und Pensionen. In Lichtgeschwindigkeit.»

Theuer folgte seinen dreien ins Büro. Er wusste selbst nicht so recht, warum, man hatte ihm eine Kopie des neuen Cromwell-Papiers gegeben, er hatte sich prompt damit in den Finger geschnitten.

«Wenn man wenigstens wüsste, wie er es schafft, als erster Schweizer der Geschichte akzentfrei Deutsch zu sprechen», stöhnte Senf. «Ich fühle mich in diesen Meetings allmählich wie ein Grenzdebiler.»

«Er war als Kind einige Jahre in einem privaten Internat in Berlin. Eine kleine Eliteschule, wo man nicht einmal den örtlichen Akzent duldete. Der Vater ist früh gestorben», Leidig klang eifrig, «stammte aber aus einer sehr reichen Züricher Familie, die Mutter kam aus Genf ...»

«Du studierst ihn richtig», giftete Haffner. «Liest alles, was du über Mister Übermensch kriegen kannst ...»

Leidig wurde rot. «Ich versuche nur zu begreifen, wie man so ... so perfekt sein kann .... wie sich jemand, der sich grade mal ein paar Tage in Heidelberg aufhält, so gut in Stadtteilen wie Rohrbach, speziell Rohrbachs Hasenleiser oder Kirchheim, auskennen kann. Studium in Deutschland steht im Lebenslauf.»

«Er hat es beim ersten Treffen selbst gesagt.» Theuer

wollte auch etwas beisteuern. «Marburg. Aber egal.» Er trommelte hektisch auf dem Schreibtisch herum. «Leidig, das Alumni-Heft ...»

«Nein!»

Theuer war regelrecht erschrocken. «Wie bitte?»

Leidig sah kreuzunglücklich drein. «Sie haben es gehört. Wir müssen die Hotels überprüfen, und Heidelberg hat eine Menge Hotels. Ich kümmere mich um das Heft, ich suche es Ihnen raus, wenn ich Zeit habe. Das eilt doch nicht.»

«Wer sagt das?», schrie Theuer.

«Ich», sagte Leidig und wurde blass.

Theuer wäre gerne wütend geworden, aber eigentlich schämte er sich. Ein Ex-Chef, der das «Ex» immer wieder vergaß ... Das war – lächerlich.

«Prinzipiell», Haffners Stimme klang eng und wund, «betrachte ich Sie lebenslang als Chef. Aber der Magenreuter ist jetzt eben unser erster Chef, Chef.»

Theuer stand auf, immerhin ein bisschen Zorn konnte er sich von der Seele kratzen: «Ich sag es ja immer mal wieder, und dann nehme ich es zurück, und ich entschuldige mich dann auch, so wird es auch jetzt sein: Ich sage es, nehme es dann zurück und entschuldige mich, aber nicht gleich. Ich nehme es nicht gleich zurück, und ich entschuldige mich auch ganz sicher erst später. So. Jetzt sage ich es: Ihr seid Arschlöcher.» Er ging hinaus, knallte die Tür.

«Irgendwie hat er recht», lallte Haffner drauflos. «Ihr seid echt Arschlöcher manchmal.»

Verdrossen steuerte der schwere Ermittler seinen Toyota Richtung Mannheim. Die schnurgerade Autobahn half ihm, ein wenig zur Ruhe zu kommen.

Er würde jetzt nicht mehr nachdenken, wer für ihn oder gegen ihn war, er würde nichts erwarten und nichts ausschließen. Wie ein Korken würde er über jede nächste Welle hinwegtreiben, der Strömung anvertraut. In aller Ruhe – aber ziemlich schnell.

Die nächste Welle bestand darin, in Mannheims hässlichem Norden den Siebseeweg zu finden. Das dauerte zwei Stunden.

Als er nach Plan-Zerknüllerei, Fragerei, zeitweiliger Raserei – nichts da mit Ruhe und schnell – endlich vor dem grauenhaften Mehrfamilienhaus aus den 70ern stand, mit dessen Souterrainwohnung sich Vokrri also für ihren sozialen Aufstieg belohnte, beschloss er, nicht wissen zu wollen, wie der Stadtteil hieß: Waldhof, Gartenstadt, Käfertal – es war egal, es war einfach nicht nötig, denn er würde nie mehr hierherkommen.

Sein Blick fiel auf den überquellenden Briefkasten der Putzfrau.

Und Vokrri wohl auch nicht.

«Mama, mach doch die Augen auf. Mama, ich bin's ...»

«Ihre Mutter ist sehr schwach, Herr Hahn. Sie ist heute Nacht gestürzt. Ihr geschädigtes Blut braucht länger, um ein Hämatom abzubauen, und sie hat unglücklicherweise eines am Kopf.» Er hatte den Arzt nicht eintreten hören.

Scheu berührte Armin das Haar seiner Mutter, fuhr mit dem Finger am Haaransatz entlang. Er suchte nach Ähnlichkeiten zwischen ihm und ihr und fand sie nicht in ihren entspannten Zügen, das Ähnliche: Sie waren beide todgeweiht.

«Es ist aber zum Glück nicht so schlimm, wie es zunächst ausgesehen hat. Ich denke, es genügt, wenn Sie am Wochenende wiederkommen.»

Armin nickte, löste vorsichtig seine Ellbogen von der Matratze und wandte sich dem Arzt zu. Er kannte ihn nicht, irgendein Assistent, der aber freundlich wirkte. Am liebsten hätte er dieser kompetenten Freundlichkeit, diesen ruhigen Augen alles gezeigt, was er gesehen hatte, was er angerichtet hatte. «Danke», sagte er aber nur. «Ich danke Ihnen. Das werde ich dann vielleicht so machen … Am Wochenende wiederkommen. Ich muss nämlich …», seine Stimme klang ihm selbst nach kindlichem Geplapper, «noch viel für eine wissenschaftliche Arbeit, eine Hauptseminararbeit recherchieren …»

Der Arzt nickte, nicht sonderlich interessiert. Beim Abschied sagte er: «Etwas Förderliches zum Schluss, Herr Hahn. Sie sollten etwas gegen Ihren Mundgeruch tun.»

Bis die Mannheimer Kollegen anrückten, hatte Theuer die Gelegenheit, einige Hausbewohner, die auffällig unabhängig von den üblichen Zeiten eines Beschäftigungsverhältnisses gingen und kamen, anzusprechen. Wenn er seine Marke zeigte, antworteten sie sogar.

Nein, sie hätten sich nichts dabei gedacht, wenn diese Albanerin mal nicht da war. Man kannte das ja. Manchmal verschwindet das Volk mal eine Zeit, um der Abschiebung zu entgehen. Und ehe so eine kapiert, was ein Nachsendeantrag ist, spielt der Waldhof in der Champions League.

Wie lange sie weg sei?

Ja, liebe Zeit, vielleicht eine Woche, zehn Tage, zwei Wochen. Ob er glaube, man sei Gott.

Theuer versicherte, dies nicht zu tun, und hätte am liebsten Fußtritte verteilt.

Schließlich rückten die Mannheimer Kollegen an. Glücklicherweise keine, mit denen er schon einmal Krach gehabt hatte. Er wunderte sich manchmal selbst, dass er bei dieser dummen Kurpfälzer Rivalität völlig ungebrochen mittat.

«Der Kollege aus Heidelberg?» Der Streifenbeamte.

Theuer studierte den Anstecker und ahnte, dass es bald nicht mehr ohne Brille ging. W. Koch trat lässig vor ihn.

«Theuer», sagte Theuer und streckte die Hand aus, Koch zermalmte sie und sagte: «Koch.»

Theuer schilderte rasch, worum es ging. Koch, von der Sonnenbrille über den etwas schärfer als bei Haffner konturierten Schnurrbart bis zur Bürstenfrisur ein wahres Abziehbild von Polizist, lächelte dünn. Sein Partner, einen Kopf kleiner, bartlos und füllig, offensichtlich sein informeller Knecht, tat es ihm gleich.

«Warum lächeln Sie?», wandte sich Theuer an ihn.

«Weil ...», begann Koch.

«Nicht Sie», unterbrach Theuer, «ich habe den kleinen Dicken gemeint.»

«Das sagt aber der Richtige», quäkte der Partner, der – jetzt konnte Theuer es lesen – einen irritierend modernen Doppelnamen trug: Schmatt-Wüllenberg, er passte fast nicht aufs Schild.

«Bin ich etwa klein?», bellte Theuer.

«Von Ihnen haben wir schon gehört», übernahm Koch wieder. «Wenn Sie in Mannheim sind, gibt es immer Ärger. Und wenn Sie in Heidelberg sind, auch.»

«Sehr witzig!»

«Und jetzt sollen wir also mal eben eine Wohnung öffnen, weil die Bewohnerin seit ein, zwei Wochen ihre Post nicht abholt.»

«Genau.»

Kochs Lächeln wurde höhnischer. «Da hätten wir viel zu tun. Das ist eine Großstadt.»

«Noch!», keifte Theuer und wusste, dass das nicht gerade die beste Replik war, Koch überging sie dann auch.

«Ich meine, nur weil sich irgendeine Strafgefangene in Offenburg Post wünscht ...»

«Und weil irgendeiner in Heidelberg mordet, wie andere schwarzfahren!», brüllte Theuer. «Was, wenn der junge Cromwell sein Revier vergrößert hat? Zählt da nicht jede Minute? Das kapiert sogar euer Staatsanwalt, da bin ich ganz zuversichtlich.»

Koch schien nachzudenken, schließlich schickte er mit einem zaghaften Nicken seinen Adepten zur Tür.

«Hab mir schon gedacht, dass er es machen muss.» Theuer bekam kaum den Satz gesagt, da hatte der Kleine die Tür mit bemerkenswerter Kraft aufgebrochen.

Der süßliche Geruch war eindeutig. Der Ermittler musste ein heftiges Würgen unterdrücken.

«Na los», sagte er zu Koch, der ebenfalls blass geworden war. «Es ist eure Stadt. Großstadt!»

Yildirim legte die Akten aus der Hand, seufzte. Es war schon zur perversen Routine geworden: Ein neuer Mord kam rein, bevor der letzte auch nur einigermaßen in Bearbeitung war. Sie schaute auf die Uhr – gleich Mittag.

Eigentlich wollte sie sich mit Wessels am Bismarckplatz treffen und irgendwo etwas essen, die Schulen hatte einen Begleitservice nach Hause organisiert, sodass man wenigstens nicht mehr Babett eskortieren musste, und am helllichten Tage hatte der Scheiß-Cromwell schließlich noch nicht zugeschlagen.

Aber auch so gab es genug Sorgen. Es war längst nicht mehr ihr Fall, und das war so klar, dass es gar niemand betonen musste. Alle saßen sie daran, sogar Wernz schuftete als kleines Rad im Getriebe, es war allenfalls noch ihr Gewohnheitsrecht, sich persönlich mit den Polizisten zu treffen. Man ging nicht zu Unrecht davon aus, dass ihr ein paar Kanäle mehr offenstanden als den anderen in der Behörde.

Ihren Freund sah sie dadurch öfter dienstlich als privat – die Heiratspläne schienen ihr Jahre alt, wenn nicht veraltet.

Alle kleinen Diebe, Falschparker, Wirtshausprügler hätten eigentlich längst die Gunst der Stunde nutzen müssen – kleinere Delikte gab es einfach erst mal nicht. Und erstaunlicherweise gab es sie wirklich nicht.

Selbst Kriminelle bleiben anscheinend zu Hause.

Die Zeit der medialen Zurückhaltung aber war längst vorbei. Vorhin hatte sie es abgelehnt, mit einem amerikanischen Fernsehteam zu sprechen, gestern mit einem aus der Schweiz. Morgen kamen wahrscheinlich die Australier.

Auch die Treffen mit Wessels, bisher zwei, seit die Serie begonnen hatte, waren aber zurzeit nicht nur privater Natur. Die Gehörlose verstand sich als Sprachrohr ihrer Gemeinschaft, wollte stets wissen, was sie über die Zeitungsberichte hinaus ins Netz stellen konnte – natürlich: Gehörlose waren dankbare Opfer, denen man noch leichter nahe kommen konnte, als es anscheinend ohnehin war.

Sie wollte gerade gehen, als das Telefon klingelte: «Kehricht, Staatsanwaltschaft Mannheim.»

«Okay.» Magenreuter hatte die Hemdsärmel hochgekrempelt, was Theuer etwas lächerlich fand. «Ich gebe gerne zu, dass Herrn Theuers Hartnäckigkeit den Fall um eine Nuance erweitert. Daher bespreche ich mich zunächst mit Ihnen. Dem Theuer-Team.» Er sagte es mit einem Lächeln, es blieb eine ironische Titulierung.

«Diese Frau Vokrri ist schon einige Zeit tot», referierte Yildirim den Bericht ihres Kollegen. «Vor der Heidelberger Serie. Der Täter ist sehr zielstrebig vorgegangen. Sie hat ihn hereingelassen, die Tür war nicht beschädigt. Er hat keine Spuren hinterlassen, bisher haben die Mannheimer zumindest keine gefunden …»

«Hahaha!»

«Ist gut, Haffner.» Yildirim kramte nach ihren Zigaretten. «Vokrri wurde wohl durch einen einzigen Schlag mit einem harten Gegenstand getötet …»

«Dem Hammer, den man bei Kurth gefunden hat», warf Leonard ein.

«Möglich», nickte Yildirim. «Auf jeden Fall hat der Schlag einen Schädelbasisbruch bewirkt. Vorher allerdings scheint der Täter sie gewürgt zu haben, heftig, aber nicht so, dass sie daran gestorben wäre. Und das Turner-Bild, von dem Oberdorf gesprochen hat, ist weg. Das hat Theuer überprüft.»

«Und ich möchte etwas sagen», mischte sich der erste Hauptkommissar ein. «Sundermann, Oberdorfs damaliger Liebhaber. Er ist in einer Wohngemeinschaft für Blinde untergebracht. Mehr weiß ich nicht, und das war auch schon alles, was Oberdorf wusste. Wir müssen herausfinden, wo die ist. Der Täter könnte seinen Aufenthalt kennen, er hat sie gewürgt …» Erregt stand der schwere Ermittler auf und schien nun selbst ein unsichtbares Wesen bei der Gurgel zu nehmen, «… aus ihr herausgewürgt … Und dann hat er sie getötet, danach erst getötet. Sundermann ist vollkommen wehrlos …»

Leonard zeigte in der Art eines lässigen Schülers auf: «Also, jetzt ging es doch schon ein paar Mal um den Turner-Fall, wenn ich ihn mal so nennen darf, jetzt wüsste ich gerne doch einmal alles darüber …»

Theuer holte tief Luft, fühlte sich plötzlich müde, alt, aber auch zäh und kampferprobt.

«Also», sagte er. «Aschermittwoch 2001. Man roch den nächsten Regen als eine Ahnung von Metall und Stein in der Luft. Eine graue Wand schob sich neckaraufwärts, als würde die ganze Stadt in eine gigantische Autowaschanlage getrieben …»

Wessels war sauer auf Yildirim. Hätte ihr die Freundin abgesagt, wäre sie mit ihren sonstigen Pflichten früher fertig geworden. Es war zurzeit schließlich ziemlich unangenehm, erst bei Nacht heimzukommen. Bis 16 Uhr hatte sie an der Pädagogischen Hochschule Gebärdensprache gelehrt, die Projektarbeiten an ihrer Schule aber mussten bis morgen benotet sein – und die waren nicht transportabel: Resigniert betrachtete sie den riesigen Pappvulkan der Jungsgruppe, der leider das einzige Ergebnis einer Woche Beschäftigung mit Süditalien war. Guiseppe wollte morgen wenigstens noch Pasta mitbringen – die würde die Mutter machen. Weil der taube arme Bub ja nicht auch noch arbeiten sollte.

Maria Wessels war mit knapp einem Jahr durch eine Hirnhautentzündung ertaubt. Manchmal glaubte sie, eine Ahnung von Geräusch, von Hören zu haben, eine uralte, vergrabene Erinnerung, aber eigentlich war da nichts.

Sie liebte die Stille, verwendete das Wort aber weder gegenüber Hörenden noch ihren gehörlosen Bekannten. Beide würden es nicht verstehen und die Gehörlosen vielleicht zornig werden, dass sie einen «hörenden» Wert benannte, der ihnen doch eigentlich nichts bedeutet. «Das Problem sind nicht unsere tauben Ohren, es sind die dummen Gehirne, die die Hörenden zwischen ihren 1a Lauschern tragen», das war ja einer ihrer eigenen, kämpferischen Sätze, die sie schon deshalb bei Treffen offizieller oder privater Art wie Pfeile verschoss, damit die Gemeinde sie nur nicht für eine Pseudo-Hörende hielte, eine, die sich nicht zur Gehörlosenkultur bekannte, weil sie gut lautieren und Lippen lesen konnte.

Die Stille, das waren natürlich Bilder, Bäume, die sich im Wind wiegen konnten und das nicht taten, Wasser, das spiegelglatt dalag. Ein regungslos verharrendes Tier. Deshalb hatte sie die Wohnung ganz oben in der Mühltalstraße genommen, wo Handschuhsheim in den Wald überging. Für zwei Zimmer war sie zu teuer, der Vermieter war ein unbegabter Hobby-Heavy-Metall Trommler und stadtadliger Alleinerbe, das Gebrüll vom Bolzplatz zerrüttete die Nachbarschaft; aber sie fand Stille – allerdings nicht mehr so sehr, seit der junge Cromwell auf Beutezug war. Früher war sie gelaufen, da ihr Gleichgewichtsorgan bei der Erkrankung stark geschädigt worden war, konnte sie nicht Fahrrad fahren, und das Auto war seit einer Woche in der Werkstatt. Also schon wieder Taxi. Es musste im Sommer ja nicht immer der Süden sein, wo alle gestikulierten, als seien sie stocktaub. Dann eben Urlaub im Odenwald und viel Schnaps.

Sie nannte dem Fahrer am Mönchhofplatz ihre Adresse und ließ sich auf die Rückbank fallen. Es war dunkel, vielleicht nicht mehr so kalt. Sie spürte die Vibrationen des Motors, kleinere Unebenheiten der Straße. Aus dem Augenwinkel registrierte sie, dass der Fahrer etwas gesagt hatte.

«Tut mir leid, ich bin gehörlos», sagte sie und war nicht so höflich, nun in den Rückspiegel zu starren, um seine Reaktion zu lesen. Sie war zu müde.

Sie passierten die Tiefburg in Handschuhsheim – noch ein paar Kurven ... jetzt fiel ihr Blick doch in den Spiegel.

«... dann deine Fotze so richtig rannehmen, du hast bestimmt einen hübschen Arsch, und den werde ich mir ganz genau anschauen, wenn du taube Nuss nachher zu deiner Tür wackelst. Dir muss man bestimmt das Maul zuhalten, wenn du einen drinstecken hast, das Geschrei will ich mir gar nicht vorstellen ...»

Es war nicht zu fassen, das Arschloch ergötzte sich daran, sie mit seinen säuischen Phantasien zu beschmutzen, während sie es anscheinend nicht bemerkte. Einer Freundin war so etwas schon einmal passiert, ihr noch nie.

«Lass mich raus, du perverse Drecksau!», kreischte sie. «Was glaubst du Ohrenwichser, was wir sind? Fickmaschinen?»

Sie spürte die Vibration in ihrem Kehlkopf, sie war wirklich laut gewesen. Von hörenden Bekannten wusste sie, dass sie wie eine Trillerpfeife klang, wenn sie wütend war, und das tat wohl weh. Der Fahrer gab Gas, raste an ihrem Haus vorbei, die Mühltalstraße hoch.

Sie wurde starr vor Angst. Sollte er das sein? Ein Taxifahrer? Von einem Studenten hatte Yildirim zuletzt gesprochen. Aber fuhren Studenten nicht auch Taxi?

Theuer hatte geendet, und tatsächlich half ihm der Bericht sogar, selbst nun endgültig wieder in alle Verästelungen dieser verrückten Wochen damals, die sich gegen die Gegenwart dennoch wie ein Kuraufenthalt ausnahmen, einzutauchen.

«Meine Herren.» Leonard nickte anerkennend. «Das war eine Geschichte …»

«Du hättest vielleicht den Geschlechtsverkehr mit Dr. Hornung weglassen können», ergänzte Yildirim süß wie Akazienhonig.

Theuer nickte demütig.

«Aber mit unserem Fall hat das, glaube ich, nichts zu tun», fuhr Leonard fort. «Gut, das Bild ist verschwunden. Aber wer sagt, dass es überhaupt im Besitz der Putzfrau war?»

«Oberdorf!», sagte Theuer verblüfft.

«Eben», nickte der Ermittler freundlich. «Und die wusste es von ihr. Es ist doch ganz naheliegend, dass sich die Dame wichtig macht, der Gönnerin etwas bieten will.»

Theuer schwieg verwirrt.

Ein Beamter kam herein. «Entschuldigung, aber Leidig hat mich vorhin angemailt …»

Theuer begriff, dass das während seinem sentimentalen Bericht geschehen sein musste, was ihn ein bisschen kränkte.

«Dieser Sundermann ist vor Wochen überfahren worden, bei einem Spaziergang mit seinem Betreuer. Direkt vor der Haustür ...»

«Und?», fragte Theuer leise.

«Tot und begraben.»

«Der Fahrer?»

«Ist zwei Straßen weiter gefahren und hat das Auto hinter dem Bahnhof stehen lassen. Zeugen haben eine Mütze und eine verspiegelte Brille gesehen, er ist verschwunden. Wahrscheinlich in die nächste S-Bahn, und weg war er. Wahrscheinlich ein illegaler Pole oder so, meinen die Kollegen ...»

«Gibt's auch legale?», knurrte Haffner.

Am letzten Parkplatz vor den Ruinen der Michaelsbasilika hielt der Taxifahrer an und drehte sich betont gelassen um, artikulierte in dieser debilen Übertriebenheit, als hätte er gewusst, wie sehr Wessels die hasst. Ein flächiges Gesicht, dicke Backen. Sie tippte auf Indien – einen Inder hatte sie noch nie geohrfeigt, und als junger Cromwell wäre er aufgefallen, versuchte sie sich Mut zu machen. Jetzt hatte sie nicht zugehört.

«... kleinen Waldspaziergang. Dafür ist die Fahrt auch umsonst. Mich beleidigt eine wie du nicht. Raus!»

Das Taxi fuhr weg. Eine blonde Frau blieb alleine zurück, sie schrieb sich die Nummer auf. Armin konnte es kaum glauben. Wusste die denn nicht, dass das gefährlich war, dass er gefährlich war?

Jetzt zündete sie sich eine Zigarette an. Keine vier Meter von ihm entfernt. Er konnte ihr Gesicht gut sehen. Sie hatte

Angst, und er kannte sie! Das war die Staatsanwältin, die mit diesem Theuer so fröhlich gezecht hatte, das Bild im Beta-Blog.

Seit Stunden hatte er auf einem Baumstumpf gesessen, hatte gefroren, war halb verrückt geworden vor Hunger, Durst und Erschöpfung. Er fühlte sich albern dabei, lächerlich, aber als er in Heidelberg eingetroffen war, hatte ihn plötzlich die Angst gepackt, dass man ihn erwartete. Ohne Plan, eher wie ein panisches Kind, war er vom Bahnhof aus direkt in die entgegengesetzte Richtung seiner Wohnung gelaufen. Wie in einem Märchen oder vielleicht eher in einem Mysterienthriller war er immer weiter gegangen, bis er schließlich hier im Wald angekommen war. Und eigentlich wusste er auch, was ihn hierher gelenkt hatte – Anfang Februar, zehn Tage vor der Prüfung, war er hier herumspaziert, zwischen Bäumen, Ruinen und Thingstätte, schwärmerisch erfüllt von Phantasien, wie er die Zwischenprüfung gestalten würde, hatte tatsächlich Sentenzen des großen Bloch deklamiert, bis ein Liebespaar, das er nicht beachtet hatte, über ihn lachte. Sein Herz schlug bis zum Hals, er durfte nicht daran denken.

So war er hier gesessen, ein dummer Bub, der sich im Wald versteckte, während eigenartige Absencen sein Bewusstsein heimsuchten. Er bekam es nicht mehr geordnet, das Davor, das Danach, dass es keine Zukunft gab und Mama.

Die Blonde holte ihr Handy, im Widerschein des orangenen Displays konnte er ihr Gesicht noch genauer studieren. Doch, das war sie schon, die mit dem Polizisten. Selbst wenn sie telefonierte, es würde nicht reichen. Man wäre nicht rechtzeitig da.

Das war die, die sich jetzt fürchten würde, mehr als diese Alte.

Sie runzelte die Stirn, schaltete mit einem eigenartigen Seufzer, mehr einem Geräusch aus der Kehle, das Handy ab und wandte ihm den Rücken zu.

Sie war nicht freiwillig hier, hatte Streit mit dem Taxifahrer gehabt. Hielt sich für etwas Besseres, na, wir werden ja sehen. Mal sehen, wie sich die Angst anfühlt, wie wär's?

Er ließ sie ein paar Meter gehen, nutzte das Knirschen ihrer Schritte auf dem Kies des Parkplatzes, um leise durch das Gestrüpp zu schlüpfen, dann aber rief er:

«Guten Abend!»

Die Blonde ging weiter, zügig zwar, aber sie rannte nicht, er konnte sie leicht einholen.

«Haben Sie jetzt Angst, Frau Staatsanwältin?» Keine Reaktion.

«Dabei könnten Sie sich in gewisser Weise freuen, mich zu treffen. Ich bin der, den ihr sucht!»

Er merkte, wie es ihm um die Brust weit wurde, endlich, endlich erhob er sich wieder. Er würde es ausnützen, er würde es diesmal auf die Spitze treiben.

«Ich bin der junge Cromwell!»

Er war keine fünf Meter hinter ihr, aber sie reagierte nicht. Das war die Angst – mit Sicherheit. Sie ging, als ob sie ihn nicht hörte, weil die Panik sie vorwärtstrieb. Mancher beschleunigt den Schritt, wenn er zum Galgen geführt wird, er will, dass es vorbei ist, sie will, dass es vorbei ist – fliehen sah anders aus. Aber er würde bestimmen, wann es vorbei wäre, und er würde sich Zeit lassen, die absolute Macht auskosten.

«Ich werde Sie erschießen.» Er schrie. Er musste aufpassen, wer sagte, dass sie alleine waren.

«Ich werde Sie erschießen», zischte er daher leiser. «Aber vorher werden Sie unermesslich leiden. So sehr, dass Ihr letzter Blick Dankbarkeit zeigen wird, dass ich so gnädig bin, Sie endlich gehen zu lassen. So ist das mit der menschlichen Freiheit. Wenn uns jemand nur lange genug traktiert, quält, dann sind wir einverstanden. Dann wird sein Wille unserer. Mein Wille wird Ihrer werden, Sie sterben, bevor Sie tot sind.»

Sie ging weiter.

Sie fürchtete sich nicht vor ihm!

«Ich bring dich um! Bleib stehen.»

Sie fürchtete sich nicht, das war verrückt, absurd!

War er überhaupt da? Saß er vielleicht noch immer auf dem alten Sofa in Kassel, war er zerfallen, war der junge Cromwell tot? Er rannte, stolperte, fing sich, griff nach ihr.

Ein Schatten, eine Berührung. Wessels fuhr herum und wusste sofort, wer es war, einer, der wie ein Niemand aussah. Er war außer sich, schrie etwas, fuchtelte wirr mit der Pistole herum, richtete sie aber im Moment nicht auf sie. Mit der linken Faust schlug sie sie ihm aus der Hand, mit der Rechten stach sie mit Zeige- und Mittelfinger mit aller Macht in seine Augen. Hundertfach automatisierte Bewegungsabläufe, ihre rasenden Gedanken schlossen sogar noch einen Dank an ihren Vater ein, der sie zu den Selbstverteidigungskursen gezwungen hatte. Auch der Tritt zwischen die Beine saß, sie zerrte ihn an den Haaren zu Boden, riss ihm ein ganzes Büschel aus. Wo war die Pistole? Da lag sie, er hatte sie auch entdeckt, rappelte sich hoch, würde sie gleich haben … Sie rannte querfeldein den Wald hinunter, fiel und stand wieder auf, Zweige schnitten ihr ins Gesicht.

Irgendwann kam sie bei den Häusern der Bergstraße an. Schrie. Jemand kam aus dem Haus links, hielt sich die Ohren zu, denn sie schrie weiter.

Yildirim schaute auf ihr Handy. «Eine SMS von Wessels. Der junge Cromwell hat sie angegriffen. Sie ist entkommen.» Dann sank die Anklägerin zum ersten Mal seit der ersten und letzten freiwilligen Blutspende Ende der Achtziger in die Knie.

Armin merkte, dass er wimmerte. Es war aus. Er verstand nicht, was da geschehen war. Was hatte er denn ausgelassen? Was hatte er falsch gemacht?

Er lief zurück in den Wald. Er wusste einen Weg, vielleicht konnte das gelingen. Die Augen brannten, tränten, aber sie hatte ihn wohl nicht ernstlich verletzt.

Irgendwo dahinten ... Wann war er das letzte Mal so gerannt?

Ach ja, damals oben am Schloss. Er weinte, es schüttelte ihn. Wie sehr unterschieden sich die Anlässe.

Er blieb stehen.

War es das nun? Er hielt sich die Pistole an die Schläfe. Das hatte die Alte gespürt, als Letztes.

Er nahm den Lauf in den Mund, so wäre es vielleicht sicherer. Eine Sekunde, ach was, weniger, und es wäre vorbei. Ein Mensch würde verschwinden, der gar nie richtig da gewesen war.

Nein, das stimmte nicht. Für die Eltern und Geschwister des Schönlings, die Familie der Studentin im fernen China, die Nachbarn von Kurth, die Eltern des kleinen Mädchens, die Kinder und Enkel der Alten, für alle die und noch viele mehr war er in einer Weise da wie kaum ein anderer Mensch. Er saß mit ihnen allen am Tisch. Sie wachten mit ihm auf und schliefen mit ihm ein, wenn sie denn noch schlafen konnten. Diese unvernünftigen Eltern vor allem, ein kleines Mädchen so früh Fahrrad fahren zu lassen! In diesen unsicheren Zeiten!

Und dann seine Mutter, der Kummer, den sie hätte, wenn er jetzt ginge.

Nein, jetzt nicht.

Er musste die Blonde vergessen. Die Blonde zählte nicht. Die war verrückt.

Ja, da war er, der Pfad in die Mönchbergsteige. Er hörte Sirenen, sah die Polizeiautos Richtung Mühltal rasen. Am Taxistand stieg er in den ersten wartenden Wagen, hinten, damit man die verschmutzten Knie nicht sah.

«Hasenleiser.»

«Alles klar.» Sie fuhren los, ein Streifenwagen nach dem anderen raste ihnen entgegen.

«Heute hatte ich eine im Auto.» Der Fahrer klang etwas bedrückt. «War etwas unfreundlich und ich zu ihr dann eben auch. Ich musste sie rausschmeißen.» Armin grinste in sich hinein. «Ich lasse mich schließlich nicht beleidigen, ist schwer genug heutzutage.»

«Manche Leute glauben eben, sie sind was Besseres.»

«Ganz genau!» Der Fahrer nickte heftig. «Und das lass ich mir nicht gefallen. Auch wenn ich nur ein kleiner Taxifahrer bin.»

Ein Krankenwagen kam ihnen entgegen. Hatte sich das blonde Gift vielleicht das Bein vertreten? Das täte ihm aber leid.

«Ich hoffe, das alles da hat nichts mit der zu tun. Die war taub, hat mich falsch verstanden. Kann ich ja nicht wissen. Ich meine, die muss dann auch nachts nicht herumstreunen.»

Armin musste lachen. Eine Gehörlose. Natürlich. Was für ein Spektakel.

«Was lachen Sie?»

«Ach nichts – Sie müssen sich keine Sorgen machen. Ich kenne die Frau, ihr ist nichts passiert.»

Theuer telefonierte mit Pfarrer Simonson, er war in Magenreuters Zimmer, im Teambüro kümmerte sich Yildirim um Wessels, Haffner hatte eine Wolldecke aus dem Spind hervorgezaubert. Die hatte er, weil er «gelegentlich» im Revier übernachte. Leidig protokollierte ihre Aussage, ein Spezialist war unterwegs für ein Phantombild. Senf machte Tee.

Die gesamte Soko war einbestellt, es versprach eine lange Nacht zu werden.

Der Pfarrer war erschüttert, natürlich. Schließlich musste er die Nachrichten auch an Oberdorf weiterleiten, trotzdem war Theuer genervt und antwortete einsilbig. In ihm arbeitete es, besetzte es alle Reservoirs für wohlerzogene Alltagsaktivitäten. So schnell wie möglich beendete er das Gespräch und kehrte in sein Büro zurück.

Leidig schien sein Protokoll fertig zu haben, Wessels saß zitternd, trotz Wolldecke und Tee, für den Senf sogar irgendwoher noch einen Butterkeks organisiert hatte, mit dem Kollegen zusammen am PC und suchte Augenpartien aus.

Üztürk hieß der Phantombild-Mann. Theuers Augen suchten Yildirim im Raum, ihn plagte sofort die Vorstellung, sie begänne mit diesem Mann ein Verhältnis jenseits der Barrieren von Alter und Abkunft.

Seine Freundin tat dies nicht, saß vielmehr auf der Heizung und telefonierte mit Babett – allmählich hatte das Mädchen in der Klosterschule mehr und vor allem häufigere menschliche Zuwendung als bei ihnen. Dann sah er Üztürks Knopf im Ohr und die Aidsschleife am Kragen und erklärte ihn sich angesichts der erdrückenden Beweislage zum Schwulen.

Leidig feilte noch an seinem Mitschrieb. Theuer wusste, dass es dem Kollegen unerträglich war, syntaktisch fehlerhaftes Material vorzulegen. Bei ihm klang selbst die Zusammenfassung der Aussage eines Straßenbahnfahrers nach einer Latinumsklausur.

Er trat zu ihm.

Leidig schaute auf: «Ja?»

«Das Alumni-Heft. Jetzt.»

Es musste etwas in seinem Blick gelegen haben. Sein Schlauer erhob sich mitten im Relativsatz, ging zur Aktenwand und suchte. Müde und voller Gedanken ließ sich Theuer auf den frei gewordenen Stuhl sinken.

Unter Hintantstellung meiner beträchtlichen Panik gelang es mir, den Täter durch einen gezielten Angriff, als dessen Ziel ich mir seine Augenpartie gewählt habe, auszuschalten, welcher hinlänglich …

Der schwere Ermittler rechnete, nahm sogar die Finger zu Hilfe. In den Morgenstunden des 14. Februar war Kohl ertränkt worden, demnach waren sie erst am siebzehnten Tag dieser Jagd – aber das stimmte ja anscheinend gar nicht.

Würde man Vokrris Todesdatum genau feststellen können?

Und was war mit Sundermann?

«Da», sagte Leidig und hielt ihm ein DIN A4 großes Heft in aufwendigem Hochglanzdesign hin. Man sah das Schloss, schräg schimmerte aber auch die transparente alte Brücke durchs Bild, sogar Goethe hing irgendwo am Himmel.

«Was?»

«Das Heft.»

«Ach so.» Er stand auf, packte die Zeitschrift, faltete sie zweimal grob und steckte sie in die Gesäßtasche.

Das Phantombild war fertig. Üztürk hielt den Ausdruck in die Höhe. «Ich habe noch nie jemanden erlebt, der so detailliert beschreiben konnte.»

Theuer betrachtete das Gesicht – in der Tat keines, das für ihn etwas Auffälliges hatte, aber von einem enormen Zorn durchdrungen.

«Ich bin natürlich darauf trainiert, in jemandes Mimik zu lesen», schaltete sich Wessels ein. «Aber das ist auch ein Nachteil. Für Hörende hat ein Mensch ein Durchschnittsgesicht, also einfach eines – bei mir zumindest ist es so, dass sich das Gesicht immer neu zeigt, ein ständig wechselndes Zeichen ist. Das ist sein wütendes Gesicht, sein normales kann ich mir nicht vorstellen.»

Theuer nickte. In der Tat war es das erste Phantombild, das er je gesehen hatte, das einem Schnappschuss glich.

«In die Presse morgen», sagte Magenreuter. «Wir treffen uns in einer halben Stunde im Konferenzraum. Leonard ist auch dabei.»

«Warum erst in einer halben Stunde?», fragte Theuer. Aber Magenreuter war schon draußen.

Die Tische waren zu einer einzigen, beinahe festlichen Tafel zusammengerückt, freilich seltsam gedeckt. Alles, was es an Materialien im Fall des jungen Cromwell gab – Fotos, Pläne, Tüten mit gesicherten Spuren, als Neuestes das Phantombild – nach dem Prinzip des kreativen Chaos verteilt. Magenreuter und Leonard standen am Kopfende.

«Das ist wie Apollo 13», flüsterte Senf. «Als der Leiter der Bodenzentrale die Gegenstände auf den Tisch kippt, aus denen die Ingenieure einen Luftfilter für Bruce Willis ...»

«Tom Hanks», korrigierte Haffner unangemessen aggressiv.

«Das hat er aus einer Fortbildung», sagte Theuer vernehmlich. «So ein Scheiß.»

Ob er es gehört hatte oder nicht – Magenreuter ergriff mit fester Stimme das Wort: «Meine Damen und Herren, das ist unser Markt der Möglichkeiten. Das ist alles, was wir haben. Ich möchte, dass Sie die Stände dieses Marktes, wenn ich das mal so nennen darf, begehen. Nehmen Sie die Sachen in die Hand, pflegen Sie Umgang mit dem Material und lassen Sie die Gedanken fliegen. Es ist nichts verkehrt.»

«Lokalrunde!», schrie Haffner.

«Bitte?» Magenreuter atmete schwer.

«Hab ich gerade gedacht.»

«Des Weiteren hätte ich da noch eine Frage an Herrn Theuer.» Der Polizeidirektor fing sich unter Mühen und hielt ein Plastiksäckchen voller Staubflusen in die Höhe. «Spuren aus der Wohnung der Vokrri. Darauf steht: ‹Spezialspuren für Herrn Theuer›, hat ein Kollege aus Mannheim geschickt. Ist das ein Scherz?»

«Heißt der Kollege Peter Platz?», fragte Theuer zurück.

Magenreuter nickte.

«Der will mich ärgern», sagte Theuer.

«Prima», stöhnte Magenreuter und warf den Beutel auf den Tisch. «Also jetzt: Stöbern, danach wird Herr Leonard das aktuelle Profil umreißen.»

Yildirim ging nach Hause, weil sie wenigstens überprüfen wollte, ob Babett noch dasselbe Geschlecht habe wie beim letzten Mal.

Und wie gut sie daran tat: Die Aktion war lächerlich, und Magenreuter merkte das auch. Er schien sich regelrecht zu schämen, das täppische Treiben seiner ratlosen Untergebenen zu betrachten. Da ein Beutelchen gegen das Licht geprüft, hier einen Stadtplan studiert. Es wurde kaum geredet, jeder schien den Abbruch des Ganzen herbeizusehnen.

Schließlich aber hielt Leonard den Mannheimer Staubbeutel und das Plastiksäckchen mit den Haaren, die Wessels dem jungen Cromwell ausgerissen hatte, in die Höhe. «Das ist zwar nicht mein Gebiet», sagte er. «Aber in dem Mannheimer Beutel befinden sich auf den ersten Blick Haare, die denen des Täters von heute Abend ähneln.»

Aufgeregt ließ Magenreuter das überprüfen, und tatsächlich – mochte der primitive Ex-Heidelberger Platz das möglicherweise gar nicht intendiert haben –, nun war sein kleiner Müllsack die Rettung des Polizeidirektors.

«Also», strahlte er. «Hat sich doch gelohnt ...»

«Es muss so gewesen sein», begann Leonard. «Unser Täter hat in Mannheim das erste Mal zugeschlagen. Was da im Einzelnen passiert ist, weiß man nicht. Trotzdem, angesichts der Taten, die er danach beging, bleibt es dabei, dass er in Heidelberg wohnt. Hat denn die Überprüfung der Hotels etwas ergeben?»

Leidig meldete sich: «Im Europäischen Hof ist ein Dr. Kunz abgestiegen, hat eine Berliner Adresse angegeben, die es nicht gibt. Ist nach einer Nacht wieder verschwunden.»

«Da war er», stöhnte Magenreuter. «Kann ihn der Portier beschreiben?»

Senf schüttelte den Kopf. «Er sagt, er habe so viele Gesichter in seinem Leben gesehen, dass er überhaupt nicht mehr darauf achtet. Er schaut nur noch auf die Hände, die seien unauffällig gewesen. Und er hatte eine hässliche Handschrift.»

«Deshalb schreibt er mit der Maschine», schaltete sich Leonard wieder ein. «Weil seine Schrift auffällt. Er ist vielleicht in ein anderes Hotel umgezogen, denn er hat ja jetzt in Handschuhsheim zugeschlagen. Vielleicht will er uns das aber nur glauben machen. Er ist nicht dumm, will aber vor allem nicht für dumm gehalten werden. Aber er ist mit den Kräften am Ende, sonst hätte er die Tat heute Nacht in seinem Sinne besser verübt. Trotzdem kann er nicht aufhören,

aufhören hieße, dass er wieder der Verlierer ist, der er immer war …»

«Ich sehe das nicht», unterbrach Theuer. «Er fängt in Mannheim an, erschlägt eine Frau, warum dort?»

Leonard zuckte mit den Schultern. «Er war eben da. Hat was erledigt.»

«Die Erste erschlägt er, den Zweiten ertränkt er, die Dritte erwürgt er, das Ertränken passt nicht, das macht man nicht im Affekt!» Theuer spürte die Blicke auf sich gerichtet.

«Das passt sehr wohl in sein Profil», entgegnete Leonard kühl.

«Das ist Quatsch.»

«Das ist Profiling, eine wissenschaftlich anerkannte Methode der Verbrechensbekämpfung. Ich kann das ein bisschen.»

Einige lachten, Theuer ging aufs Klo.

Als sie sich für ein paar Nachtstunden trennten, ging ausgerechnet Leonard mit ihm die Treppen hinunter. «Ach, Herr Theuer, jetzt haben Sie sich so über mich geärgert! Das sollten Sie nicht! Wir sind ja fast Nachbarn! Ich wohne im Montreux in der Ebert-Anlage.»

«Woher wissen Sie, wo ich wohne?»

«Ich habe natürlich eine Liste mit allen Mitgliedern der Soko bekommen.»

«Natürlich», bestätigte Theuer. «Hat Ihnen Magenreuter auch eine kollektive Einzugsermächtigung für unsere Giro-Konten erteilt?»

Leonard seufzte: «Na dann, Herr Theuer. Ich denke, ich bin ein wenig schneller zu Fuß als Sie. Gute Nacht!»

In der Tat rasch, dabei aber immer noch elegant und kraftvoll, enteilte der Profiler.

Der erste Hauptkommissar Johannes – Wie-noch-gleich? Genau: Theuer – saß todmüde in der Küche. Yildirim war ins Bett gegangen, Wessels' Haus wurde bewacht, zumindest bis morgen. Wer hatte das angeordnet? Ach ja: Er selbst, und Magenreuter hatte komisch gekuckt. So weit draußen war er also und hatte es nie richtig begriffen.

Etwas kniff ihn an der linken Arschbacke. Das Alumniheft.

Die Augen des Ermittlers brannten, egal, scheißegal. Er las.

Der falsche Turner

Normalerweise ist ein Kriminalfall, speziell ein gelöster, abgehakt. Vor vier Jahren hatten eine Wasserleiche und weitere Tote ganz Heidelberg in Aufregung versetzt, heute erinnert sich keiner mehr so richtig.

Für ehemalige Studierende der Ruperta Carola sind ein paar skizzenhafte Blicke aber vielleicht interessant – zeigt sich doch auch im Bösen, wo Heidelbergs Charme und Grenzen liegen.

Denn das damalige Corpus Delicti, ein gefälschtes Aquarell von William Turner, ist ungeachtet dessen, dass der Fall tatsächlich von der hiesigen Polizei gelöst wurde, verschwunden.

Man muss schon eine Weile durch die Straßen und Gassen der romantischen Welthauptstadt schlendern, um der Sache näherzukommen. Irgendwann trifft man dann auf den Antiquar Werner Kohl, und ehe man sich's versieht, sitzt man mit ihm in einer schummrigen Kneipe und trinkt zu einer Zeit Wein, wo andere den zweiten Kaffee nehmen.

«Ich kannte den Fälscher», sagt Kohl und zündet sich erneut eine filterlose Zigarette an. «Hätte die Polizei mich ge-

fragt, ich hätte diesen Fall wohl etwas schneller zur Lösung gebracht!» Der hagere, nervös wirkende Mann kann in der Tat mit interessanten Details aufwarten: So ist das Bild wohl zuletzt bei der Putzfrau vom Liebhaber und Auftraggeber des Fälschers «Willy» gewesen, einem Kunstgeschichtsstudenten namens Daniel S., der heute wohl in Mannheim lebt.

«Daniel S. war einer dieser Studenten», fährt Kohl fort, «hat mit Willy gespielt. Er hat mit allen gespielt. Ich mache mir heute noch Vorwürfe, Willy nicht gewarnt zu haben.»

Auf die Frage, warum er denn der Polizei damals den Namen Daniel S., die Verbindung zwischen ihm und dem Fälscher nicht mitgeteilt habe, antwortet Kohl ausweichend.

Zumindest ist ihm zu entlocken, dass er damit möglicherweise sich selbst schädigen hätte können – weitere Recherchen ergeben, dass eventuell auch Kohl an «Willys» Fälscherkunst verdient haben könnte.

Wie auch immer: Spiegelt sich nicht in diesem Fall das ganze Heidelberg? Die Mischung aus kleiner Weltstadt und bitterer Provinz, die einen bindet und vertreibt?

Da gibt es einmal einen großen Fall, er wird gar gelöst – aber das entscheidende Objekt, das Bild, um das es geht, ist verschwunden.

Theuer rieb sich die Augen. In allererster Linie fand er den Artikel ziemlich schlecht. Er blätterte durch das Heft, las andere Texte und, ja: Der Artikel war am übrigen Standard des Heftes gemessen miserabel.

Er dachte nach. Schloss die Augen. Ging blind ins Bad und fand alles. Ging ins Bett.

Schlief und träumte von keinen Bären.

Das Bundesland Baden-Württemberg ist möglicherweise für seine Küche, landschaftliche Vielfalt, die immensen Kulturschätze und die vielen anderen Deutschen missfallenden Dialekte bekannt.

Man weiß allerorten, die Hauptstadt heißt Stuttgart, manche wissen auch, diese Hauptstadt ist vor allem die Hauptstadt der Schwaben, denen die Badener noch immer mit Misstrauen und einer gewissen Abneigung die Regentschaft über ihr grenznahes Land erlauben. Oben, kurz vor Pfalz und Hessen, ist man dann keiner von beiden, sondern Kurpfälzer, und daher ist dort ohnehin alles anders – meinen die Kurpfälzer.

Nie gelingt es einer Partei, die Macht der CDU ernstlich zu gefährden, verfolgt man andere Ziele als die, die diese christlich-demokratische nennt, und hat man eine zarte Seele, wird man bestenfalls traurig, eventuell zieht man sich aufs Land zurück, in den Wald und geht nicht mehr wählen.

(Man könnte auch am Bodensee Zuflucht suchen, um seine wunde Seele zu kühlen, da muss man dann aber das entsprechende Bankkonto besitzen.) Diese durchaus feudal agierende, ja beinahe feudal seiende Regierung hat sich nun in den letzten Jahren in den Kopf gesetzt, der im Lande stark ansässigen Wirtschaft und ihren Ritualen blindes Vertrauen und hündischen Gehorsam zu schenken. Aus welchem Grunde das geschieht, gerade auch angesichts der sagenhaften Irrungen und zahllosen Pleiten im Reiche der neuen Landesgottheit, bleibt unklar. Evaluation, Controlling, Effizienzsteigerung sind Wörter, die einem stockkonservativen Madonnenschnitzer aus Oberschwaben zumindest geläufig und irgendwie gut erscheinen – diese vage Kompetenz teilt er mit seinen Regenten.

Also hat eine Garde nassforscher und nicht selten selbsternannter Unternehmensberater das Land geentert, im Zusammenspiel mit staubigen Buchhaltern, die in jeder Staatsform etwas zum Streichen fänden: je nachdem Geld, Stellen oder ganze Menschen.

Das war nicht mehr Theuers Zeit.

Was war seine gewesen? Vielleicht das Paläozoikum.

Aber vor allem: Was müsste sich ein solcher Beraterbubi mit Privatflugzeug, Flipchart, immensem Selbstvertrauen und heute ausnahmsweise auch einer magischen Kristallkugel da wundern, wenn er heute den ersten Hauptkommissar Theuer in Heidelberg beobachtete!

Was schriebe er für einen besorgniserregenden Bericht:

Um acht Uhr steht Herr Theuer auf, behauptet seiner Lebensgefährtin und Ziehtochter gegenüber frech, er habe Migräne und müsse zu Hause bleiben. Immerhin scheinen ihm beider Genesungswünsche etwas peinlich, weniger peinlich ist ihm, die bereits in Eile befindliche Lebensgefährtin auch noch darum zu bitten, auf der Polizeidirektion Mitte sein – wohl nur eintägiges – krankheitsbedingtes Fehlen zu entschuldigen.

Alleine zu Hause, macht der Beamte nun keineswegs mehr den Eindruck, erkrankt, gar von einer Migräne niedergestreckt zu sein. Nach der nicht weiter berichtenswerten Morgentoilette, allenfalls bemerkenswert hinsichtlich der fehlenden Rasur, tätigt er verschiedene Telefonate, kritzelt in zwei verschiedene Notizbücher, von denen keines derartig gefüllt wäre, als dass es die Verwendung eines zweiten rechtfertige. (Man kann nur hoffen, dass es sich bei diesen Notizbüchern nicht um Anschaffungen aus Landesmitteln handelt.)

Gerade eines der Telefonate scheint nicht zur Zufriedenheit des pflichtvergessenen Ermittlers verlaufen zu sein, wütend schreit er herum (dies hielte niemand, der wirklich an Migräne leidet, in dieser Situation aus!), macht sich schließlich etwas befangen, aber doch mit allen Anzeichen der letztlichen Reulosigkeit auf den Weg in die Altstadt, genauer gesagt, er geht zum zentralen Studentensekretariat in der Seminarstraße. Nachdem er dort erneut erheblichen Radau veranstaltet und unter anderem – wiewohl krankgemeldet! – mit seiner Dienstmarke erheblichen Druck ausgeübt hat, erhält er die erbetene Auskunft, lässt sich diese sogar schriftlich und gegengezeichnet aushändigen. Offensichtlich war dieser, man möchte sagen, skandalöse Gang in die Stadt allerdings ohnehin geplant, denn nach einem Blick auf die Uhr ändert der zunächst wohl auf dem Heimweg befindliche Beamte seine Richtung und geht zügig zum Café Villar in der Hauptstraße, wo er sich offensichtlich mit einem jüngeren Mann, nach Auftreten und Ausrüstung (Notebook, Aufnahmegerät, Block, Bleistift) eventuell einem Journalisten, verabredet hat. Die beiden tauschen auf Bitten des Polizisten den von seinem Gesprächspartner ursprünglich favorisierten Sitzplatz an einer der großen Glastüren zur Hauptstraße zugunsten eines weniger gut einsehbaren Tisches im hinteren Teil der Lokalität. Dies tun sie aus nachvollziehbaren, dennoch aber hinsichtlich des Landesbeamten, respektive dessen Pflichtvergessenheit als in höchstem Maße tadelnswert einzustufenden Gründen.

An dieser Stelle endet dieser Bericht, denn die magische Kristallkugel hat das Wissenschaftsministerium in enger, fast erotischer Nähe zum Finanzministerium aus den wertvollsten Beständen eines Landesmuseums an einen texanischen Fernsehprediger verkauft, der sie aus fundamentalreligiösen Gründen vernichten wird. Dieser Verkauf, wiewohl – durchaus bedauerlich – nun nicht die finale Überführung des sozusagen staatssabotierenden Ermittlers ermöglichend, ist aus wirtschaftlichen Überlegungen sehr zu begrüßen. Hilft er doch, die Kassen eines der reichsten Bundesländer in einem der reichsten Staaten der Welt zu füllen. Und wofür sind Kassen bitte da?

Dieser Bericht würde in Wirklichkeit bestimmt in anderem, vor allem anglizistischerem Ton abgefasst, das wusste Theuer, aber die Botschaft wäre die gleiche. Abschaffung seiner Person, Einführung von Stechuhren für alle, Einsparung: ein Haufen Geld.

Kosten des professionell abgefassten Berichts: ein Haufen Geld.

Seit Magenreuters Markt der Möglichkeiten hatten sich seine letzten Zweifel an der vorzeitigen Pensionierung verflüchtigt. Es ging nur noch um dieses eine Mal, wo er letztlich überprüfte, ob er nicht nur inkompatibel zum Zeitgeist, zu kantig für die neuen effizienten Abläufe, sondern einfach komplett verrückt geworden war.

Der Journalist hieß Tillmann Vogel, das wenigstens war weder gut noch schlecht.

«Also.» Der schwere Ermittler riss sich zusammen und hätte dabei beinahe beider Kaffees, das Mineralwasser, den Aschenbecher, die Ausrüstung des Journalisten, einfach alles vom Tisch gefegt. «Der Verfasser des Artikels ist nicht zu kriegen?»

Vogel schüttelte den Kopf. «Er hat sich erfolgreich für ein Stipendium in Australien beworben, und er ist schon eine Weile dort.»

«Wie hat er dann von der Sache erfahren?»

«Google-News, Post von der Oma ...» Vogel zuckte mit den Schultern.

Theuer nickte. Informationen zu kriegen war heutzutage nicht so das Problem.

«Er hat Ihnen wahrscheinlich von dort gemailt», fuhr der Journalist fort. «Verdient hat er das Stipendium allerdings meiner Meinung nach nicht», der ebenfalls noch recht studentisch aussehende Journalist lächelte, «natürlich könnten Sie ihn im Prinzip erreichen – über die Universität Sydney, aber eben nur mit einem gewissen Aufwand …»

Theuer winkte ab. «Wie kam es zu diesem Artikel?», fragte er stattdessen. «Ich meine, zu dem Thema?»

«Ach.» Vogel kratzte sich am Kopf. «Das ist so ein bisschen peinlich – also mir ist es peinlich. Es liegt ja nahe, dass die Universität bei einer Zeitschrift für ehemalige Studenten auch mal derzeitigen die Chance auf eine Veröffentlichung gibt. Und da war einer von den Germanisten eben sehr eifrig dabei, hat immer wieder Manuskripte eingereicht, die auch gar nicht so schlecht waren. Und im Winter hat er uns ganz aufgeregt erzählt, er würde ein Interview mit Hilde Domin durchführen, Sie wissen, die große Heidelberger Lyrikerin …»

Theuer kannte sie. Hatte sogar einmal etwas von ihr gelesen, mit Genuss, dann vergessen, gelöscht.

«Na, da haben wir ‹ja› gesagt.» Wieder kratzte sich Vogel. Die Erinnerung schien ihm körperlich unangenehm zu sein. «Was soll ich sagen? Der Termin der Endredaktion rückte näher, und das Interview kam nicht. Der Bubi hatte bei Frau Domin zum Zeitpunkt, als er uns das Ganze verkaufte, noch gar nicht angefragt. Es ist ja eine nette Dame, vielleicht hätte sie den Idioten sogar empfangen, aber sie war verhindert – und da war guter Rat teuer. Na ja … Thomas Schmitt heißt er und hilft uns eigentlich nur beim Layouten. Der meinte, er könnte doch auch mal was schreiben, denn er sei da einem Skandal auf der Spur. Dieser Turner-Fall eben und dass das Bild verschwunden sei.»

«Woher wusste er das?», fragte Theuer. «Uns war es entgangen.»

Vogel lachte. «Ja, da staunt man manchmal in unseren vernetzten Zeiten. Sein Vater arbeitet bei der Mannheimer

Kripo, von dem wusste er das. Und da die beiden nicht besonders gut miteinander sind, wollte er ihm wohl durch die quasi weltweite Veröffentlichung eins auswischen. Der Artikel ist nun wirklich nicht sonderlich gut geworden. Der reißerische Ton war nicht richtig rauszuredigieren. Gab auch ein paar erstaunte Leserbriefe renommierter Professoren, ein Germanist aus Oslo hat sein Abonnement gekündigt.» Vogel seufzte.

Theuer tat es ihm nach – da war wohl wirklich nichts zu holen. Aber man konnte es ja zumindest probieren: «Sie wissen also nicht, ob jemand diesen Jungschreiber nach Erscheinen des Artikels kontaktiert hat? Ob es Nachfragen gab et cetera?»

Vogel schüttelte den Kopf. «Tut mir sehr leid.»

«Ja, dann», sagte der Kommissar etwas enttäuscht, «vielen Dank, dass Sie mich in Ihren Tag eingebaut haben, sozusagen, wen treffen Sie hier eigentlich jetzt zum Interview?»

Vogel grinste. «Den Kapitän der deutschen Rugby-Nationalmannschaft. Aber nicht für das Alumni-Worldwide, für Sport-Bild.» Er zuckte mit den Schultern. «Wir haben eine kleine Tochter, man muss leben. Ich zahl Ihren Kaffee, wenn ich schon nicht viel beisteuern konnte. Ist doch was, auf Kosten von Axel Springer was zu trinken!»

Theuer nickte. «Das nehme ich an.» Er stand auf, wollte sich gerade verabschieden, da endlich fiel es ihm ein: «Und wegen dieses Abonnenten ...»

«Ach ja», Vogel schlug sich an die Stirn. «Natürlich! Ja, ich habe das geprüft – ist gar nicht so leicht, an die Daten so schnell ranzukommen. Doch: Franz-Karl Leonard, wohnhaft in Genf, hat das Heft abonniert.»

Fast hätte Theuer die Fäuste geballt. «Wissen Sie auch, seit wann?»

Vogel nickte, entnahm seiner Brusttasche einen Zettel. «Seit 2001 im Sommer.»

«Sie haben nicht zufällig notiert, ob er da auch schon in Genf wohnte?»

«Nein. Aber ich glaube, das ging ursprünglich, doch, ich erinnere mich – nach England.»

Theuer verabschiedete sich herzlich. Ein guter Mann: Tillmann Vogel! Ein guter Tillmann. Fast hätte er voller Gedanken einen Schrank von Mensch gerempelt, der gerade das Café betrat, aha, der Rugby-Kapitän ... und dann verfiel er gleich nur noch tiefer ins Grübeln.

Das Auto war nicht da.

Genau, die Yildirim, wollte nach der Arbeit in den Handelshof. Weil er ja nicht konnte, der er ja krank war. Genau, genau ... Also mit dem Taxi nach Mannheim. Der beginnende Altersstarrsinn war 50 Euro wert, beschloss der Ermittler.

Die betreute Wohngemeinschaft war im Stadtteil Lindenhof, am Rhein gelegen und doch fast noch Innenstadt, von dieser freilich durch diverse Schienenstränge getrennt. Man sah den Bahnhof, die Universität, und der Lindenhof galt, ungeachtet seiner zahllosen Nachkriegsmietskasernen in Lego-Ästhetik, als eine gute Adresse Mannheims, Theuer verstand die Stadt nicht.

Hier, in der Rheinvillenstraße, waren die Häuser dann schöner, und gelegentlich erhaschte man einen Blick auf Promenade und Fluss, freilich auch das enorme Ludwigshafen am anderen Ufer, das man nach Theuers Meinung am besten an Nordkorea verkaufen sollte. Haffner hätte gesagt: verschenken.

Das Taxi hielt an. Er zahlte, schier weinend, klingelte, «ja, Theuer, wir haben telefoniert», und wurde eingelassen.

Dass die Wohngemeinschaft von jetzt noch drei blinden jungen Männern sehende Betreuer hatte, merkte man am ehesten an den vielen Bildern an der Wand, ansonsten schien sein Gastgeber sicher zu agieren. Ein ganz normaler Mann machte da Kaffee, vielleicht etwas spleenig, in der Wohnung eine Sonnenbrille zu tragen, an einem wenn schon nicht mehr so kalten, so doch immer noch trüben Tag, vielleicht ein bisschen umständlich und auffallend penibel, wenn es um das Aufräumen der verwendeten Dosen und Packungen ging. Theuer begriff – für Sehende mochte das ganz nett sein, wenn man Ordnung hielt, für Blinde war es die einzige Chance auf Unabhängigkeit.

«Wie lange wohnen Sie schon hier?», fragte er, um irgendwie ins Gespräch zu kommen.

«Schon fast ein Jahr», war die Antwort. «Mein Unfall war Silvester 03 auf 04. Im April habe ich es bei meinen Eltern einfach nicht mehr ausgehalten. Milch?»

Theuer verneinte, obwohl der dritte Kaffee des Tages seinen Magen ganz erheblich reizen dürfte, aber er wusste, das würde er nicht bemerken – nicht im Zustand der tiefen Grübelei, in dem er sich befand.

«Wie haben Sie diese Einrichtung denn gefunden? Ich habe bei der Stadt ganz schön lange nachfragen müssen, bis jemand Bescheid wusste.»

Der junge Mann zuckte mit den Schultern. «Meine Freundin hat sie gegoogelt, spezielles Rehabilitationsprogramm für spät erblindete junge Menschen – hat sozusagen einer von uns gestiftet, ein zuckerkranker Millionenerbe. Ist inzwischen tot. Danach hat mich meine Freundin verlassen und ist mit einem der Sozialarbeiter ins Bett, die uns hier betreuen. Ich heiße übrigens Felix Kuhn, Sie haben sich ja schon vorgestellt. Kommen Sie ins Wohnzimmer, der Kaffee ist fertig.»

Sie saßen in einer altmodischen Couchgarnitur, wahrscheinlich das Geschenk eines von sich selbst ergriffenen Spenders, sicher nicht die Art Möbel, die sich eine Männer-WG normalerweise ausgesucht hätte.

«Ja, Herr Kuhn, die anderen beiden erwische ich heute nicht, haben Sie gesagt?»

Kuhn schüttelte den Kopf. «Die sind schon ein bisschen weiter als ich. Thomas hat einen Job, fast denselben, den er vorher hatte, bei einem Callcenter, und vor allem hat er eine Freundin, bei der er heute übernachtet. Erhan ist ein paar Tage bei seiner Familie, sein Cousin wird beschnitten. Ansonsten hat er wenigstens eine Umschulung. Bei mir ist das etwas zäh ...»

«Was waren Sie denn ...»

«Bevor mir irgendjemand die Rakete ins Gesicht geschossen hat? Kurz nachdem ich, obwohl ich gar keine Lust hatte, dann doch mal mit den anderen rausgegangen bin?» Kuhn lächelte bitter. «Mein Standardgeheule, tut mir leid. Ich habe Graphikdesign studiert. Finden Sie mal eine berufliche Alternative für einen blinden Graphiker.»

Theuer schlug die Augen nieder, als wollte er mitfühlend wenigstens ein bisschen weniger sehen.

«Dann, also dann waren Sie ja meistens mit Sundermann zusammen, nicht wahr?»

Kuhn nickte. «Sie haben noch gar nicht meinen Kaffee probiert.»

Theuer schaute verblüfft auf.

«Das hört man.» Natürlich. «Ja, der Sundermann und ich, wir wären wahrscheinlich wie ein altes Ehepaar geworden, aber eines von der üblen Sorte. Er war natürlich noch um einiges schlechter dran als ich. Aber wissen Sie, ich habe mal einen englischen Film gesehen über ein Heim für Querschnittsgelähmte, da klagt einer den anderen an, weil er selbst schon immer gelähmt war, während der andere erst seit kurzem dabei ist. Und der entgegnet, dass es egal ist, aus welcher Höhe die Scheiße fällt. Ich hab mich über Sie schlaugemacht, stimmt es, dass Sie einmal einen Blinden vermöbelt haben?»

«Ja», sagte Theuer errötend. «Aber die Geschichte war sehr komplex.»

«Nein, lassen Sie, das heißt ja, Sie haben ihn irgendwie ernst genommen. Gefällt mir eigentlich …»

Theuer gierte nach Informationen, aber er schwieg. Kuhn hatte das Bedürfnis zu reden, und das verstand er, ganz selten hatte er das ja auch.

«Okay, Sundermann … Er konnte kaum sprechen, schlecht laufen, und er war ja Kunsthistoriker gewesen, also angehender – teilte also mein Schicksal, als einer, der das Licht liebt, die Dunkelheit zu heiraten, bis dass der Tod uns scheidet ….»

So ganz allmählich wurde der Ermittler doch ungeduldig. «Hat er in letzter Zeit, also vor seinem Tod, Besuch gehabt?»

«Ja, seine frühere Putzfrau kam immer mal wieder, er hat übrigens getippt, dass die dieses komische Turner-Bild, also das falsche, dass die es hätte. Aber sie hat wohl immer nur gelacht, wenn er das gesagt hat.»

«Kannte er ihre Adresse?»

«Ich glaube nicht, aber er hatte ihre Telefonnummer.»

«Hat er sonst Besuch bekommen? Ich meine eben kurz bevor …»

«Ja.» Man sah, wie Kuhn in seinen Erinnerungen kramte, und Theuer überlegte sich, dass die Welt wohl eine recht chaotische Kombination von Abläufen wurde, wenn man nichts mehr sah, bei Erinnerungen keine Bilder zu Hilfe nehmen konnte. «Da war ein Mann, an den Namen erinnere ich mich nicht.» (Der war wohl ohnehin falsch.) «Der hat ihn sprechen wollen. Daniel wollte das aber nicht, er war ja sehr entstellt, hat er zumindest gesagt, die Betreuer sprachen immer nur von einer Narbe. Irgendwann war der dann doch da. Abends.»

Theuer rutschte erregt auf die Kante des Sessels vor: «Können Sie ihn beschreiben? Ich meine die Stimme!»

Kuhn dachte nach, schüttelte den Kopf. «Nein. Hab ihm nur aufgemacht. Sie stellen viele Fragen – glauben Sie, der hat damit zu tun? Ich meine, mit dem Unfall?»

«Ich weiß es nicht.»

«Was nämlich komisch war, das hat Daniel hinterher erzählt ... Der Besucher wollte etwas über diesen Fall wissen, wollte das Bild nochmal untersuchen, um das es damals ging, und dann hat er Daniel über seine Lebensgewohnheiten ausgequetscht, sinngemäß hat er gesagt: ‹Am Ende habe ich ihm sogar erzählt, wann die mich zum Spazierengehen abholen, damit er endlich geht.›»

Theuer, der gerade pflichtschuldig am Kaffee genippt hatte, der nicht so besonders schmeckte, hätte sich fast die Hose besudelt.

«Haben Sie das der Polizei erzählt?»

Kuhn lachte. «Die haben mich überhaupt nicht befragt, die kommen gar nicht auf die Idee, dass ein Blinder was wissen könnte.»

«Sie hätten es ihnen trotzdem sagen können.»

Kuhn zuckte mit den Schultern. «Ich habe es, ehrlich gesagt, vergessen. Ein Tag ist hier wie der andere, und dann ist da plötzlich eine Stimme verschwunden, die man sowieso schlecht verstanden hat. Es fällt einfach weniger weg, wenn man nichts sieht. Manchmal kommen welche, die schon lange blind sind, betreuen und ermutigen uns. Glauben sie zumindest. Sie sagen, dass sich das ändert. Manche zitieren aus einem Buch, das ein erblindender Engländer geschrieben hat, man müsse als Sehender sterben, um als Blinder geboren zu werden. Nun ich bin wohl noch im Zwischenreich.»

Theuer nickte, ähnlich sinnvoll wie am Telefon. Er hätte gerne noch etwas Kluges, Gewichtiges gesagt, aber ihm fiel nichts ein. Er verabschiedete sich rasch.

Er war schon fast draußen, als Kuhn fragte: «Besuchen Sie mich mal wieder?»

Theuer blieb auf der Treppe stehen, unfähig, das Geringste zu sagen. Schließlich rang er sich ein paar Worte ab: «Nein. Ich glaube nicht. Ich täte es aus Mitleid.»

Kuhn nickte. «Okay.» Und schloss die Tür.

Als er nach Hause kam, machten seine beiden Damen dem ersten Hauptkommissar Vorwürfe. Er gab alles zu, hörte aber gar nicht genau hin. Ein schweigsames Abendessen, ja genau, es war schon Abend, mit der S-Bahn ging es doch deutlich länger, vor allem, wenn man in seiner Versenkung zunächst mal bis Speyer in die falsche Richtung fährt.

Brütend saß er am Küchentisch.

Ein Anruf.

Oberdorf war tot. Erhängt in ihrer Zelle.

«Man kann depressiven Gefangenen nicht alles wegnehmen.» Simonsons Stimme klang leise. «Sie hat ihr Betttuch in Streifen gerissen und sich einen Strick geflochten. Ich hätte es ihr vielleicht nicht erzählen sollen, aber sie hatte mich so gelöchert, sie konnte sich durchsetzen …»

Theuer schwieg. Legte auf. Nun gut, jetzt war nur noch eine leere Position auf dem Feld, und Schachspielen könnte man mal wieder, und was war unten rechts, das schwarze oder das weiße Feld? Und: Wo waren die Damen?

Lieber Johannes,
da ich nicht die geringste Hoffnung habe, dass du mir zugehört haben könntest, daher auf diesem Wege: Also. Babett und ich besuchen Maria. Maria Wessels, du erinnerst dich? Sie will Leute um sich haben, und das ist ja verständlich, außerdem ist bei Babett morgen keine Schule, sondern pädagogischer Tag, und es macht nichts, wenn es spät wird. Ich weiß, dass du an irgendwas dran bist, sonst würdest du dich nicht so restlos autistisch verhalten. Bitte sag es mir nicht so bald.
Bis dann
Y.

Theuer dachte weiter nach, verwarf, erwog das Verworfene neuerlich, um es dann entschieden zu verwerfen. Denn es war ganz unmöglich. Er ging zum Telefon.

«Hör zu, Leidig. Alle bei mir und Magenreuter. Ich weiß, ich habe euch nichts mehr zu befehlen, aber ich tue es einfach trotzdem.» Er legte grußlos auf und wartete.

Diesmal war es nicht zu leugnen, Haffner hätte man zu Hause lassen sollen, er war einfach zu fürchterlich betrunken. Aber Team war Team, Leidig, der – wahrscheinlich aus dem Gefühl heraus, Theuer einmal wieder etwas Gutes tun zu müssen – Senf und Haffner abgeholt hatte, konnte ihn nicht hindern, torkelnd, aber entschieden mitzutun. Fast zeitgleich war Magenreuter, freilich unterirdisch gestimmt, dazugestoßen, und nun saßen sie in Theuers Wohnzimmer.

Der Gastgeber hatte trotzig nichts angeboten, stattdessen gerade den Artikel vorgelesen.

«Warum habe ich von dem Alumni-Heft nichts erfahren?», fragte Magenreuter gereizt in die Runde. «Und warum erfahre ich es jetzt? Nachts um zehn?»

«Zuerst, weil wir die Sache falsch eingeschätzt haben», sagte Theuer. Leidig blickte zu Boden. «Jetzt, weil ich nicht will, dass Leonard dabei ist.»

«Und warum nicht?»

«Das sage ich gleich. Tja, und dass wir den Artikel nicht sofort gefunden haben, liegt daran, dass das Heft für ins Ausland verzogene oder zurückgekehrte ehemalige Studenten unserer Uni bestimmt ist. Das wird nur ins Ausland verschickt, New York, Nairobi, London ...»

«Dresden», ergänzte Haffner schneidig, man überging ihn.

«Und wer aus Oslo, Peking, Moskau hat Ihnen in den Kopf gesetzt, dass wir uns deshalb treffen müssen?», fragte der Polizeidirektor erbittert. «Ich habe geschlafen, schon seit halb neun, endlich mal wieder.»

«Oder Frankfurt Oder, oder?», wimmerte Haffner nun nur noch, legte den Kopf auf die Knie, sagte ganz rätselhaft: «Nämlich waudi, schnuff, schnuff», und schlief endlich ein.

«Ich habe einiges rausgefunden.»

«Ich denke, Sie waren krank», bellte der Direktor.

«Das war gelogen», parierte Theuer giftig. «Sie lassen mich deshalb schon nicht erschießen.»

«Mal sehen.» Magenreuter beugte sich über den Couchtisch. «Diese Runde ist absurd. Haffner ist volltrunken. Und warum überhaupt diese Kollegen», er deutete auf Theuers Jungs, wie man beiläufig auf etwas deutet. «Die Soko umfasst 50 Leute, Meister Theuer.»

«Es ist mein Team», sagte der schwere Ermittler und spürte einen Kloß im Hals. «Das werden Sie nicht ändern.»

«Halleluja», rief Haffner im Schlaf. Senf und Leidig dagegen wirkten eher bedrückt, Letzterer klemmte sogar die Knie scheu zusammen.

«Erstens», Theuer rang um Fassung und vor allem um gedankliche Ordnung. «Leonard hat gesagt, er habe in Marburg studiert, er hat aber in Heidelberg studiert, warum verschweigt er das? Ich war auf dem Studentensekretariat. Und: Er kennt sich in der Stadt aus, kennt alle Stadtteile, das liegt nicht an seinem Superhirn. Nur das Quartier am Turm war ihm neu – ausgerechnet! Das ist nämlich auch neu.»

«Und wenn er in Marburg und Heidelberg studiert hat?», fuhr Magenreuter dazwischen. «Wie wäre es damit?»

«Er ist Abonnent des Alumni-Magazins, aber erst seit 2001, kurz nach dem Turner-Fall wollte er also über Heidelberg …»

«Was soll das?», fragte der Polizeidirektor erneut in Theuers Rede hinein. «Was werfen Sie ihm vor?»

«Mord», sagte Theuer. Jetzt war es heraus und Magenreuter immerhin sprachlos.

«An Kohl, Vokrri und Sundermann.»

«Hahns Haare bei Vokrri …», warf Leidig vorsichtig ein.

«Hat er gefunden», entgegnete Theuer. «Was man so finden nennt. Weder der Beutel mit Wessels' Trophäe noch der aus Mannheim war verschweißt, bei diesem Basar gestern war es kein Problem, da ein bisschen umzufüllen. Der Artikel nennt Kohl, Kohl nennt Sundermann, Sundermann nennt Vokrri. Ich hatte die falsche Reihenfolge im Kopf. Die drei gehören zum alten Fall und passen eben nicht zum jungen Cromwell. Leonard war auch nicht Gasthörer in Frankfurt, das habe ich telefonisch überprüft, jemand war bei Sundermann und hat ihn ausgehorcht, ich habe mit seinem Mitbewohner gesprochen … Das Bild ist weg.»

«Er hat nie behauptet, als Gaststudent in Frankfurt eingeschrieben gewesen zu sein», fand Magenreuter die Stimme wieder. «Bibliotheken und Vorlesungen sind öffentliche Räume.»

«Eine Vorlesung ist kein Raum.»

«Danke, Herr Theuer, Sie verstehen mich schon. Nur eine einzige Frage darf ich stellen: Warum sollte einer der besten Polizisten Europas, ein weltweit anerkannter Profiler, wegen eines falschen Bildes so etwas tun?»

Theuer schaute in Magenreuters Augen. Sie waren gerötet. Der Chef war müde. Er war auch müde.

«Es passt ins Profil», sagte er ruhig.

«Auf Ihre alten Tage noch Profiler geworden!» Magenreuter nickte. «Unglaublich. Hören Sie: Wir brauchen den jungen Cromwell, und alles wird sich in Wohlgefallen auflösen, Herr Theuer. Allerdings nicht Ihre Theorie! Die wird sich in Missfallen auflösen, und zwar bald. In meinem Missfallen! Schneller als in Salzsäure. Ich war beim Arzt. Ich habe Blutdruck 200. Ich soll gesund leben, der hat mir fast den Kopf abgerissen, als er gehört hat, dass ich wieder rauche. Dieses Treffen ist hiermit beendet. Schluss. Und ich bin der Polizeidirektor und ordne an, dass die Herren Leidig und Senf, sofern sie in ihrem Leben noch einmal etwas anderes tun wollen, als die Ausnüchterungszelle zu putzen, jetzt ebenfalls gehen und bitte nicht dieses Bündel da», er deutete voller Abscheu auf Haffner, «vergessen wollen.»

«Warten Sie einen Moment.» Senf legte sein Gesicht in die Hände. «Bitte warten Sie kurz und lassen Sie mich etwas sagen.»

Magenreuter schaute irritiert. «Was soll das, Herr Senf? Haben Sie auch noch ein Ass im Ärmel?»

Senf seufzte: «Eher das Gegenteil. Jetzt muss ich schon das zweite Mal hier vor der Gruppe etwas beichten – eigenartig ist das mindestens …»

«Lassen Sie mich raten, Sie haben uns Rizinusöl ins Essen gemischt?» Aber Magenreuter klang etwas defensiver, als seine schneidigen Worte nahelegten.

«Gute Idee.» Senf lächelte traurig. «Nein, es geht um etwas anderes. Ich muss es sowieso klären. Warum nicht jetzt.»

Als Senf geendet hatte, war es still, Haffner, wieder hellwach, griff nicht nach seinen Zigaretten, das nahm Theuer nebenbei wahr, und somit waren nebenbei die Naturgesetze außer Kraft.

Schließlich ergriff Magenreuter das Wort: «Warum jetzt, Herr Senf? Warum an diesem Punkt der ganzen Scheißsache?»

«Weil ich zeigen will, dass es sein kann.»

«Was?»

«Dass Herr Theuer recht haben kann. Möglicherweise hat es bei dem Mann, den wir suchen, auch so eine Geschichte gegeben – und es hat ihm gefallen. Möglicherweise ist es Leonard. Nichts ist, wie es scheint.»

Magenreuter betrachtete intensiv den Dielenboden, Theuers Blick folgte dem seinen, doch, doch, das waren Bodendielen, die einen Dielenboden bildeten.

Endlich, nun aber ruhig und beherrscht, ergriff der Polizeidirektor das Wort.

«Es ist schon manches so, wie es scheint. Und wir haben einen verdienten Profiler, der uns hilft, einen Wahnsinnigen zu jagen, der sich der junge Cromwell nennt. Punkt.» Er schaute verzweifelt zu Senf. «Was soll ich jetzt mit Ihnen machen? Ich brauche eigentlich jeden!»

«Auch von uns?», fragte Haffner schwermütig.

Magenreuter ignorierte ihn. «Wir müssen das klären, möglichst schnell. Bis dahin gilt die Unschuldsvermutung.» Er schaute zu Theuer. «Für jeden.»

«Ich war ein Jahr im Schüleraustausch in Lyon», schaltete sich Leidig ein. «Mein schönstes Jahr ... Also, ich meine, ich kann gut Französisch. Ich kann mich morgen ans Telefon hängen, wenn dir das recht ist.»

Senf nickte.

«Mir muss es recht sein.» Magenreuters Stimme schwoll wieder an. «Und es ist mir recht, und jetzt ist Schluss!»

Sie gingen. Theuer setzte sich betäubt an den Küchentisch, erwog, sich zu betrinken, vergaß es, ging ins Bett, hörte die Damen noch kommen und stellte sich so lange schlafend, dass er schließlich sogar träumte, sich schlafend zu stellen.

Armin saß im dunklen Wohnzimmer auf dem Boden und betrachtete den schwarzen Nachthimmel draußen. Gedanken kamen, gingen, allein, in Gruppen, flanierten an ihm vorbei.

Soll ich nochmal, noch einmal? Soll ich einfach vor die Tür gehen und den Ersten erschießen? Oder die Meier oben, wie wäre die?

Die Leichtigkeit war nur ein Rausch.

Armin holte das Bild von Bloch aus der Schublade, stellte es auf die Kommode.

Putschismus hätte der Große wohl genannt, was er getan hatte.

Nein.

Er hätte mich einen Mörder genannt, einen kleinen Mörder, einen Feigling.

Er hätte die Polizei geholt und mich nie mehr in Freiheit sehen wollen.

Alle werden gegen mich sein. Nichts hat sich geändert.

Das Ex- oder noch- oder Schein-Team konversierte am nächsten Morgen etwas verklemmt miteinander, besser gesagt, Haffner konnte bis zum fünften Becher Kaffee kaum sprechen. Immerhin schien Magenreuter eine gewisse Normalität im Umgang sozusagen simulieren zu wollen. Er kam vorbei, grüßte Theuer, klopfte Senf auf die Schulter und fragte, ob es etwas Neues gebe.

Da dem nicht so sei, würde er sie vier bitten, vier Leute zu verarzten, die unbedingt aussagen wollten.

«Ich mache kein Hehl daraus, dass es wahrscheinlich viermal nichts bringt, aber wir können schlecht jemanden wegschicken.»

Als er draußen war, brachte nur Senf den Mut auf, die Wahrheit zu sagen: «Unter allen Jobs, die im Rahmen einer Ermittlung auf Hochtouren anfallen, dürften wir soeben die lächerlichsten aufs Auge bekommen haben. Und das, obwohl wir doch nur», er schaute zu Haffner, der sich mit einem penetrant riechenden Erfrischungstüchlein den Nacken massierte, «zu drei-komma-fünft sind» und ernster: «Leidig, weißt du schon was?»

Bis dahin hatten alle tapfer ignoriert, dass Leidig immer mal wieder zum Telefonieren in ein anderes Büro gegangen war.

«Ich habe so weit alle erreicht, die in Frage kommen. Der Kollege in Paris geht die Akten durch. Er ruft heute noch zurück.»

Senf blies die Backen auf. «Na, dann. Vielleicht fangen wir ja diverse Mörder. Und als Ersten mich.»

Theuer wollte etwas Kluges sagen, stattdessen: «Letztes Jahr hast du erzählt, du hättest zum ersten Mal einen Menschen getötet.»

«Ich habe es sogar gedacht in diesem Moment. Es ging mir ja wochenlang unverzeihlich gut! Weil ‹es› jetzt offiziell war, aber das war es ja gar nicht. Ich versteh mich nicht.»

Da keiner der vier sich verstand, schwiegen sie.

«Also», stöhnte Theuer schließlich, «wen haben wir draußen?»

Senf schaute auf seinen Bildschirm. «Wir haben», Senf

war die zusätzliche Bestürzung anzuhören, «eine Wahrsagerin, einen Baptisten, einen Familiensteller und einen Philosophen.»

«Okay», sagte Haffner düster. «Jeder einen. Kurzer Prozess.»

Einen Moment erwog Theuer, Haffners brachialen Vorschlag umzusetzen, aber dann machten sie es doch brav der Reihe nach.

«Ich habe etwas gesehen», sagte die Wahrsagerin, die da Bonita Gluck hieß, aber gewiss doch, von Geburt an. Die Dame war tief im sechsten Lebensjahrzehnt, nur hatte ihr das anscheinend nie jemand mitgeteilt. Ihr freches orangegrünes Streifenkleid, enganliegend und trotz der kalten Witterung in nacktsandalierte Storchenbeine mündend, korrespondierte zu ihrem feuerroten Wuschelkopf blendend, wortwörtlich, fast kniff der erste Hauptkommissar die Augen zu. «Ich habe einen Mann gesehen. Der Mann geht durch den Wald.»

Theuer erschrak. Die Attacke auf Wessels war nur sehr vage an die Presse weitergegeben worden. «Ja?», sagte er, und das klang ein wenig gequetscht.

Die Seherin fixierte die Ferne. «Der Mann hat Angst. Er rennt, aber er kann ihm nicht entkommen. Er stürzt. Der junge Cromwell beugt sich über ihn …» Ach so! Theuer entspannte sich. «Er ist klein, er ist ein Kind. Er ist Zigeuner.» Zufrieden sah Wahrsagerin Gluck in die Runde. «Und? Kriege ich eine Belohnung?»

«Raus!», sagte Haffner würdig und fest. «Verlassen Sie diese Behörde.»

Etwas kampfeslustiger als zu Beginn empfingen sie nun also als Nächstes den Baptisten.

Theuer hatte einen staubigen Greis im Gehrock erwartet, stattdessen betrat ein lässiger, modisch gekleideter und von Lebenslust durchdrungener Anfangsvierziger den Raum.

«Michael Bart. Ich bin Diakon der freien Baptistengemeinde Rhein-Neckar.»

«Ja und?», fragte Theuer.

Bart setzte sich, ohne dazu aufgefordert zu sein, schwungvoll auf einen freien Stuhl. «Das ist ein Ehrenamt, wir sind eine Freikirche ...»

«Glückwunsch», sagte Haffner und braute an einem großen Zorn.

«Danke ... Von Beruf bin ich Ingenieur, ohne meine phantastische Frau wäre das alles gar nicht zu schaffen, Gemeinde, Job, vier Kinder ...»

«Wenn Sie zur Sache kommen wollen.» Theuer trommelte einen schleppenden Rhythmus auf seine Schenkel.

«Wir mussten uns vor einiger Zeit von einem Gemeindemitglied trennen. Gemeindezucht nennt man das. Sie hat ihren Mann verlassen.»

«Warum erzählen Sie uns das?»

«Bei der Gelegenheit», Bart entnahm seinem Boss-Jackett einen Packen Broschüren. «Ich lasse Ihnen mal ein paar Infos da. Im Grunde ist es ganz einfach. Jedes Wort in der Bibel stimmt, und wir glauben, dass man nur durch den Glauben an Jesus Christus errettet werden kann, das muss sich aber im Lebenswandel niederschlagen. Gemeindezucht ist die härteste Strafe, die wir aussprechen ...» Überfordert nahm Theuer die kleinen Faltblättchen entgegen. Eine Familie mit asozialer Anzahl an Kindern grinste vom Deckblatt, das kleinste hielt eine schwere Bibel. «... der totale Abbruch aller sozialen Beziehungen. Diese Maßnahme fällt zeitlich genau mit dem Beginn der Cromwell-Serie zusammen.» Bart fiel nun anscheinend auf, dass sein erlöstes Grinsen etwas unpassend wurde, und schaltete auf ein trauriges, wenn auch immer noch von innen leicht illuminiertes Gesicht um.

«Und diese Frau», Theuer brauchte einen Moment, «soll also ...»

«Der junge Cromwell sein.» Bart nickte.

«Wir wissen vielleicht noch nicht genug», ergriff Leidig das Wort und klang für seine Verhältnisse drohend. «Aber wir haben seine Stimme. Es ist eine Männerstimme.»

«Ich habe sie gehört, im Radio. Eine Allerweltsstimme. Hat ja auch niemand erkannt?» Da war es wieder, das Lächeln. Theuer nickte, obwohl es ja nicht ganz stimmte, Hunderte hatten Hunderte erkannt. «Nun, vielleicht war sie nicht von dieser Welt, die Allerweltsstimme? Das haben wir aber oft», Bart senkte die Stimme. «Bei Besessenen, die Stimme wird tiefer. Satans Dunkelheit.»

Haffner erhob sich und packte den Baptisten wie eine Katze im Genick. «Richte deinem obersten Chef aus, er soll sich um mich keine Sorgen machen. Ich habe bereits die ewige Leber.»

Draußen war er. Theuer warf die Prospekte aus dem Fenster, das sah ganz putzig aus, aber half nicht viel.

Kopfschüttelnd nahm er wieder Platz. «Geht das jetzt so weiter? Will mich Magenreuter auf diese Weise kleinkriegen?»

Der Familiensteller erklärte, er habe diese Methode beim Meister selbst, beim Bert, erlernt.

«Wir stellen ja nicht mehr nur Familien, man kann auch Krankheiten aufstellen, Konflikte ... Dabei treten Ordnungen zutage, die von weit herkommen, von ganz tief, von ganz hinten ...»

«Von ganz tief hinten.» Theuer nickte hasserfüllt. «Quasi vom Arsch. Was haben Sie uns zu sagen, Herr ...»

«Pooth. Volkmar Pooth. Ich habe gar nichts zu sagen.» Der Aufsteller schien ehrlich überrascht. «Ich will mit Ihnen die Mordserie aufstellen!»

«Au ja!», rief Senf und sprang auf. «Los, Kollegen, wir lösen den Fall. Das ist ein schöner Berufsabschluss für mich.»

Dass die Polizisten sein Treiben aus purem Zynismus mitmachten, schien den Therapeuten nicht zu stören.

Schwieriger war es dann schon, mit vier Leuten Täter und sieben Opfer nachzustellen, als Pooth für das tote Mädchen den Feuerlöscher im Raum positionierte, wurde es Theuer aber auch schon beinahe zu bunt.

Sie sollten sich so stellen, wie sie es fühlten. Haffner, der den jungen Cromwell repräsentierte, setzte sich im Schneidersitz an den Gummibaum.

«Was fühlen Sie?», fragte Pooth ehrfürchtig.

«Durst.»

«Es geht nicht!» Pooth klatschte in die Hände. «Er hat das Feld kaputt gemacht, und jetzt geht es nicht. Es geht sowieso nicht, wenn man dabei raucht.»

Stumm und beleidigt ging er ab.

Ihr letzter Mann in dieser Sache saß im Büro, Gott sei Dank, bald war es vorbei. Theuer fand Magenreuters Vorschlag mit der Ausnüchterungszellenpflege inzwischen ganz attraktiv.

«Sie sind also Philosoph, Herr ...»

«Pittus. Ich bin Professor für Philosophie, wenn Sie das meinen.»

«Mir hat das keine Ruhe gelassen. Irgendetwas hatte es mit dieser seltsamen Selbsttitulierung ‹der junge Cromwell› auf sich. Aber ich bin einfach nicht dahintergekommen ...»

«Rauchen?», schrie Haffner dumm.

Pittus schüttelte angewidert den Kopf.

«Aber hoffentlich nix dagegen, wenn ich ein paar Züge nehme …»

«Es hatte irgendetwas mit Ernst Bloch zu tun, irgendetwas hatte ich da mal gelesen, ein Zitat …»

«Wer ist Ernst Bloch?», fragte Haffner jetzt demütig.

«Er war ein marxistischer Philosoph. Kam hier aus der Gegend, Ludwigshafen.» Der Philosoph seufzte. «War schon ein großer Mann. Eine imponierende Sprache, gewichtige Sätze über Geschichte, Materie, Geist, Musik. Mir etwas zu viel Geraune, vielleicht auch einfach zu weit weg von meinem Schwerpunkt.»

«Was ist Ihr Schwerpunkt?», fragte Theuer und erwartete Enormes.

Pittus lächelte. «Das sage ich außerhalb unserer ehrwürdigen Mauern kaum noch. Handwerker brechen dann ihre Arbeit ab, und ich stehe ohne Toilette da. Es provoziert, wenn ein gutbezahlter Hochschullehrer hilflos zu erläutern versucht, dass er sich mit der Frage beschäftigt, ob wir wissen, was wir tun, ja, ob wir wissen können, was wir tun, wenn wir den Konjunktiv verwenden.»

«Ah», sagte Theuer und dachte, er hätte auch ‹Be› sagen können, behielt den Unsinn zum Glück für sich und bat den Gast stattdessen höflich, auf den Anlass seines Besuches zurückzukommen. Pittus nickte dankbar.

«Im Ernst-Bloch-Archiv in Ludwigshafen bin ich dann fündig geworden.» Er entnahm seiner Brusttasche ein gefaltetes Papier. «Im ersten Band von Blochs Briefen findet sich folgende Passage über seine damalige Frau Else: ‹… ich war glücklich, wie gut sie aussah, ganz wie der junge Cromwell …› Das ist die einzige Stelle, auf die ich gestoßen bin. Sie wurde vor vielen Jahren einmal im ‹Spiegel› zitiert, da muss ich es gelesen haben, abgedruckt wohl, um jene Sprachlust des Denkers zu illustrieren. Die Phrase bedeutet nämlich nichts. Niemand weiß, wie der junge Cromwell aussah.»

Theuer nickte enttäuscht. «Ja, Herr Pittus. Das ist ja sehr nett, dass Sie uns das …»

«Ich bin noch nicht fertig», unterbrach der Philosoph aufgeregt. «Dass ich überhaupt an den mir fernen Bloch denken musste, hat seinen Grund wohl darin, dass ich im Februar einen Studenten in der Zwischenprüfung hatte, der sich – unfassbarerweise bei mir – über einen Aufsatz Blochs prüfen ließ. Bemerkenswert schlecht übrigens. Das war in der zweiten Februarwoche …»

«Können Sie uns den Namen nachreichen?»

«Da brauch ich gar nicht nachzuschauen, die Prüfung war so unangenehm, die blieb mir im Gedächtnis haften. Armin Hahn hieß er.»

Senfs Finger flogen über die Tastatur. «Nur einmal in Heidelberg … Den hatten wir schon mal, da war er angeblich verreist», sagte er. «Wohnt im Hasenleiser.»

«Wie gesagt», fuhr Pittus fort, aber Theuer unterbrach ihn. «Schick welche in Zivil vorbei», zischte er Leidig an, «oder lass jemand anrufen, wir müssen rauskriegen, ob er wieder da ist, los.»

Leidig sah unglücklich aus. «Sie können so was nicht anordnen … nicht mehr. Magenreuter …»

Theuer schloss kurz die Augen, atmete tief durch. «Richtig. Danke, Simon Leidig. Entschuldigung, Herr Putin …»

«Pittus.»

«Ja. Jajajaja. Fahren Sie bitte fort.»

«Ja, also», Pittus suchte nach Worten, «dieser Herr Hahn war einerseits ziemlich schlecht, andererseits, ja, andererseits schien er Bloch geradezu zu lieben … Er war fürchterlich beschämt von der Prüfung, und das lag nicht nur am Ergebnis.»

Theuer dachte an seine ersten Assoziationen anlässlich des Mörder-Pseudonyms. Cromwell, der den König abgesetzt hat … Der schwere Ermittler spürte eine beträchtliche Erregung und beträchtliche Angst, diese könnte ihm den klaren Blick verstellen. Es gelang ihm, ruhig zu klingen: «Das muss nichts heißen. Außerdem haben wir doch alle Durchgefallenen überprüft!»

«Er ist nicht durchgefallen», sagte Pittus. «Ich habe ihm eine Vier gegeben. Ehrlich gesagt wollte ich nur, dass er schnell geht. Ein Examen macht der sowieso nicht …»

«Ein unscheinbarer Typ? Einer, dessen Gesicht man kaum beschreiben kann?»

Pittus schluckte: «Ja.»

«Haben Sie die Audiodatei gehört?»

Pittus schüttelte den Kopf.

«Das Phantombild gesehen?»

«Nein, ich lese kaum die hiesige Presse.»

Haffner sprang in beinahe einem Satz quer durch den Raum, hielt das Blatt in der kaum zitternden Rechten und versuchte linkshändig seinen Flachmann zu öffnen.

«Das ist er.» Pittus klang heiser. «Das könnte er sein.»

«Dann ruft jetzt eben Magenreuter an», schrie Theuer. «Ruft alle an!»

Zum ersten Mal, seit er sie hatte, ließ Armin die Waffe zu Hause. Er ging Richtung Rohrbach, durchquerte den alten Ortskern und stieg in die Weinberge. Die Reben waren noch kahl. Weiter ging er bis zum Waldrand. Die Sonne brach durch den grauen Himmel, allmählich hatte sie wieder Kraft. Er fand eine Bank, setzte sich und schaute über die Ebene. Man konnte Mannheim sehen, Schwetzingen, sogar Speyer ahnen, und wenn sich der Dunst verziehen würde, dann sah man bis an die Pfälzer Berge, konnte ihnen nach Süden folgen und abschätzen, wann Deutschland endete und Frankreich begann.

Das hatte er immer einmal machen wollen: Einen Tagesausflug nach Wissembourg, das war das Stück Frankreich, das die Hiesigen manchmal aufsuchten.

Seine Mutter war tot. Gestern hatten sie angerufen.

Vielleicht gab es ja eine Möglichkeit. Einfach aufhören. Ins Elsass fahren, was essen, wieder zurück.

Er schloss die Augen. Nein, diese Möglichkeit gab es nicht. Sie würden ihn so oder so kriegen.

Der Philosoph wurde mit raschen Dankesworten verabschiedet, protokollieren würde man alles später.

Sie waren im großen Konferenzraum, die gesamte Soko war versammelt. Leonard saß vorne, neben dem Chef. Theuer registrierte überrascht, dass der Profil-Titan nervös schien, und sei es auch nur ein ganz kleines bisschen. Yildirim kam herein, es ging los:

«Zuerst mal Folgendes», sagte Magenreuter. «Wir müssen uns so sicher sein, wie man nur sein kann, bevor man jemanden verhaftet. Wenn wir jetzt einen falschen Cromwell präsentieren und der erste in eine kurzzeitige Erleichterung hinein wieder zuschlägt, dann werden einige von uns in Zukunft wieder Radarfallen aufstellen, bevorzugt bei Regen. Wir müssen ihn rund um die Uhr observieren, er darf aber nichts und wieder nichts davon merken. Vielleicht ist er inzwischen so stolz auf seine Morde, dass er sie privat dokumentiert. Wenn er den Braten riecht, vernichtet er uns vielleicht wichtige Beweismittel.»

«Diese Wessels kann ihn doch identifizieren», rief jemand, den Theuer nicht sah und auch nicht sehen wollte, denn – ausnahmsweise schnell – hätte er ungefähr das Gleiche wie sein Chef gesagt.

«Dann kriegen wir ihn wegen einer dubiosen Attacke im Wald – auch die DNA an zwei Tatorten verwickelt uns, wenn wir nichts anderes haben, in einen ganz zähen Indizienprozess. Ich will ihn bombensicher für immer und ewig weggesperrt. Wann kommen wir an sein Telefon?»

«321 92 46.»

«Nein, Haffner, ich meine nicht die Nummer … wann können wir ihn abhören?»

«Frühestens morgen», schaltete sich Leidig ein. «Mal unterstellt, Frau Yildirim stimmt zu.»

«Tut sie, Herr Leidig.»

«Aber ich weiß nicht, ob das Telefon von so zentraler Bedeutung ist. Er ist doch wohl ein Einzeltäter.»

«Na ja.» Theuer stand auf. «Jemand könnte ihn warnen. Jemand, dem seine Aussage zu früh käme …» Er schaute scheinbar harmlos zu Magenreuter, aber da saß auch Leonard. Und er merkte, dass sein Chef dieses kleine Manöver durchschaute. Magenreuters Blick hätte kaum düsterer sein können, Leonard dagegen schaute ihm unergründlich, fast schläfrig in die Augen. Obwohl einige Meter zwischen ihnen lagen, hatte der schwere Ermittler das Gefühl, sie stünden voreinander, sprungbereit, sich an die Gurgel zu gehen.

«Er ist wohl schon ein Einzeltäter.» Theuer klang treu und schlicht, ließ aber den Blick nicht von Leonard. «Aber falls nicht, falls es noch einen Täter gibt – ich meine, kann doch sein, nicht wahr? Was wissen wir schon … Vielleicht weiß der andere mehr als Hahn, vielleicht weiß er mehr als wir …»

«Wer sollte das sein?», fragte Leonard ruhig.

«Ich weiß nicht», antwortete Theuer. «Es muss ja zwangsläufig jemand sehr Kluges sein, dem jetzt aber nur noch das Telefon bleibt, jetzt, wo wir ihn …»

«Danke für den Hinweis mit dem Telefon», bellte der Polizeidirektor mehr, als dass er es sagte.

«Wo ist dieser Hahn jetzt?», rief Metzner dazwischen.

«Er ist nicht zu Hause», sagte Magenreuter, «drei unserer Leute warten auf ihn. Sobald er auftaucht, darf er, wird er uns nicht mehr entkommen.»

«Morgen können wir ihn abhören?», fragte Theuer schon wieder.

«Ja, doch! Das habe ich doch gerade schon gefragt.»

«Bin vergesslich», schalmeite Theuer. «Wie war nochmal Ihr Name?»

Magenreuter sprang auf. «Herr Theuer, ich möchte Sie in meinem Büro sprechen. Jetzt.»

Später sollte der erste Hauptkommissar sagen, es sei dies ein Gespräch gewesen, in dem er sich nicht wohlgefühlt habe. Aber eigentlich stimmte das nicht. Wenn man allerdings schildern würde, pausenlos angebrüllt worden zu sein und das als gewissermaßen reinigend empfunden zu haben – dann glaubte einem ja wieder keiner.

«Sie entblöden sich nicht, einen der besten Ermittler überhaupt für eine Mordserie verantwortlich zu machen, und das ohne auch nur den geringsten Beweis!» Magenreuter ging auf und ab, rang die Hände.

«Sie haben das Zimmer hübsch neu eingerichtet», entgegnete Theuer. «Hübsche Bilder und trotz allem schön, dass Sie Seltmanns Sofa behalten haben. Ich sitze da so gemütlich. Es ist alles wie früher.»

Magenreuter – tatsächlich, er tat es – stampfte wie ein bockiges Kind: «Es hängt überhaupt kein Bild an der Wand! Ich bin aus nachvollziehbaren Gründen noch nicht dazu gekommen, mich einzurichten!»

«Ach was!»

«Ich kann noch nicht einmal das Wort ‹Bild› mehr hören! Turner-Bild, Turner-Fall, Scheiß-Fall!»

«Nennen Ihre Freunde Sie immer noch ‹Bommel›?»

«Herr Theuer.» Schwer atmend baute sich der Polizeidirektor vor seinem harmlos dreinblickenden Kommissar auf. «Sie wollen mich jetzt provozieren. Wollen etwas erreichen, vielleicht einfach den großen Krach, damit Sie sich nur umso mehr ins Unrecht gesetzt fühlen können und daher ja wohl irgendwie im Recht sein müssen!»

«Gar nicht so verkehrt!», schrie Theuer nun auch los. «Sie sind in diesen Leonard vernarrt, wie dieser Hahn es anscheinend in Bloch war!»

«Sind Sie denn vielleicht einfach nur neidisch, eifersüchtig?»

Theuer trat vorsichtshalber einen Schritt zurück: «Nein, Liebling.»

In der Tat sah es kurz danach aus, als wolle der Polizeidirektor ihn züchtigen, wenn nicht würgen, dann aber besann sich Magenreuter, ging beinahe torkelnd zum Schreibtisch und ließ sich, plötzlich ermattet, in seinen Stuhl fallen.

«Herr Theuer, wissen Sie noch auf Anhieb, wie viele Tote wir inzwischen haben? Ich müsste wirklich nachschauen.»

«Ich auch.» Theuer setzte sich auf die Heizung und starrte müde in den Raum, in die Mitte des Raumes, wo nichts war.

«Und das soll alles Leonard gewesen sein?»

«Das sage ich doch überhaupt nicht. Aber Sie lassen mich ja nicht erklären. Und, tut mir leid, das Wort ‹Bild› könnte ich dabei nicht vermeiden!»

«Gut, gut, doch, doch …» Magenreuter tastete sein Jackett offensichtlich nach Zigaretten ab und fand keine. «Erklären Sie.»

«Kohl, Sundermann, die Putzfrau. Die bilden eine eigene Serie. Eine, die nichts mit diesem Hahn zu tun hat, sondern mit dem verschwundenen Bild. Dem gefälschten Turner-Bild, dem, mit dem alles anfing.»

«Was ‹alles›?» Magenreuter schaute zur Decke.

«Das, was jetzt aufhört», entgegnete er lahm. «Das Licht, mein zweites Leben …» Er heulte zwei kurze, knabenhafte Stöße lang. Sein Chef rang sichtlich um Fassung oder wenigstens um einen Ersatzzustand derselben. Theuer musste sich zusammennehmen. Dringend. «Es gab damals diesen Duncan, der das Bild auch gewollt hat …»

«Ich weiß.»

«Er hatte einen Auftraggeber.»

«Sagte er.»

«Ja.»

«Dann hat er eben möglicherweise einen Auftraggeber gehabt!» Magenreuter schrie nun wieder, und dabei sollte es bleiben. «Das ist Psychologie, Herr Kollege! Altmännerphantasien! Das zweite Leben also! Tolle Zeiten mit dem tollen Team! In der Tat, die sind vorbei! Leonard ist einer von uns, Herr Theuer! Warum ausgerechnet er?»

«Ich habe ein Profil. Es passt auf ihn.»

«Sie sind kein Profiler!»

«Inzwischen eben doch. Vielleicht.»

«Hätte ich bloß nicht die Dummheit begangen, Ihren Phantasmen, Sie hätten auf diesem Gebiet möglicherweise einmal Talent gehabt, aus Freundlichkeit zuzustimmen!»

«Es war nicht freundlich, Sie sind nicht freundlich.»

«Dann sage ich Ihnen jetzt mal was ganz besonders freundlich.» Magenreuter beugte sich weit über den Tisch. «Sie sind raus. Aus, Schluss, fertig. Vom Fall abgezogen, suspendiert bis auf weiteres.»

Theuer nickte, versuchte es nochmals: «Ich könnte Ihnen sagen, was ich über mein Profil hinaus noch habe.»

«Müssen Sie gar nicht», unterbrach Magenreuter. «Darüber hinaus haben Sie einen an der Batsch.»

Theuer schwieg gekränkt und wunderte sich, dass ihn die

Wahrheit kränkte. Dabei wusste er doch sehr gut, dass die Wahrheit immer das Schlimmste war, denn die Unwahrheit war wenigstens nicht wahr. Er wurde sehr müde.

«Also suspendiert, dann gehe ich mal.» Er stand auf.

«Ich weiß, Sie kennen das.» Magenreuter ging in raschen Schritten seltsam wohlerzogen zur Tür. «Aber es gibt einen Unterschied. Sie werden Ihr Team diesmal nicht dazu bekommen, mit Ihnen krumme Touren zu reiten. Weil ich Ihnen jetzt schon sage, dass ich jeden der Herren, der Sie bei irgendwelchen Spezialaktionen begleitet, unbarmherzig feuern werde – mit allen Mitteln, die mir zur Verfügung stehen. In einem Fall muss ich ja vielleicht sogar verhaften. Super-Team! Es ist aus. Pech gehabt.» Magenreuter öffnete die Tür. «Raus!»

Theuer ging langsam in Richtung Altstadt, kickte eine Dose, ließ es wieder, rammte eine Schwangere, bat um Verzeihung, fiel schier in einen immer noch winterlich karg bepflanzten Betonkübel. Es war wirklich vorbei, das freche, tolle Treiben. Am Adenauerplatz schaute er zum Gaisberg, stellte sich vor, wie die Wanderwege im blauen Nachtschatten lagen – verwaist. Der Verkehr röhrte durch die Ebertanlage. Die Autos waren wie Lebewesen, blecherne Übernahme der Welt, neues Programm: Bewegung von A nach B nach C nach D und nicht mehr irren, torkeln, lieben, hassen, leben, sterben.

Er war schon Höhe der Märzgasse, da bog er plötzlich links ab, ging zügig, rannte fast, querte die Plöck, die Hauptstraße, nichts wie weiter – Ziegelgasse, ein paar Meter, von X nach Y, der Fluss.

Schwungvoll warf er seine Dienstmarke in den Neckar.

Dann schaute er die angestrahlte sandsteinerne Stadthalle an, verlor sich in den Ornamenten der Fassade und genoss sie, als seien sie nur für ihn erschaffen.

III.

Es war ein Pädophiler, ich habe mich nicht getäuscht.»

«Und?»

«Eine Gehirnerschütterung. Möglicherweise gefährliche Körperverletzung, aber längst verjährt. Er sitzt heute im Knast. Ich bin kein Mörder.»

«Wie gut.»

«Ja, wirklich. Ich kann es noch gar nicht glauben.»

«Sind das nun alle finsteren Momente in Ihrem Leben?»

«Es gibt noch etwas.»

«Oh nein.»

«Ich bin verliebt.»

«Ach so.»

«In Sie.»

«Aha.»

«War ein Scherz.»

«Ach, Herr Senf!»

Armin saß auf seinem Sofa – entspannt. Er musste ja nur in kleinen Abschnitten denken. In immer kleineren, sie würden sich teilen wie die Strecke zwischen Achill und der Schildkröte und irgendwann in sich zusammenfallen, der letzte Moment sein, den die Logiker nie so recht fanden.

Es klingelte. Wahrscheinlich war das die Polizei, aber es waren Frederick und Deborah – stimmt, er selbst hatte sie ja informiert.

Das Handy brummte. Leidig war dran. Beklommen klang er, als müsste er mal wieder seine Mutter besuchen, vielleicht musste er ja – aber nein, er, der Theuer war der Grund. Hieß das, dass er so schlimm wie diese fürchterliche ostpreußische Matrone wurde? Konnte das am Ende sogar gut sein?

«Wie geht es der Mutter?», fragte der Kommissar daher verbindlich.

«Ich weiß nicht», sagte Leidig. «Das ist das Gute an diesem Fall, ich habe eine Ausrede, nicht nach Schwetzingen zu fahren ... Herr Theuer, die Franzosen haben angerufen.»

Theuer erschrak fürchterlich: «Ja?»

«Senf ist kein Mörder. Es gibt kein Verfahren, ich dachte, Sie wollen das wissen.»

«Ja. Ja, Gott sei Dank. Grüß ihn.»

«Ja.»

«Die Mutter nicht!»

«Nein.»

«Macht's gut, alle miteinander.»

«Ja.»

«Tschüss.»

«Tschüss.»

Mit einem tiefen, erleichterten Atemzug machte sich Theuer los, von diesem Bild, dieser Stimmung, der ganzen Scheiße und ging in ruhigen Schritten mit dem Rücken zum Fluss zurück in die Gassen der Altstadt, hoch bis zur Hauptstraße und dann nach links. Irgendwie zog es ihn jetzt ins Wein-Atrium, vielleicht, weil der dort offen verkaufte Barbera etwas Provisorisches hatte, das gut zu seiner derzeitigen Situation passte. Er bog in die Dreikönigsstraße, ging durch den Innenhof, stieg die Treppe in den Gewölbekeller hinunter, stieß sich den Kopf.

Der Schnurrbart des Eigentümers bebte erregt, und der Kommissar verstand auch rasch, warum: Kein anderer als einer der Altstadtkönige aus Kohls Dunst- und Dämmerkreisen stand vor dem agilen Weinhändler und redete beträchtlich dummes Zeug. Theuer entsann sich sogar noch der Profession des Wracks: Weinhändler. Ohne Weinhandel.

«Du brauchst mich», keuchte der Arbeitslose. «Du brauchst mein *Knowhow*!»

Das versprach so richtig doof zu werden. Der anscheinend bankrotte Arbeitssuchende sprach in gelehrt tuender Standardlautung, die graue ungepflegte Mähne, der filzige Bart, vor allem die kleinen dummen Mausaugen brachen diesen Eindruck jedoch erheblich, gegen Jeansjacke, Jeans und braune Pantoffeln wäre ja noch gar nicht viel vorzubringen gewesen.

«Ich weiß nicht, wie du dazu kommst, dich als Weinhändler zu bezeichnen», sagte der Hausherr unglücklich. «Ich habe Kundschaft.»

Das beeindruckte den anderen keineswegs: «Ich habe früher bei Alex ausgeholfen, beim Vater von Alex.»

«Ich kenn Alex. Er hat mir von dir erzählt. Du warst sozusagen Bierkutscher, stundenweise. Bis der Schein weg war.»

«Ich habe auch in der Metzgerei gearbeitet», warb der Graumähnige ungeschickt weiter für sich.

«Als was?», fragte Theuer pfiffig und wunderte sich über seine Kühnheit, denn er sprach ja sonst fast immer und überall am liebsten nichts. «Als Pellenzähler?»

«Olbrich. Kennen wir uns?» Hündisch reichte ihm der jämmerliche Mann die Hand. «Sie sind doch auch mein Alter! Wissen Sie noch, wie man früher immer ein Stückchen Wurst bekam beim Metzger? Manchmal den etwas grauen Anschnitt, aber die Wurst war in Ordnung.»

«Metzger machen das immer noch», sagte der Hausherr und rollte verzweifelt mit den Augen. Zu Theuer: «Ja, bitte?»

«Ich habe schon lange keine Wurst mehr bekommen, wenn ich zum Metzger gehe», fuhr Olbrich unverdrossen fort.

Theuer ließ den Blick durch das urige Gemäuer schweifen, folgte den Kehlen der Decke, verweilte verzückt an den vielen funkelnden Flaschenböden im Regal der gegenüberliegenden Wand: «Zwei Liter vom offenen Barbera.»

«Sie haben mir Ihren Namen nicht gesagt», maulte Olbrich, deutete dann auf eine singuläre Staubfluse am Boden. «Hast du einen Handfeger, ich mache das weg, damit niemand ausgleitet und sich etwas bricht.»

«Den Dreck hast du mir reingebracht! Hör zu, ich suche jemanden zum Schleppen, stundenweise. Am liebsten einen Studenten. Und Wurst kriegen Kinder beim Metzger geschenkt, Kinder.»

«Ich habe Kinder. Sie leben bei meinem Ex-Weib.»

«Aber du bist keines.»

«Ja.»

«Ich habe Sie verhört», sagte Theuer. «In der Sache Kohl.»

«Ich kann schleppen, frag den Flascher, den Spediteur.»

«Ich weiß, der holt sich am Kiosk in der Ebertanlage euch Jungs für ein paar Euro. Du gehst jetzt. Zwei Liter Barbera. Kommen sofort.»

Olbrich, von dem ein zünftiges Fähnlein herwehte, das Theuer melancholisch an Haffner denken ließ, wandte sich nun ganz dem schweren Ermittler zu.

«Nämlich mir ist noch etwas eingefallen. Ich wollte schon lange anrufen, aber die Schweine von der Telekom haben das Telefon abgestellt.»

«Ja?»

«Kohl hat mir erzählt, dass ihn ein Doktor sprechen will. Das war im Juniar.»

«Januar?»

«Januar. Und dann hat er erzählt, dass derselbe Mann ihm Geld geben will, weil er so gut geholfen hat.»

Theuer musste lachen. Das passte so perfekt zu seinem

Verdacht und kam aus so dubioser Quelle, vor allem viel zu spät.

«Lassen Sie mich mal raten: Aus irgendwelchen wichtigen Gründen musste das Geld frühmorgens überreicht werden, und man musste sich dazu treffen, zu Hause ging es nicht.»

«Ja, genau!», rief Olbrich glücklich. «Und einen Tag später war er tot. Sie brauchen nicht zufällig einen Erdkundenachhilfelehrer für Ihre Kinder? Oder für irgendein anderes Fach – außer Religion. Ich bin Atheist. Atheist und Kommunist.»

Der Hausherr kehrte mit zwei hocherfreulichen Litern in Händen zurück. «Wenn du jetzt nicht gehst, hole ich die Polizei.»

«Ist schon da», sagte Theuer. «Und diese Informationen, die ja nun vielleicht nicht ganz unwichtig sind, konnten Sie nicht notfalls auch persönlich nachtragen? Wie kann man so was überhaupt vergessen? Und ich verstehe was vom Vergessen!»

«Weiß nicht», wimmerte Olbrich nun. «Scheißbullen, ihr. Es lebe der junge Cromwell. Rotfront.»

Theuer ohrfeigte ihn, dann ging er endlich.

«Und das Schlimme ist», sagte der erschöpfte Weinhändler beim Zahlen, «ich weiß nicht, woher ich ihn kenne. Aber ich kenne ihn, und wir duzen uns sogar. Pfui Teufel!»

Theuer nickte: «Es gibt solche.»

Das Schlimme war vielleicht eher, dass er nach Olbrichs Aussage im Grunde dazu verdammt war weiterzumachen. Und das war auch das Gute.

«Hahn? Wer spricht?»

«Hören Sie, mein Name tut nichts zur Sache. Die Polizei

wird Sie fassen. Sehr bald. Sie müssen verschwinden, ich helfe Ihnen.»

«Aber warum ...»

«Sie sind nicht in der Lage, Fragen zu stellen. Ich bin Ihre einzige Chance. Wohin können Sie abhauen?»

«Mein Bruder ist da. Unsere Mutter ist gestorben – wir fahren nach Kassel ... Aber wer ...»

«Ich gebe Ihnen eine Handynummer. Rufen Sie mich an, wenn Sie können, aber jedes Mal von einem anderen Telefon. Benutzen Sie nicht das Ihrer Eltern. Nehmen Sie Telefonzellen. Ich nehme an, man wird Sie beobachten, aber erst verhaften, wenn Sie wieder in Heidelberg sind, denn man wird Ihnen wahrscheinlich für die Beerdigung Zeit lassen. Diese Polizisten hier sind sentimental. Und dann wird man zugreifen, wenn Sie alleine sind, keine anderen Menschen gefährden können. Das ist Ihre Chance, bleiben Sie bei Ihrem Bruder.»

«Wen sollte ich gefährden?»

«Oh, niemanden. Sie sind nur leider ein Serienkiller.»

Wie gerne würde ich jetzt mit dir besprechen, wie es weitergeht. Ich denke, er hat angebissen – leider scheint ein recht Tumber der Hiesigen so etwas zu ahnen. Es wird schwierig, aber es ist zu schaffen. Wenn nicht, ist es eben aus. Diese Briefe würden mir den Rest geben.

Aber genau so ist es richtig – hopp oder topp.

Wirklich, du hättest deinen Spaß daran. Und wie schäbig werden sie zurückbleiben, mit einem breiigen, unbefriedigenden Fall. So einen will ich ihnen lassen, diesen Provinznarren. Das Morden ist zu Ende, aber so rechte Befriedigung stellt sich nicht ein. Keine Entspannung, einfach Alltag. Nicht mein Ding, nie unseres gewesen, nicht wahr?

Also los.

Theuer ging nach Hause. Yildirim war nicht da – natürlich nicht. Sie arbeitete noch. Ob Magenreuter sie anrief und ihr seinen Ausstieg mitteilte? Der schwere Ermittler befand, das sei unwahrscheinlich. So etwas überließ man dem Doofen selbst. Er war der Doofe. Er stellte die Weinflaschen wie Gepäck im Flur ab.

Auch Babett schien unterwegs zu sein, denn wo waren Eminems gebellte Flüche, die für ihn inzwischen zur Wohnung gehörten wie die rauschende Heizung oder die knackenden Dielen? Musste er sich Sorgen machen? Eigentlich nicht mehr – der Killer war ja jetzt unter Beobachtung. Und der andere Mörder würde in dem Mädchen kein Ziel sehen. Sie hatte nichts mit einem gefälschten, vollkommen wertlosen, verschwundenen Bild zu tun, für das es sich zu morden lohnte.

Er ging in die Küche, machte kein Licht an. Aus dem Hinterhof hörte er das Gebläse des benachbarten Restaurants, die Tür taugte allenfalls noch als Mückenschutz, irgendwann müsste man hier renovieren. Das war heikel, denn immerhin war Leidig sein Vermieter.

Das würde sich finden. Dann, wenn er Zeit hätte. Dann war jetzt.

Bis dato war ihm der Ruhestand immer wie Ferien vorgekommen, nun musste er sich klarmachen, dass Ruhestand so war wie diese Stunden: Man durfte nicht mehr. Er stand auf und ging zum Schrank, kramte im Dunklen nach der Kaffeedose. Da er die nicht fand, beschloss er, dann eben doch Licht zu machen, allerdings sozusagen unter Protest.

Er setzte Wasser auf, füllte Kaffee in die gläserne Kanne, hielt das Sieb gegen das Licht – «prüfend» sagt man da gewöhnlich, aber er prüfte überhaupt nicht, führte bloß der Vollständigkeit halber das Manöver aus.

Er trank zwei Schlucke von seinem – übrigens dann doch nicht ausreichend lang gezogenen – Gebräu, das also nach gar nichts schmeckte.

Er schaute zur Uhr – bald acht.

Der Kommissar ging zur Speisekammer und entnahm ihr zunächst Yildirims Sherry, um einen passageren, also sozusagen inoffiziellen Schluck im Stehen zu nehmen. Dann erst griff er hinter die Marmelade, wo der Riesling stand. Er selbst hatte ihn dort verstaut, weil er nach einigen losen Abenden um Weihnachten von plötzlicher Panik befallen worden war, Haffners Schlangenweg durchs Leben zu gehen. «Schlangenweg», den gab es ja in Heidelberg. Von der alten Brücke hoch zum Philosophenweg, und das Beste war, dass der erste Hauptkommissar Johannes Theuer in seinem Leben in einer Sache ganz konsequent geblieben war: Seit dem Wandertag der 4a, wo sie die Lehrerin Witteg, vom Osten in die Stadt gespült und wohl durch unschöne Feindkontakte zur Bösen geworden, in heißer Sommerglut nach oben trieb, hatte er den steilen Pfad nie mehr erstiegen, nicht ein einziges Mal in fast fünfzig Jahren.

Ein halbes Jahrhundert. Die Zeit erschreckte ihn so, dass er sich nach einem möglichen Feind in unmittelbarer Nähe umschaute.

Sehr unbequem, verdreht kauernd nach den Weinflaschen tappend, fiel dem Kommissar wieder ein, dass er ja welchen gekauft hatte. Leicht beschämt schloss er die Speisekammer und ging in den Flur.

Babetts Zimmertür ging auf.

Theuer hätte fast die Flaschen fallen lassen.

«Ich bin nicht der junge Cromwell», sagte der blasse Jüngling und huschte geradezu an ihm vorbei. «Es ist aber auch nicht mehr nötig, dass ich mich vorstelle. Tschüss passt besser.» Schon war er aus der Tür. Jetzt erst kam Babett heraus.

«Es war so still, ich dachte, du bist nicht da», sagte Theuer verdattert.

«Das war Ronny», sagte Babett und klang traurig. «Wir haben uns getrennt, da ist man nicht laut.»

Theuer dachte an seine Trennung von Hornung und befand im Stillen, dass Babett noch die ein oder andere Erfahrung im Leben bevorstand. Er fragte aber nur: «Wie alt bist du nochmal?»

«Fünfzehn.»

«Warum bist du eigentlich nicht letztes Jahr konfirmiert worden?»

«Weil Mama Muslima ist und wir beide aus der Kirche ausgetreten sind.»

«Na, dann. Willst du einen Schluck Wein?»

So saßen sie in der Küche, Babett nippte vorbildlich maßvoll, Theuer nicht ganz so vorbildlich und nicht ganz so maßvoll.

«Weißt du», sagte Babett. «Ronny ist nett, wirklich. Und es geht bei ihm auch nicht nur darum, eine Nummer zu schieben ...» Der Polizist verschluckte sich. «Aber immer dann, wenn ich mit einem Jungen zusammen bin, bekomme ich Angst, dass alles so wird wie bei meiner Mutter. Also der leiblichen.»

Er hatte lange nicht mehr an die Schönthaler gedacht, wusste gar nicht genau, wo sie sich jetzt aufhielt.

«Bei deiner Mutter war aber einiges anders als bei anderen», sagte er vorsichtig. Wie viel hatte Yildirim ihr erzählt?

«Ich weiß, sie war eine Nutte.» Also alles. Babett schaute auf ihre Hände, und Theuer betrachtete sie zum ersten Mal seit längerer Zeit wieder. Das hässliche Entlein des Jahres 2001 war nun nicht gerade ein Schwan geworden, aber doch ein hübsches Mädchen, eine ansehnliche junge Frau.

Die einstige Knubbelnase hatte sich gestreckt, sie hatte volle Lippen, und seit das Mädchen Kontaktlinsen trug, konnte man schöne Augen sehen, rasanterweise ein wenig unterschiedlich jeweils zwischen blau und grün changierend. Und die etwas mausfarbenen Haare – nun, dagegen konnte man ja etwas tun, derzeit trug man Rot.

Theuers Verhältnis zu dem Mädchen war ihm selbst nicht klar. Immer mehr wuchs in ihm etwas Väterliches heran, das dann wohl so richtig voll und ausgereift sein würde, wenn sie das Haus verließ.

Er wusste beispielsweise nicht, ob er ihr überhaupt, von ein, zwei Umarmungen in der Vergangenheit abgesehen, sozusagen körperlich erwünscht wäre. Etwas unbeholfen strich er ihr über den Rücken, verhedderte sich fast in der Kapuze ihres schwarzen Hip-Hop-Pullis.

«Er wollte, dass wir zusammenbleiben – also, für immer –, und war furchtbar schockiert, dass ich gemeint hab, dass man in unserem Alter nicht für immer zusammenbleibt. Dabei ist das doch so.» Theuers täppische Zärtlichkeiten schienen sie zumindest nicht zu stören.

«Weißt du …» Er tastete sich zu beraterischen Sentenzen vor. «Du bist schon mit sehr vielen sehr realistischen Dingen in Berührung gekommen. Also, mehr als realistisch …»

«Stimmt es eigentlich, dass irgendwelche Leute meinem leiblichen Vater so Angst gemacht haben, dass er jetzt auf den Falkland-Inseln Schafe schert?»

«Ich habe davon gehört», sagte Theuer und wurde rot. «Irgendwelche Leute.»

«Das ist doch mal zumindest nichts Realistisches», sagte Babett und nippte an ihrem Glas.

«Magst du den Wein?»

«Ich mag lieber süßen.»

Die Unschuld, die hinter diesen schlichten Worten zu ahnen war, rührte Theuer. Da hatte dieses Mädchen doch schon einiges erlebt. Aber den säuerlichen Geschmack der besseren Weine ertrug sie nicht.

So saßen sie beieinander.

«Was ich vorhin meinte», nahm er irgendwann den Faden wieder auf. «Du hast schlimme Sachen mitgemacht, viele schlimme Sachen. Das mit deiner Mutter vor allem, aber auch echte Todesgefahr, als ihr auf der dänischen Insel wart. Krach zwischen der Bahar und mir, die Mordfälle, mit denen wir zu tun hatten und die dir vielleicht Angst gemacht haben. Du hast schon, also Erfahrungen, sexueller Art, die hast du …» Der Polizist überging Babetts Grinsen. «Aber du solltest doch noch von etwas träumen.»

Babett schaute ihn skeptisch an. «Träumst du denn von etwas?»

«Von Bären.»

«Aha.»

«Aber das ist etwas anderes. Ich bin ein alter Bulle. Vor dir liegt doch noch so viel.»

Babett zuckte mit den Schultern. «Das weiß man nie, würde ich sagen. Denk mal an das Kind, das dieses Arschloch umgebracht hat. Ich weiß, dass ihr mir nichts sagen dürft. Aber habt ihr ihn bald?»

«Ich denke schon … Weißt du», Theuer schenkte sich nach, «ich träume davon, dass ich das nicht mehr machen muss. Diese kranken Köpfe jagen. Und dass es mir trotzdem nicht langweilig ist. Das ist nicht viel, aber je länger man lebt, desto mehr lernt man, dass es schon viel ist.»

«Na, ich habe eben früher gelernt. Du kannst jetzt auch mal wieder aufhören, ich habe bestimmt schon einen ganz wundgerubbelten Rücken.»

Theuer musste lachen und schaute auf seine Armbanduhr, eher eine Übersprungshandlung, um die umständliche Rückführung des eigenen Armes etwas weniger tumb aussehen zu lassen. «Wo die Bahar so lange bleibt?»

«Ach!» Babett schlug sich an den Kopf. «Das habe ich vergessen» – der wirre Kommissar war nicht die Person, nun allzu drastische Kritik zu äußern – «die Mama hat vorhin angerufen, noch vom Büro. Die Wessels ist jetzt auch noch krank, sie besorgt ihr noch ein paar Sachen und bleibt eine Weile. Die ist anscheinend immer noch total fertig. Es kann spät werden.»

Theuer nickte. Das kam ihm eigentlich gar nicht ungelegen, ein bisschen Aufschub, bis die Brüllerei losging.

«Wer ist jetzt eigentlich für das Abendessen zuständig?», fragte das Mädchen.

Der schwere Ermittler seufzte: «Ich. Bin schließlich so eine Art Vater.» Kaum hatte er es gesagt, lief es ihm kalt den Rücken herunter, weil er spürte, dass er es ernst gemeint hatte.

Wie würde das Mädchen reagieren? Und wie tief würde sich dieses kurze, neue Gefühl in ihm vergraben, wenn sie ihn nicht wollte? Aber Babett sagte gar nichts.

Sie aßen zunächst schweigend.

«Ich weiß», sagte Theuer schließlich, «dass es nur Spiegeleier sind. Aber es wurde ja auch nichts eingekauft.»

«Doch», widersprach Babett. «Wein. Von dir. Schmeckt aber gut. Außerordentlich gute Spiegeleier. Du hast mich doch nach meinen Träumen gefragt.»

«Ja?»

«Als ich klein war, habe ich geträumt, einmal Schauspielerin zu werden, und wenn ich ganz ehrlich bin, dann sehe ich mich manchmal immer noch auf so einer tollen Bühne stehen, oder noch besser, auf der Leinwand. Filme sind mein Größtes!»

«Das wusste ich nicht!» Theuer lächelte. «Wir sollten öfters miteinander Spiegeleier essen!»

«Stichwort: Sushi.»

«Ja, klar, kommt noch. Was magst du denn für Filme?»

«Du errätst nie, was mein Lieblingsfilm ist!»

«Nämlich?» Theuer rechnete mit irgendeinem Schundfetzen, wo dieser dumme scientologische Giftzwerg, dessen Name ihm gerade nicht einfiel, nur mit dem eigenen Penis bewaffnet siebenundzwanzig tschechische Killer auslöscht.

«Ran. Von Kurosawa.»

Der Kommissar war ehrlich verblüfft: «Den mag ich auch. Haben wir den?»

«Wir haben ihn sogar zu dritt geschaut. Du hast geschlafen.»

Babett verstand nicht ganz, dass Theuer bei dem japanischen Film die Felder und Himmel am besten gefielen, aber sie nahm das mal so hin. So sprachen sie noch lange miteinander. Über dies und das und nichts Kriminelles.

Theuer kam jede Minute wie ein bisschen Ewigkeit vor. So wäre das Leben doch auch möglich. Ein Mädchen einigermaßen anständig großziehen, ihm Eier braten und es über die vielen katastrophalen Gemütszustände des Größerwerdens wegtrösten. So etwas war doch in den hiesigen Breiten einigermaßen drin – warum morden, Mörder jagen? Und warum Hunde halten?

Um zehn war der Wein leer, Babetts Glas noch halb voll. Sie gähnte.

«Wer hat sich eigentlich getrennt?», fragte Theuer endlich. «Du oder er?»

«Ich», war die Antwort. «Aber ich habe es falsch gemacht. Ich glaube, man sollte das nicht direkt, nachdem man miteinander geschlafen hat, machen.»

«Ich will das nicht hören, nicht wissen und mir nicht vorstellen!», schrie der Ermittler panisch.

Babett lachte ihn aus, und ein bisschen lustig war es ja auch, trotz der Unvorstellbarkeit, dass dieses Milchgesicht von einem Baderbastard sein adriges Geschlecht verdammenswert in dieser Wohnung ins Werk gesetzt hatte – der Polizist dachte es wirklich in diesen verqueren Formulierungen.

Sein geschändetes Mädchen stand auf. «Ich gehe dann mal ins Bett. Ist dir eigentlich mal aufgefallen, dass ich keine Anrede für dich habe?» Theuer schüttelte verblüfft den Kopf. «Ich sage immer nur ‹du› …»

«Was ich dir nie erlaubt habe», unterbrach er dümmlich scherzend.

«Für Papa habe ich dich zu spät kennengelernt, fürchte ich», kleiner Schmerz ganz hinten in der Ermittlerbrust, «zumindest brauche ich noch Zeit …» – Schmerz weg – «und Johannes ist ein Scheißname.»

«Dann nenn mich Theuer», schlug Theuer vor. «Das macht die Bahar auch manchmal.»

«Aber nur, wenn sie sauer ist. Nicht gemerkt?»

Nein. Wie so manches – Babett war groß, wie sie da in der Tür stand. Und er war ein bisschen bedüdelt und musste ins Bett.

«Sag mal, die Mama hat mir erzählt, dass ihr nächstes Jahr vielleicht heiratet …»

«Was heißt vielleicht? Wir haben das vor!»

«Sie glaubt noch nicht, dass du dich wirklich traust.»

Es war zu anstrengend, beleidigt zu sein.

«Ich könnte dann meinen Namen ändern.»

«Wenn du das willst?» Erneut war der schwere Ermittler ergriffen. Einen türkischen Nachnamen wird sie nicht wollen, das ist absurd. Theuer. Babett Theuer. Klang doch gut.

«Ja, ich würde nämlich gerne Susanne heißen!»

«Raus!» Er hörte sie noch durch die Wand kichern.

Das war das Wichtigste, dass sie rasch diesen fürchterlichen Geschlechtsverkehr zu überwinden schien, den ihr dieses Monster angetan hatte.

Na, du?

Jetzt ist es fast vorbei. Ich werde es nicht zurückbringen, anders ist es besser aufgehoben und hilft mir. Dir kann ich ja nicht mehr helfen. Ich bereue nichts von dem, was ich getan habe. Ich bereue höchstens, dass ich nicht alle erwischen kann, die dafür gesorgt haben, dass es so gekommen ist.

Ich bereue, dass ich nicht rechtzeitig sehen wollte, was du für mich bist.

Wenn ich heimkomme, werden diese Briefe in der Post sein. Ich werde sie verbrennen, jeden einzelnen, und dann ist das Ganze weg, und es kann etwas Neues für mich beginnen – so hoffe ich zumindest.

Als Theuer etwas verkatert aufwachte, war Yildirim schon wieder fort. Warum hatte sie ihn nicht geweckt?

Natürlich: Samstag. Und sie waren schließlich nicht mehr das ermittelnde Viererteam, sondern Teil einer fünfzigköpfigen Soko, die sich nicht ständig auf den Schuhen stehen musste, jetzt schon mal gar nicht mehr.

Ob die Jungs frei hatten? Er nahm es fast an. Magenreuter würde einiges daransetzen, ihm keine Informationen zugänglich zu machen. Außerdem hatte der Chef das genau richtig gesehen: Er selbst war sich ziemlich wurscht, aber den Jungs wollte er die Zukunft nicht verbauen. Also keine gemeinsamen Aktionen.

In Ordnung.

War ein Gespräch schon eine Aktion?

Er ging in die Küche. Babett räumte gerade ihr Geschirr in die Spülmaschine.

«Morgen.»

Der Ermittler brummte etwas, das als Gruß gedeutet werden konnte, und goss sich faul von dem kalten Kaffee des Vorabends in die Tasse.

Auf dem Küchentisch lag ein Zettel von Yildirim.

Freut mich für dich, dass du anscheinend frei hast, Wernz will mich aber auch heute sehen. Vielleicht sollte ich mich mal gezielt entstellen lassen. Ich bin gegen Mittag wieder da.

Y.

Wie viel Uhr war es? Immerhin halb elf. Bevor er nicht genauer wusste, was er tun würde, wollte er ihr nicht unter die Augen treten.

Einen Besucher zu empfangen, nein, das war keine Aktion. Das war eine Selbstverständlichkeit, die man niemandem anlasten konnte.

Ein Gottesurteil. Jawohl. Wenn die Jungs daheim waren, würde er es versuchen, wenn sie nicht da waren, die Finger davon lassen.

Vielleicht.

Theuer beschloss, zu Senf zu gehen.

Mühsam steuerte er seinen Toyota an den Straßenrand. Der Emmertsgrund war einer dieser typischen 70er-Jahre-Stadtteile: Parallel zur Autobahn Richtung Karlsruhe, allerdings noch in humanem Abstand in die bewaldeten Hügel gerammt. Ein Betonkarzinom.

Hier war die Heidelberger Romantik sicher auch zu spüren: Nach dem sechsten Viertel Wein oder einer halben Schachtel Prozac.

Das graue Wetter tat das Übrige, der Blick in die Ebene zeigte ein schrundiges Land, nicht zu vergleichen mit den fruchtbaren Flächen, die sommers noch zwischen den vielen Orten des Kreises grüßten. Und es war kalt, so richtig saukalt. Theuer stand vor einem riesigen Wohnblock und suchte Senfs Klingel. Als er sie gefunden hatte, fiel ihm einmal mehr die winzige, geradezu eingeschüchterte Handschrift des Kollegen auf.

«Wer?»

«Theuer.»

«Geht nicht, ich werde gerade getauft.» Aber die Tür ging auf.

Senfs Wohnung war geschmackvoll bis kühl eingerichtet, wenn man einmal von einem riesigen Steiff-Bären absah, der neben der Wohnungstür dumm auf dem Boden saß. Theuer streichelte den Petzen beiläufig.

«Ich hab so eine Ahnung», sagte Senf. «Wollen Sie Kaffee?»

Theuer nickte.

«Hab ich aber nicht. Kann sowieso kaum schlafen. Aber Granatapfelsaft könnte ich anbieten.»

«Dann eben Granatapfelsaft.»

Während Senf in die schrankgroße Küche verschwand, bestaunte Theuer einige Schwarz-Weiß-Fotos an der Wand – eigentümlich leere Landschaften, die er nicht zuordnen konnte. Senf kam mit zwei Gläsern, die er liebevoll mit Zitronenscheiben verziert hatte, zurück: «Alles im Großraum

Karlsruhe aufgenommen. Seltsam, nicht? Die Leere lässt sich überall finden.»

Theuer hatte noch nie Granatapfelsaft getrunken, das fand er überhaupt nicht schlimm, auch nicht nach dem ersten Schluck.

«Der Fotograf ist ein Bekannter von mir. Ich habe mal seinen Fall bearbeitet. Seine Frau hat das gemeinsame Kind mit in den Tod genommen. Seitdem macht er solche Bilder und lebt von Sozialhilfe. Aber …», Senf setzte sich in einen großen Sessel am Fenster und bot Theuer wortlos die schwarze Couch gegenüber an, «was erzähle ich Ihnen Trübsinnigkeiten, statt dass ich von meiner Ahnung spreche. Sie wollen wirklich die Extratour reiten und uns in Einzelgesprächen dazu bringen mitzumachen. Waren Sie schon bei Leidig? Bei Haffner noch nicht, da würden Sie anders riechen.»

«Nein», sagte Theuer und ließ sich aufs Sofa fallen, das mit einem bedenklichen Laut reagierte. «Und ja. Also die Extratour stimmt, wie immer. Aber ich will euch draußen lassen, ich höre auf, und ihr macht schließlich weiter. Ich will nur wissen, was der Stand ist. Habt ihr ihn schon, oder ist er es aus irgendeinem verrückten Grund doch nicht? Und was macht mein Freund Leonard?»

«Und ich dürfte Ihnen das alles natürlich überhaupt nicht sagen, aber weil ich euch letztes Jahr so erfolgreich angelogen habe, denken Sie, ich würde das mit den Vorgesetzten genauso gut hinkriegen, wenn es eine Untersuchung gibt. Und schließlich habe ich Ärger gemacht, und Sie haben was gut bei mir, schon alleine, weil Sie einfach so vorbeikommen, freundschaftlich, als wäre ich nicht beinahe im Knast gelandet.»

«Ja.» Theuer lächelte schuldbewusst. «Nicht schön, wenn man jemandes Fähigkeit zu lügen ausnützt und …»

«Ausnützt, dass er mal durchgedreht ist, wie man das in diesem Beruf nie dürfte, na ja.» Senf streckte sich. «Aber so schlimm ist es auch wieder nicht. Ich weiß, dass Leidig Ihnen Bescheid gegeben hat, hat er auch gesagt, was passiert ist?»

«Ehrlich gesagt, nein.» Theuer fühlte sich fast ein wenig schuldig. «Ich habe genug im Kopf, was ich ordnen muss. Es reicht, dass du kein Mörder bist.»

Der freche Karlsruher schwieg und schaute zur Decke, schließlich schlug er die Hände auf die Schenkel.

«Also gut. Scherer hatte die Idee, bei der Uni-Verwaltung vorstellig zu werden – war zwar nicht so ganz einfach, da noch jemanden zu bekommen, aber schließlich hatten wir seinen Fingerabdruck auf dem Immatrikulationsformular. Er war es.

Aber gestern Abend bekam er Besuch, anscheinend sein Bruder und dessen Frau. Es ist eigenartig, der Bruder sieht ihm ähnlich, ist aber irgendwie ... in allem irgendwie – gelungener. Sie verließen das Haus und blieben zusammen. Es war uns zu gefährlich zuzugreifen. Die Kollegen haben herausgefunden, dass die Mutter der beiden heute beerdigt wird, der Vater ist schon länger tot. In Kassel das Ganze, sie werden beschattet. Ungewöhnlicher Termin: Samstag – aber man hat wohl auf den Bruder Rücksicht genommen, der in den USA arbeitet.

Morgen Abend fährt er wieder nach Heidelberg, ohne den Bruder, der steigt in Frankfurt in den Flieger, wir konnten am Bahnhof einen in die Schlange hinter den dreien postieren, wir wissen also sogar seine Zugverbindung. 20.30 Uhr kommt unser Cromwell zurück. Irgendwie finde ich es richtig, dass er die Beerdigung noch miterlebt, obwohl ich ihn verabscheue, ich weiß auch nicht ...»

Theuer nickte, er hatte etwas Ähnliches empfunden, und

gleichzeitig wusste er, dass die Schweine dieser Welt von diesen kleinen menschlichen Zugeständnissen sehr gut lebten.

«Und Leonard?»

«Ihr Zusatzmörder?»

«Mein Zusatzmörder.»

«Nichts weiter, er hat gestern an der Besprechung teilgenommen, ohne viel zu sagen. Zwischendurch war er mal weg, wenn ich mich recht erinnere.»

«Da hat er telefoniert.»

Senf lächelte. «Vielleicht hat er aber auch einfach nur furchtbar aufs Klo gemusst?»

«Wenn wir Hahn kriegen, fliegen die falschen Taten vermutlich auf. Und morgen? Will Leonard morgen dabei sein?»

«Hat er nicht gesagt.»

Theuer stand auf, und normalerweise müsste nun kommen: ging auf und ab, aber beim Aufstehen knallte er gegen Senfs Couchtisch, was zur Folge hatte, dass er allenfalls humpelte und den Tisch nun immerhin wahrnahm. Ein Chrom-Glasquader, mit Muscheln dekoriert.

«Aus Eckernförde?», fragte der Ermittler schmerzensblind.

Senf schüttelte den Kopf. «Aus Liebe zum Meer.»

«Wenn ich nur eine Idee davon haben könnte, was er vorhat!», überging der Ermittler Senfens Sprachspiel. «Klar, ich weiß es schon. Er will sichergehen, dass Hahn seine Morde angelastet werden ... Ich weiß nur nicht, wie. Er kann ihn ja schlecht vor unseren ... euren Augen erschießen.»

«Hahn werden seine Morde angelastet, sonst wäre er ja kein Mörder, der Hahn.»

«Ich meine natürlich Leonards Morde. Es reicht jetzt, Senf!»

«Entschuldigung.»

«Ja.»

Senf hob ratlos die Hände. «Leider glauben nur Sie und vielleicht ich, dass Leonard Morde begangen haben könnte.»

Inzwischen ging es wieder, das Gehen, und es half ein wenig gegen die aufkommende Wut.

«Wirklich kein Granatapfelsaft mehr?»

«Nein!»

Senf seufzte, betrachtete scheinbar interessiert seine Fingernägel. Schließlich fragte er: «Über wie viele Stationen kennen Sie den Dalai Lama?»

«Oh nein!», schrie Theuer. «Du hast mich letztes Jahr schon mit deinem Kugelrätsel verrückt gemacht!»

«Apropos!» Senf erhob sich behände und enteilte in die kleine Küche, ebenso schnell war er wieder da – mit einer gutgefüllten Schale. «Mozartkugeln!», sagte er. «Helfen mir, mein Gewicht zu halten.» Theuer stöhnte und fraß eine. «Sie kennen den Dalai Lama über höchstens vier Stationen. Das nennt man das ‹small world problem›. Ganz konkret: Sie kennen Ihren Polizeidirektor, der kennt die OB, die kennt Helmut Kohl und der den Dalai Lama. Funktioniert immer. Vielleicht gibt es eben auch das, eine Fahrerflucht und zufällig zwei von damals in der Cromwell-Serie.»

«Ich will aber nicht den Dalai Lama, sondern Leonard.»

«Ich gebe zu, die Sache stinkt.» Senf knisterte gedankenverloren mit dem Zellophan der bereits verzehrten Schokokugeln. «Aber wenn einer wahllos tötet, ist Kohl ein prima Typ dafür – körperlich so gut wie jedem unterlegen, Alkoholiker, leicht auszurechnen: Wann macht er das Antiquariat zu, wann geht er nach Hause …»

«Aber nicht so ganz leicht in den Neckar zu werfen.»

«Hat an derselben Stelle schon mal geklappt, wie ich gelernt habe.»

Theuer nickte: «Nur dass die damalige Täterin im Gefängnis saß und jetzt ebenfalls tot ist.»

«Wir haben bei der Vokrri ja immerhin Spuren gefunden. Haare von Hahn.» Senf wies zum Sofa. «Setzen Sie sich doch wieder, sonst verlaufen Sie sich noch.»

Der schwere Ermittler gehorchte. «Dann ist das alles paranoid?»

«Vielleicht ein bisschen paranoid. Ich habe auch nochmal nachgedacht. Uns fehlt ein Motiv. Das Motiv, warum Leonard so ein Risiko eingehen sollte.»

Theuer erhob sich. «Ich danke dir, Senf. Weniger für den Saft, aber für das Gespräch.»

Auch Senf stand auf. «Wie heißt es in schlechten Filmen immer so schön? Das niemals stattgefunden hat.»

Theuer brütete über dem Wenigen, was er wusste, er nahm kaum zur Kenntnis, wo er war. Ach doch, auf der Toilette, zu Hause und jemand klopfte.

«Sag mal, was machst du denn da drin? Hast du die Cholera? Ich muss mal!»

Babett klang verzweifelt, er beeilte sich. Während die Ziehtochter noch erleichtert stöhnend sturzbachlaut pinkelte und der allererste Hauptkommissar Johannes Theuer in seinem Altbauflur erstmals die abgerundeten Übergänge zwischen Wänden und Decke bemerkte, freilich nicht verstand, flog die Wohnungstür auf. Yildirim, schwungvoll, aber anscheinend nicht wütend auf ihn. Das wunderte den Ermittler erheblich und riss ihn aus seinen Reflexionen.

«Du hättest es mir gestern sagen sollen.» Wahrhaftig, sie lachte. «Dann hätte ich heute ausschlafen können.»

Babett kam aus dem Bad. «Was ist eigentlich los?»

Sie hatten sich Pizzas bestellt, und die Alten tranken am hellen Nachmittag den Wein pur, die zweite Barberaflasche war Erinnerung. Selbst Babett nuckelte unbeanstandet an einer dünnen Riesling-Schorle.

«Ich hatte die ganze Zeit ein komisches Gefühl dabei, dass wir noch einmal zusammenarbeiten», sagte Yildirim und nahm einen kräftigen Schluck. «Ich bin froh, dass es wieder wie immer ist.»

«Was ist wie immer?» Theuer wusste nicht so recht, ob es noch lange so friedlich bleiben würde.

«Ich wüsste gerne, was los ist», fragte Babett.

«Na, du kriegst Krach mit deinen Vorgesetzten, wirst vom Fall abgezogen. Und das Gute ist, der ist ja so gut wie abgeschlossen.»

«Wer ist abgeschlossen?» Babett trommelte nervös auf die Tischplatte.

«Ich bin mir eben nicht sicher, dass er das ist», sagte Theuer und zog den Kopf ein.

Yildirim angelte gut gelaunt nach den Zigaretten, nicht ohne sich prophylaktisch einen Stoß Asthmaspray durch die Bronchien zu jagen. «Und da man mich jetzt für befangen hält, kann Mommsen die ganze Schreiberei erledigen. Ich hab sozusagen morgen frei! Ein freier Sonntag!»

So konnte Theuer die gehobene Stimmung einordnen. Dass er recht haben könnte, war demnach überhaupt nicht denkbar.

«Ich bin von einem Mudschahedin schwanger.» Endlich wandten sie sich Babett zu.

Der Abend kam und blieb friedlich. Der Ermittler konnte es nicht fassen. Sie spielten auf Babetts Initiative hin Monopoly, Theuers unscharfe Erinnerung, man könne auch auf Bahnhöfen und den Geländen von Wasser- und Elektrizitätswerk Hotels errichten, sollte ihm schweren Schaden zufügen.

Babett gewann, meinte dann, es sei spät und Zeit für sie, gab Küsschen und verschwand. Theuer war sich mittlerweile sicher, dass die Sache mit dem Gotteskrieger stimmte. Geradezu benommen ging er mit Yildirim ins Bett, wo ihn die Staatsanwältin augenblicklich verwegen an den Rand der Epilepsie schnäbelte.

Lange lagen sie im Dunklen noch Hand in Hand nebeneinander. Theuer rauschte das Blut in den Ohren, und ehrlich gesagt zog es ihn etwas in der rechten Leiste.

«Ich weiß, dass du trotzdem weitermachst und dass es gefährlich ist», sagte Yildirim leise. «Ich wollte einfach noch einen schönen Abend.»

Da Theuer nun nichts zu sagen wusste, schlief er ein.

Am nächsten Morgen frühstückten sie zusammen, nach wie vor herrschte ein geradezu beängstigender Friede.

«Also, ihr müsst nicht zur Arbeit, wo doch Sonntag ist, besser gesagt, ich ... Bist du gefeuert?»

«Nein, ich bin nicht gefeuert.» Er verbrannte sich am Kaffee. «Aber ich darf an dem Fall nicht mehr weiterarbeiten, allerdings haben sie den Kerl auch heute Abend.» Seitenblick von Yildirim. «Das darfst du in der Schule nicht sagen.»

«Wie gesagt, es ist Sonntag», wiederholte Babett geduldig. «Darf ich nachher mit ein paar Leuten nach Karlsruhe fahren?»

«Karlsruhe?» Yildirim klang, als hätte Babett einen Ausflug nach Bagdad angekündigt.

«Ja, da ist ein Festival, Bands und so ...»

«Im März!», tat Theuer empört.

«Manchmal könnten im März schon die Freibäder aufmachen.» Babett rollte die Augen. «Ist in einem Zelt, und ich zieh mir auch was Warmes an.»

«Und wann ist das genau?» Yildirim versuchte sich klarzumachen, dass ein solcher Ausflug nun in der Tat nicht gerade eine Perversion darstellte, aber ihr kleines Mädchen …

«Jetzt dann», sagte Babett, «die kommen gleich.»

«Also gut», seufzte die verwaisende Mutter.

«Bin auch heute Abend wieder zurück.» Es klingelte. «Also dann. Aha, man darf also wieder an die Klingel gehen. Ihr müsst den ja wirklich fast haben, aber ich sage nichts …»

«Einen Moment!», rief Theuer mit großer Autorität. «Wer ist der Fahrer? Ich will den Führerschein sehen.»

«S-Bahn.» Tür zu, Mädchen weg.

Sie schauten sich an.

«Deshalb war sie gestern so brav», sagte Theuer.

«Nur deshalb», bekräftigte Yildirim.

Sie blieben einfach am Küchentisch sitzen und redeten, dummes Zeug, Albernheiten, schließlich sagte Theuer: «Ich weiß es ja nicht von dir, ich weiß es von Senf.»

«Das wird nur niemand glauben, oh weih … Andererseits …», ihre Züge entspannten sich, «was auch immer du vorhast, hat ja wohl mit diesem Mordknaben gar nichts zu tun.»

«Ich habe noch was erfahren, als ich Wein gekauft habe …»

Er erzählte von Olbrich.

«Hast du das deinen Leuten gesagt?»

Theuer schüttelte den Kopf. «Die sind jetzt im Jagdfieber. Ich bin draußen. Vielleicht glaubt man mir ja wieder, wenn die Gemüter abgekühlt sind. Seit über zwölf Stunden warte ich, dass der Teil kommt, wo du mich anschreist. Bahar, ich kann nichts beweisen, es gibt keinen triftigen Grund, diesen Adonis mit Riesen-IQ und so einer Art Diplomatenstatus anzugehen.»

«Wir haben es alle gesehen, Hahn hatte keinen Modus Operandi, er kann die drei anderen Morde genauso begangen haben. Und bei Vokrri lagen Haare von Hahn.» Yildirim zündete sich eine Gauloises an.

«Die zufällig Leonard gefunden hat, auf Magenreuters tollem Markt der Möglichkeiten», entgegnete Theuer eindringlich. «Den Antiquar hatte er aus dem Alumni-Heft, von ihm Sundermann, über den hat er die Putzfrau gefunden.»

«Und warum – angenommen, du hast recht – starben Kohl und Sundermann nach der Putzfrau?»

«Erst mal musste er das Bild kriegen – Kohl konnte ja nur einen Tipp geben, und genau gewusst hat es ja auch Sundermann nicht. Kohl hat da den Mund ziemlich vollgenommen, ‹ich kannte den Fälscher›. Ich stelle es mir so vor: Leonard liest den Artikel, leckt Blut, findet einen Vorwand, um nach Deutschland zu kommen, und kontaktiert Kohl. Der weiß natürlich kaum etwas, den Namen Sundermann kann er ihm aber vielleicht nennen – stand nur als Kürzel im Artikel. Leonard findet Sundermann und geht zu ihm. Der weiß auch wenig, nennt aber die Putzfrau. Eigentlich war es nicht nötig, sie zu töten, aber er dreht durch, das ist der dunkle Punkt. Aber vielleicht ist er deshalb dunkel – weil er eben dunkel ist, Leonards dunkler Punkt ist, wie bei Senf, du weißt Bescheid?» Yildirim nickte. «Er nimmt ihr das Bild ab und sorgt dafür, vertraut darauf, dass man sie nicht gleich findet. Aber er weiß: Wenn man sie findet und es kommt in die Medien, meldet sich vielleicht Sundermann, wenn man Sundermann findet, meldet sich Kohl. Jetzt müssen beide auch noch weg. Aber er hat auch Glück:

Unser junger Cromwell – er kann vielleicht seine Taten in die Serie integrieren.»

«Und Oberdorf?»

Theuer schüttelte den Kopf. «Sie hat mitbekommen, dass es vier Jahre nach ihren Taten nochmals Tote gibt. Ihren Selbstmord hat er natürlich indirekt verursacht, aber wie hätte er sie töten sollen – eines war sie ja: gut bewacht. Glaubst du denn, dass drei Tote, die mit dem Turner-Bild zu tun hatten, zufällig in Hahns Serie fallen? Besser gesagt, einer von jemand anders überfahren wurde? Glaubt das wirklich jeder?»

Yildirim seufzte: «Nein, ich stimme dir zu. Aber man wird nie und nimmer diese Lichtgestalt von Leonard verdächtigen, solange wir keine Zeugen haben und keine Spuren, und danach sieht es nicht aus.»

«Ich habe es mir auch hin und her überlegt», stöhnte Theuer. «Er hat Sundermann aufgesucht, beide Male, die potenziellen Zeugen sind blind. Es ist ziemlich hoffnungslos.»

«Und warum tut er alles das für ein gefälschtes Turner-Bild?»

«Das weiß ich auch nicht. Es kann alles falsch sein. Wann schreist du?»

Yildirim schüttelte den Kopf. «Diesmal nicht. Du musst es probieren. Ich weiß nur nicht, wie.»

«Ich habe Angst», hörte sich Theuer sagen.

«Weißt du», Yildirim massierte sich die Schläfen. «Ich hab ja einen Tinnitus, daran erinnerst du dich vielleicht …»

«Ja, ich erinnere mich. Aber ich dachte, das hätte sich auch so ein bisschen verloren.»

«Ein bisschen schon, aber manchmal ist da auch ein nukleares Gebrüll in meinem Kopf, dass mich das Grauen davor fast verschlingt.» Sie stand auf, ging um den Tisch und setzte sich auf den Schoß des verdutzten Ermittlers, schlang die Arme um seinen Hals und presste ihren Kopf an sein klopfendes Herz. Sofort musste er weinen.

«Wein ruhig», sagte sie leise. «Wein auf mein Gesicht, und ich stelle mir vor, es sind Salzspritzer aus dem Meer. Wir laufen am Meer entlang, mein autistischer Rentner und ich.»

«Ich will auch mit», jaulte Theuer und hatte schon wieder überhaupt nichts kapiert.

«Als ich dich das erste Mal gesehen habe ... nein, das stimmt nicht, als wir das erste Mal zusammen im Bett waren, da habe ich gefühlt, dass du auch so ein Grauen in dir hast wie ich. Du hörst es nicht, ja, du merkst es vielleicht kaum, aber ich habe es gemerkt. Und da wollte ich dich in den Arm nehmen. Da bist du mir klein vorgekommen. Ich wollte dich tatsächlich trösten wie ein Kind, aber ...»

«Und dann?», flüsterte Theuer ergriffen.

«Dann haben wir eben doch einigermaßen wild losgelegt.»

«Ja!» Er nickte. «Das haben wir.» Er rieb seine Nase zwischen ihren Brüsten trocken und fand nichts dabei. «Ich habe dich nicht verdient», sagte er dann aber in furchtsamem Ernst. «Du bist jung und schön. Dir stünde etwas Besseres zu.»

«Das sagen viele.»

Theuer erschrak so, dass er vergaß weiterzuheulen. «Ach, tatsächlich?»

«Ja.» Sie lachte. «Also natürlich nicht so – eher wird betont, dass du ganz schön Dusel hast ...»

«Na prima.» Der Ermittler versuchte sich ein wenig aufzurichten, aber Yildirim ließ ihn nicht. «Am Anfang wollte ich zu deinem Schmerz vordringen. Wollte dich heilen, wollte dich anders machen, als du eben bist. Dann habe ich gemerkt, dass du keinerlei Lust hast, dich zu ändern, also nicht grundsätzlich. Und ich wollte weg von dir, Jockel, ich wollte nicht mehr.»

«Wann?», fragte er leise.

«Letztes Jahr, während der Sache mit dem Gorilla, konnte man ja merken …»

«Ja, das habe sogar ich gemerkt.»

«Und stattdessen bist du weggegangen und hast dich noch einmal in die Sache reingeschmissen und hast sie aufgeklärt. Ich bin in Heidelberg gesessen und hatte Angst, ich hätte fast gebetet, dass dir nichts passiert. Während sich meine Verliebtheit in Enttäuschung verwandelt hat, habe ich angefangen, dich zu lieben.»

«Ich kann nicht richtig lieben», sagte Theuer leise. «Da packt mich dann das Grauen. Ich kann nur lieben, indem ich mir sage, dass ich jemanden lieben will. Aber dich und Babett will ich lieben. Und wir heiraten nächsten Mai. Also nächstes Jahr …»

«Ich weiß schon, wie das ist, mit dem Lieben.»

«Und manchmal tu ich es auch. Wirklich … Aber es strengt mich an, alles Normale strengt mich so an. Das sieht man nur nicht.» Yildirim nahm seinen Kopf in die Hände. Er wäre am liebsten so eingeschlafen, gehalten. «Dabei ist nichts in meinem Leben passiert, was es mir erlauben würde, seltsam zu sein. Senf weiß wenigstens, was ihn komisch macht. Ich bin immer so gewesen. Klar, die etwas gefühlsarmen Nachkriegseltern, der Tod meiner Frau, den vielen Dreck, den ich gesehen habe, aber etwas war schon immer in mir, so lange, dass ich nicht mehr weiß, wie denken ohne diesen Irrsinn geht. Ich weiß nicht, woran ich leide, ob ich leide. Aber ich will nicht nachgeben, und ich glaube, dass Leonard … Du lässt es mich also versuchen, das, was ich schon ein paar Mal richtig gemacht habe und wo ich gar nicht sagen könnte, was es ist?»

«Manchmal denke ich, es ist Sturheit, aber es ist schon auch Charakter. Eine offizielle staatsanwaltliche Genehmigung meinst du aber hoffentlich nicht?»

Jetzt musste der immer noch weinerliche Kommissar doch lachen. «Nein, ganz bestimmt nicht. Ich wollte nur die private Erlaubnis.»

Yildirim seufzte. «Ich weiß natürlich von nichts. Und, bitte, pass auf, es wird auch dieses letzte Mal hoffentlich gutgehen.»

«Mach ich», sagte Theuer. Bereits wieder etwas geistesabwesend, ließ er Yildirim, die resigniert die Augen verdrehte, von seinen Beinen gleiten, indem er diese einfach ausstreckte. «Ich weiß, dass Haffner eine illegale Waffe hat, die nehme ich.»

«Warum nimmst du nicht deine eigene?»

Er blickte sie schicksalsergeben an. «Weil ich sie verloren habe – das gibt noch Ärger im Januar.» Nach ein paar Schritten drehte er sich nochmals um. «Ich dachte wirklich, du rastest wieder aus, wie sonst immer, wenn ich eine Extratour drehe. Es fehlt mir fast.»

«Pass auf dich auf.»

«Ja.»

Als Yildirim fragte: «Hast du wenigstens so etwas wie einen Plan?», schloss Theuer die Tür und ging die Treppe hinunter.

Er lief ziellos durch die Stadt. Wie spät war es? Zehn Uhr. Wahrscheinlich gingen die Kollegen gegen Mittag schon aus dem Haus, um den Zugriff auf Hahn vorzubereiten, zumindest würden sie sich in irgendeinem Konferenzraum sammeln. Zeit genug, sich Sorgen zu machen, denn nein, er hatte keinen Plan. Oder doch: Er musste zwei Stunden überbrücken, das war ja wohl einer. Ein kleiner.

Wo war er? Hauptstraße, längste Fußgängerzone Europas und jetzt mit vielen Autos zugestellt, die die Geschäfte belieferten, obwohl das um diese Zeit eigentlich vorbei sein sollte, beziehungsweise gar nicht sein sollte. Sonntag! Ach ja, er hatte davon gehört. Man probierte jetzt auch hier der Konjunktur vermittels eines verkaufsoffenen Wochenendes Goldstaub in den Arsch zu blasen.

Blödsinn, das alles. Es ging eben den Bach hinunter, und damit galt es sich abzufinden.

Seltsam zufrieden machte ihn dieser Altmännergedanke, passend hierzu kam kurz die Sonne durch, Tauben gurrten. Theuer spürte den Frühling kommen, dann noch ein Dreivierteljahr.

Am Theaterplatz wischte ein Kellner Tische und Stühle trocken, der schwere Ermittler wählte nun just einen Platz, wo dies noch nicht geschehen war, bestellte mit nassem Arsch Milchkaffee und ließ den Blick über die barocken Fassaden wandern. Er entdeckte Köpfe und Ornamente, die ihm noch nie aufgefallen waren. Plötzlich ärgerte er sich fürchterlich, dass immer mehr Ketten die Hauptstraßenläden übernahmen, die Mietpreise endgültig ins Unermessliche trieben und alles Lokale im ach so lokalen Heidelberg vernichteten, jawohl vernichteten, das Schloss war ja schon zerstört! Dann endete dieser fast radikale lokalpolitische Schub, die Sonne verschwand wieder, und Theuer fror vor sich hin, schlug die angebotene Decke aus, ein netter neuer Brauch in den unsicheren Monaten.

Trotzdem nein.

Warum?

Darum!

Weil!

Dachte erst mal nichts, wirklich gar nichts.

«Ich bin mir nicht sicher, ob ich Sie überhaupt hereinlassen darf.» Ein neues Gesicht an der Pforte oder eines, an das er sich nicht erinnerte. Ja, wenn es Theuer genau nahm, hatte er gar nicht hingeschaut und würde das auch nicht tun.

«Hören Sie», bellte er stattdessen, «ich bin Diabetiker, und mein Insulin ist alle. Im Büro hab ich noch welches. Oder steht neuerdings», machtvoll erhob er die Stimme, «auf eine zeitweilige Suspendierung die Todesstrafe!?»

«Aber in der Apotheke ...»

«Apotheke!! Schnappotheke!!!»

«... und außerdem muss man doch Insulin kühl stellen, das weiß ich vom Mann meiner ...»

«Glauben Sie», Theuer senkte seine Stimme ins Konspirative, «im Büro eines Thomas Haffner gebe es keinen Kühlschrank?»

Sofort ertönte das Summen des Türöffners. Und in der Tat, er hatte noch nie so recht darüber nachgedacht – warum hatte Haffner keinen Kühlschrank im Dienst?

Theuers Erinnerung trog nicht – er wusste nicht mehr, bei welchem Fall, aber irgendwann hatte sein Wilder in seinem Eifer noch eine zweite Waffe mit sich geführt, bei irgendeiner Gelegenheit sogar im Suff mit dieser geprahlt – eine sowjetische Armeepistole, die er einem seinerseits betrunkenen Spätaussiedler abgeluchst habe, «Ohne dass das Sackgesicht was mitgekriegt hat. Die ist im Büro – scheiß auf die Vorschriften, für alle Fälle!» Jetzt war aller Fall.

Die Waffe war letztlich einfach zu finden – man musste nur die Schublade öffnen, drei Literflaschen Obstler entnehmen, verschiedene dienstliche Schreiben mit dem Vermerk «eilt», alle aus dem letzten Jahrhundert, beiseitelegen und – Theuer musste fast lachen – einen braunen Pappumschlag mit der dahingesauten Beschriftung «sehr privat» aufreißen. Da war sie schon. Er überlegte, wie es wäre, sie benutzen zu müssen. Dazu fiel ihm nichts ein. Beim letzten Schießtraining hatte er die Deckenbeleuchtung getroffen, danach war er erster Hauptkommissar geworden. Wahrscheinlich war er genau deshalb befördert worden, damit er bloß nicht mehr schoss. Er wusste nicht mehr, wann das gewesen war; jedenfalls waren Euroschecks damals etwas Modernes. Bevor er ging, untersuchte er den Papierkorb. Tatsächlich, zwei von Leonards kleinen Zetteln.

Der Profiler konnte überall sein, der einzige Fixpunkt war das Hotel. Es war eigenartig, an der eigenen Haustür vorbeizugehen und zu wissen, dass man vielleicht unter gänzlich veränderten Lebensumständen erst wieder hierherkäme – was mit seiner Pension geschähe, wenn er einen hochrenommierten Gast der Heidelberger Staatsanwaltschaft zu Unrecht bedrohen sollte, verdrängte er.

Es war zwar mittlerweile früher Nachmittag, aber der junge Mann, seltsam zertrümmert an dem kleinen Sekretär kauernd, der im Hotel Montreux als Rezeption diente, war für den Kommissar auf den ersten Blick Theologiestudent mit einer Nebentätigkeit als Nachtportier. Da spielte noch nicht einmal die Tageszeit eine Rolle, so sicher war das.

«Alles ausgebucht», knurrte der Student und rieb sich die Augen. Birkenstocksandalen zu Tennissocken, Woolworthjeans, ein Bäuchlein unter dem weißen Sweatshirt und dann aber, schließlich war man ja quasi in der Gastronomie tätig, ein blaues Jackett mit goldenen Knöpfen. Runder, bleicher Kopf mit strohigen Haaren. Wie gesagt, Theologie, mindestens.

«Ich suche kein Zimmer.»

«Ich auch nicht … ach, Entschuldigung, die Chefin hat

einen Unfall, und jetzt muss ich hierbleiben, bis sie kommt. Hätte eigentlich längst frei.»

«Ja, da muss die Uni mal warten», sagte Theuer ohne jedes Mitgefühl. «Ist Herr Leonard da?»

Der müde Student schüttelte den Kopf wie in Zeitlupe. «Nein.»

«Dann warte ich.»

Er saß etwas verkeilt auf einem verschnörkelten Stühlchen im angrenzenden Frühstücksraum.

Ab und zu kamen Hotelgäste, einige reisten ab. Der Portier war sichtlich am Umkippen. Theuer registrierte zu seiner Überraschung, dass sich der Knabe mit der Lektüre einer Zeitschrift wach zu halten versuchte, die «Der Atheist» hieß.

Ein Mann in Radlerhosen, der irritierenderweise eine Trompete mit Schulterriemen über dem ebenfalls sportiven Trikot trug, bat darum, ein Plakat für ein Jazzkonzert aufhängen zu dürfen.

Der schwere Ermittler kam zunächst nicht auf den Namen, dieser Musiker hatte ihren Weg ein-, zweimal gekreuzt … Baby Hübner, genau, sogar damals, als es um den Turner ging. Der Portier lehnte das Ansinnen Hübners derweil erstaunlich rigoros ab, und Theuer durfte verblüfft miterleben, dass der Musiker dem Todmüden das mit einer veritablen Maulschelle vergalt, die dieser kaum zu bemerken schien.

Als sei er selbst getroffen, wurde Theuer plötzlich klar, wo Leonard sein musste. Er war bei der Sitzung des Teams.

Wahrscheinlich wollte er eben doch den Zugriff miterleben, aber warum?

«Hat Herr Leonard gesagt, wann er wiederkommt?»

«Nein.»

«Gar kein Hinweis?»

«Ich sag bei der Abreise auch in keinem Hotel, ob ich in zwei Jahren wiederkomme.»

Der Hauptkommissar brauchte einen Moment, um zu begreifen, was er da gerade gehört hatte.

«Er ist abgereist?», fragte er hauchend, wie von plötzlichem Katarrh befallen. «Warum haben Sie mir das nicht gesagt?» Schwankend näherte er sich dem Studiosus und ahnte, der Verlust der Pension könnte auf unterschiedliche Weise zustande kommen.

«Sie haben nicht gefragt», war die schlichte Antwort. «Was wollen Sie jetzt tun? Mich schon wieder hauen? Ich werde dauernd gehauen.»

«Woran das wohl liegt!» Theuer hatte die Hand schon zu einer entsetzlichen Ohrfeige erhoben, da entrang sich ihm zum millionsten Mal, ohne dass er wusste, warum es geschah, stattdessen ein schlichter Satz: «Sie studieren Theologie.»

«Nein, ich studiere gar nicht. Ich warte auf einen Ausbildungsplatz bei der Polizei.»

Der Ermittler verließ gedemütigt das Hotel.

Uhrzeit?

15 Uhr.

Zitternd griff er nach seinem Handy und wählte.

«Ja?»

«Hör zu, Leidig, ich weiß, du bist wahrscheinlich nicht alleine. Ich bitte dich nur, ein paar Fragen zu beantworten. Nur Jas und Neins ... Ich ziehe euch diesmal nicht mit hinein, ich verspreche es!»

«Ja.»

«Ist eure Einsatzbesprechung vorbei?»

«Ja.»

«War Leonard dabei?»

«Ja.»

«Ist er danach abgereist?»

«Ja. Äh …»

«Wann?»

«–»

«Ja klar.» Theuer rang nach Luft und blieb stehen. Es machte überhaupt keinen Sinn, die Ebertanlage hinunterzurennen, wenn er gar nicht wusste, wohin er musste. «Verstößt jetzt gegen die Spielregeln …»

«Fährt um 17.25 nach Frankfurt», sagte Leidig leise. («Leidig, jetzt labern Sie nicht so lange, wir brauchen Sie!») Theuer glaubte Magenreuters Stimme zu erkennen.

«Danke, Leidig, ich mach schnell.»

«Ja.»

«Das war keine Frage.»

«Ja.»

«Seid ihr jetzt vor Ort und bereitet alles vor?»

«Ja.»

«Danke.» Team war eben Team, das ließ sich nicht reformieren. Irgendwie ließ sich gar nichts reformieren. Freilich verdankte sich die gewesene Teamstruktur ja einer Reform. Und hatte die geklappt? Eben.

Warum?

Darum.

Weil.

Weil man mit Menschen nicht alles machen kann.

Theuer spürte, dass er diesen Gedanken brauchen würde, schloss ihn in sich ein, fraß sogar den Schlüssel.

Weißt du, andere wollen Lokomotivführer werden, das habe ich nie verstanden, schon allein wegen der Schienen, die einen zwingen, in eine bestimmte Richtung zu fahren.

Ich habe, da war ich noch klein, einmal einen Mann be-

obachtet. Es war in einem Ort an der Küste, den Namen weiß ich nicht mehr. Die Eltern mussten etwas erledigen, und ich hing müßig am Hafen herum. Zunächst war er unauffällig, und wäre mir nicht so langweilig gewesen, ich hätte ihn nicht beachtet. Dann kaufte er sich an einem Kiosk ein Eis, und das passte überhaupt nicht zu seiner steifen, förmlichen Kleidung. Als er das Eis gegessen hatte, schaute er sich in alle Richtungen um und kaufte dann, das war schon komisch, nur eine Waffel. Der Eisverkäufer war irritiert und musste sich erst einen Preis überlegen. Ich versuchte, den seltsamen Mann nachzumachen, schaute mich ebenfalls um, um zu begreifen, was ihn sich so seltsam verhalten ließ.

Es gab eigentlich nichts zu sehen: Fischerboote, die Touristen in Entzücken versetzten, die dazugehörigen, verwitterten (und herzlich dummen) Fischer und ein kleines Hotel am Ende der Hafenbeckens.

Ich bemerkte, dass der Mann immer in diese Richtung oder auf seine Armbanduhr schaute.

Und damit war mir alles klar: Es gab nichts anderes zu essen als Eis, und er hatte Hunger, deshalb die Waffel – eine zweite Portion hätte ihm wahrscheinlich den Magen umgedreht. Er wollte also auf keinen Fall weg, um das Hotel nicht aus den Augen zu verlieren. Ich tippte auf eine untreue Ehefrau.

Und tatsächlich, als zwanzig Minuten später eine Frau in aufgekratzter Stimmung das Hotel verließ, rannte er in ihre Richtung. Danach hat mich die Sache nicht weiter interessiert.

Ich bin mir sicher, dass unter den Dutzenden, die sich zur selben Zeit am Hafen aufhielten, keiner dieses kleine Drama verfolgt hat.

Als ich die alte Vettel neulich getötet hatte und das Haus verließ, begegneten mir nacheinander drei Leute – eine Gestalt zerstörter und asozialer als die andere –, aber ich weiß, dass sie mich überhaupt nicht wahrgenommen haben.

Da warst du ganz anders: wild, zügellos, aber nicht so stumpf und desinteressiert.

Es hat nur leider nichts genutzt.

Er beschloss, erst kurz vor Abfahrt des Zuges zum Bahnhof zu gehen. Vielleicht waren auch schon die ersten Kollegen da, aber sie würden ihn einfach verreisen sehen. Wenn er sich stundenlang herumdrückte, machte er sich nur verdächtig.

Was konnte er bis dahin tun?

Gedankenverloren bummelte er durch die Altstadt. Ihm fiel ein Abend im letzten Herbst ein – Yildirim hatte ihn auf ein Fest nach Mannheim geschleift, Freunde von der Wessels, Künstler und ähnliche Menschen, die Theuer immer in höchste soziale Bedrängnis brachten. Mit einem Fotografen war er in einen Disput über die beiden Städte verfallen, an dessen Ausgang er sich nicht mehr genau erinnerte, genauer gesagt erinnerte er sich nicht einmal mehr, wie er an jenem Abend ins Bett gekommen war.

Ein Satz des Mannheimers war ihm allerdings haftengeblieben: «Mannheim will nichts anderes darstellen, als es ist.»

Auch an seine Entgegnung erinnerte er sich grob: Er hatte irgendwie herumgemault, Städte könnten nichts wollen, ja, selbst manche Menschen wollten fast nichts.

Aber natürlich hatte er verstanden, was der andere meinte. Die Putzigkeit Heidelbergs wurde der Stadt immer wieder vorgeworfen, was ihn, der er kein glühender Lokalpatriot war, doch ein wenig wurmte: Man konnte einer Stadt ja nun eigentlich nicht allzu böse dafür sein, dass sie weitgehend unzerstört war. Passend zu dieser Apologie, war er nun am Ende der Altstadt angelangt. Vor ihm weitete sich die Szenerie, der Bismarckplatz, Verkehrsknotenpunkt und nach Meinung aller Experten ein stadtplanerisches Desaster, eine kollektive Umnachtung mehrerer Architektengenerationen, die schwer nachvollzogen werden konnte.

Nein, entschied sich der Kommissar in einen grauerblindeten Himmel, erstens: doch kein Frühling in Sicht.

Zweitens: Heidelberg wollte nicht mehr sein, als es war. Wenn man nur hinschaute, sah man genug Zeugnisse der überforderten Menschheit, und man sah eben auch Schönes.

Dass diese Schönheit die Menschen nicht besser machte – oder eben nicht viel besser machte als speziell die Mannheimer –, sah man ja an den letzten Wochen, da man den wüstesten Killer der Republik zu jagen hatte.

Drittens, eine Frage: Was wollte Leonard?

Warum fuhr er jetzt?

Theuer ging ins Medoc, bestellte eine saure Weinschorle und versank in seinen Gedanken.

Er musste einen Trumpf haben, von dem er selbst nicht wusste, ansonsten wäre Leonards Verhalten nicht zu verstehen, wäre viel zu riskant. Die Chance, dass ein Bursche wie Hahn weitere Morde gestand, war groß, dass man ihm nicht glaubte, wenn nicht, ebenfalls …

Es war immer noch viel Zeit. Er kehrte ins Gassengewirr der Altstadt zurück.

Was hatten sie vergessen? Was war Leonard eingefallen, und wie konnte er mehr wissen als sie?

Theuer betrachtete wie in Trance eine Uhr, die an einer pseudobarocken Halterung in die Hauptstraße ragte.

Der Trumpf.

«Einer wie unser Täter hat keine Alibis. Niemand beachtet ihn, niemand erinnert sich an ihn – bis er zum Mörder wird.»

«Der junge Mann hat bei mir seine Zwischenprüfung abgelegt. Bemerkenswert schlecht übrigens. Das war in der ersten Februarwoche ...»

«Gut, das prüfen wir noch nach, es passt auf jeden Fall. Können Sie uns den Namen nennen?»

«Da brauch ich gar nicht nachzuschauen, die Prüfung war so unangenehm, die blieb mir im Gedächtnis haften. Armin Hahn hieß er.»

Mühsam orientierte er sich: Höhe Bienenstraße – er schaute auf die Uhr, die eigene, die andere schien ihm dafür nicht zu taugen, hatte sie doch nur Zwecken der Mediation und Versenkung gedient, und das war wohl genug, oder nicht? Egal. Wie viel Uhr? Jetzt ausgerechnet wurde die Zeit knapp.

Er fummelte nach seinem Handy und betete, es möge nicht eine ganze Großfamilie des Namens in Heidelberg geben, aber er hatte Glück, die Auskunft verband ihn mit der einzigen Eintragung.

«Pittus?»

«Theuer, Kriminalpolizei. Ist Ihr Mann zu sprechen?»

«Mein Vater. Ich bin noch nicht im Stimmbruch, aber das ist bei einem Vierzehnjährigen normal.»

«Ja!», schrie Theuer, dann war endlich die Mutter am Apparat.

«Mein Mann ist in der Uni ...»

«Bedeutet denn der Sonntag niemandem auch nur noch das Geringste?»

«Was?»

«Egal. Entschuldigung.»

«Er trifft sich mit einem Tutor, will ihn fürs Sommersemester einarbeiten, bevor er weggeht, er hat eine Gastdozentur in Großbritannien bis Mitte April …»

«Wunderbar … Im Philosophischen Seminar, haben Sie die Durchwahl?»

«Da werden Sie Pech haben.» Frau Pittus klang, als rührte er an einen Punkt, der schon zu manchem ehelichen Verdruss geführt hatte. «In Besprechungen schaltet er das Telefon aus. Immer.»

«Wie komme ich dann rein?», fragte Theuer mehr sich selbst als die Gattin.

«Da wiederum könnten Sie Glück haben. Er vergisst so gut wie immer, hinter sich abzuschließen.»

«Danke, Frau Pittus …»

«Ansonsten ist er normal, ich kann das Gerede von zerstreuten Professoren nämlich nicht mehr hören.»

«Ich auch nicht. Wiederhören.»

So schnell er konnte, stapfte er in Richtung Philosophisches Seminar, links in die Hauptstraße, rechts auf den Uniplatz, quer durch, versehentlich einen Japaner rammen und weiter, schließlich weiß man ja nicht, was «Entschuldigung» auf Japanisch heißt.

Er hatte Glück. Pittus hatte vergessen abzuschließen. Der Student, der gerade seine zukünftigen Aufgaben im immensen Ehrenamt des Tutors erklärt bekam, der hatte allerdings Pech.

«Das kann man auch netter sagen!», hörte der Ermittler noch, dann war die Tür zu.

«Sie haben es eilig?», fragte Pittus höflich.

«Allerdings», keuchte Theuer. «Ich brauche den Termin der Zwischenprüfung, die Uhrzeit …»

«Sie haben mich doch telefonisch schon einmal gefragt.»

Einen Moment lang hielt Theuer das für sehr gut möglich und hatte beklemmende Alzheimervisionen, sah sich mit Urinbeutel in der Hand durch die Stadt irren, aber dann war es klar.

«Das war ich nicht. Das war Leonard.»

«Wer?»

«Egal.»

«Aha. Ich schaue rasch nochmal nach. Ist es wirklich dieser Hahn gewesen?»

«Ja. Höchstwahrscheinlich. Wir haben ihn bald.»

Pittus erbleichte und tippte zittrig an seinem PC.

«Das müsste Sie doch beruhigen», sagte Theuer und befand angesichts zahlloser Hundertwasser-Drucke an den Wänden des Büros, dass Philosophen doch auch kräftig danebenlangen konnten. «Sie, der Sie sich nicht einmal einschließen.»

«Hätte er mich gewollt, hätte er das längst tun können.»

Theuer musste dem Professor im Stillen recht geben. Gar nicht so blöd, diese Philosophen.

«Und es beruhigt mich keineswegs, eine solche Mordserie mit ausgelöst zu haben … warten Sie, ich habe den Prüfungsplan gleich. Am 16. Februar. Armin Hahn. Er war der Erste, um acht. Er war schon da, als ich gekommen bin. Und bis ich mich durchgerungen hatte, ihm noch eine Vier zu geben, vor allem, bis ich ihn schließlich des Hauses verwiesen habe, war es fast neun.»

«Das heißt, er hat ein Alibi für die Zeit zwischen kurz vor acht und neun?»

Pittus nickte. «Heißt das, er ist es doch nicht?»

«Nein, ja, teilweise, Wiedersehen.» Theuer trat auf den Flur, der verdrängte Student sagte etwas, das er nicht verstand. Zwischen acht und neun war Kohl ins Wasser geworfen worden. Leonard wusste, dass Hahn diesen Mord nicht begangen haben konnte. Und er wusste, dass sie den Termin noch nicht überprüft hatten, er hatte ja auf alles Zugriff.

Der Kommissar blieb stehen. Kehrte um. Riss wieder die Tür auf.

«Haben Sie heute ein Paket bekommen?»

«Jetzt lassen Sie mich ...»

Theuer hielt dem Jungen den Mund zu, was dieser, gänzlich übertölpelt, geschehen ließ.

Pittus schaute verblüfft. «Es ist Sonntag!»

«Als ob das was bedeuten würde!»

«Ja, nein ... warten Sie. Es wurde am Freitag eines für mich abgegeben, nachdem ich schon gegangen war. Der Hausmeister hat mich extra noch angerufen, falls ich etwas Wichtiges erwarte, aber das tue ich nicht. Normalerweise hätte ich es erst morgen vorgefunden, ich habe es jedenfalls noch nicht geöffnet. Wieso?»

«Man lernt eine Menge – ich weiß sogar, wie man Briefbomben herstellt ...»

«Rühren Sie es nicht an. Es ist vielleicht eine Bombe. Rufen Sie die Polizei.»

«Sie sind doch die Polizei.»

«Tun Sie's einfach.»

Theuer ging zügig, aber – so hoffte er – ohne Anzeichen echter Eile über den Bahnhofsvorplatz. Metzner stand mit zwei Kollegen in Nähe des Haupteingangs.

Er ging auf Theuer zu. «Hör zu, Johannes, ich finde es nicht schön, dass du mal wieder beurlaubt wirst. Unter anderem, weil ich gerne mal beurlaubt würde, aber jetzt bau hier keine Scheiße!»

«Ich weiß überhaupt nicht, wo du bist.»

«Was?»

«Ich meine, ich weiß überhaupt nicht, was du willst. Ich fahre nach Beerfelden. Kleine Odenwaldtour.» Der Ermittler sah sich plötzlich qualvoll deutlich in Kniebundhosen und roten Strümpfen einen Geschlechtsverkehr mit einer dicken Wirtin ausüben.

«Dorthin verkehren, soviel ich weiß, keine Züge.»

«Ich nehm eine Draisine.»

«Es gibt keine Geleise.»

«Vielleicht doch.»

Metzner seufzte. «Stimmt es, was erzählt wird? Du hältst Leonard für einen Mörder? Er ist vor fünf Minuten an uns vorbeigekommen, sein Zug geht in drei Minuten. Bleib da weg! Theuer, du machst dich lächerlich! Man sollte dich vor dir selbst schützen.»

«Leck mich, Metzner!» Viel zu grob stieß Theuer den Kollegen weg und betrat den Bahnhof. Ihm blieben fünf Minuten – Blick zur Anzeigentafel – aber von wegen. Dreißig Minuten Verspätung. Na, wenn das einem nicht die Tour vermasselt. Gemächlich verließ er das Gebäude wieder, tätschelte einem sich fluchend die Rippen massierenden Metzner die Wange, schnorrte von einem überfordert blickenden Kollegen gleich zwei Zigaretten und wies lächelnd darauf hin, dass Leonard ja nun abgereist sei. Benommen nickte ihm Metzner hinterher, pfeifend bog Theuer links ab Richtung Nebeneingang und rauchte zunächst und dann gleich nochmal, zum ersten Mal seit langer Zeit.

Ihm wurde schwindelig.

Natürlich wurde auch der zweite Zugang unauffällig bewacht. Es waren allerdings Beamte, die Theuer nur flüchtig kannten. Einer runzelte die Stirn, Theuer pikste ihn mit dem Zeigefinger in den Bauch und versicherte, er wolle nur eine Wurst essen.

Dann ging er zum Bahnsteig.

Leonard entdeckte ihn sofort, und der schwere Ermittler hatte gar nichts dagegen.

«Kommen Sie», sagte der Profiler freundlich. «Gehen wir ein wenig von den Leuten weg.»

Manchmal hatte Theuer in Stress und Furcht eine fast übergenaue Wahrnehmung, diesmal nicht, ihm hämmerte bloß blöde die Tatsache ins Hirn, dass sie am Gleis zwei standen, von wo der Zug nach Frankfurt ausnahmsweise losfahre, wie die blecherne Stimme immer wieder aus den Lautsprechern bellte. Der Himmel war jetzt wie der weiße Bauch eines Fisches, die Luft dämpfig wie im Sommer. Sommer statt Frühling statt Winter statt was? Theuer schwitzte und fror zugleich.

«Es geht also nach Hause?», hörte er sich fragen.

«Ja, die Arbeit hier ist getan.» Leonard klang ruhig, aber Theuer beobachtete, dass der Polizei-Star nervös mit Daumen und Zeigefinger spielte.

«Ich hätte gedacht, dass Sie Ihren Fang noch bewundern wollen.»

«Mein Part ist erledigt, wenn man ein Profil hat, mit dem man arbeiten kann. Die Sache ist absolut eindeutig.»

«Ich halte Sie für den Mörder an Kohl, Sundermann und einer armen Frau aus Albanien, deren Namen ich im Moment vergessen habe, und das ist wahrscheinlich typisch für ihr Leben. Es gibt einen Grund, warum Sie das getan haben könnten.»

«Sie sind suspendiert, habe ich gehört, darüber hinaus nicht zum ersten Mal. In einem Dreivierteljahr hören Sie sowieso auf. Es ist mir egal, was Sie denken.»

«Sie wollten das Bild, das falsche Turner-Bild. Aber warum? Sie wollten es schon damals. Sie waren Duncans Auftraggeber.»

Der Zug fuhr ein. Leonard stieg schweigend ein, ging rasch zur ersten Klasse, Theuer setzte sich neben ihn – allerdings nicht lange.

Zunächst fragte der Herr in den braunen Nadelstreifen nur, ob er sich möglicherweise geirrt habe, und Theuers Entgegnung, selbstverständlich habe er sich in seinem Leben schon sehr häufig geirrt, wurde komischerweise nicht vollständig akzeptiert.

Auch der herbeigerufene Schaffner teilte eher die Meinung des Opponenten. Andere Mitreisende auch, einer war wohl sehr sportlich oder stark von Geburt.

Endlich stand Theuer nach erheblicher Nachzahlung im zugerauchten Bordbistro und wurde nicht bedient.

In Frankfurt ging dann alles sehr schnell. Eben hatte er Leonards Blondschopf noch inmitten der wuselnden Menge ausgemacht, jetzt war er verschwunden.

Entweder sie waren schon zu spät, oder aber es würde knapp werden. Wo fuhr der Zug aus Kassel, vor allem, was war sein Ziel? Theuer sah auf der Anzeigentafel gleich drei Züge, die demnächst losfuhren und Zielorte südlich von Heidelberg hatten.

Wieder schaute er nach Leonard, sah ihn kurz – er kam von der Gepäckaufbewahrung; natürlich, den Koffer würde er jetzt nicht brauchen.

Theuer rannte zu einem der sogenannten Servicepunkte der Bahn, einer futuristischen Theke, an der gelangweilt ein feister Mensch in Uniform einer in Auflösung begriffenen Italienerin erläuterte, dass sie bis Mailand stehen müsse.

«Polizei!», schrie Theuer. «Ich brauche eine Auskunft.»

«Können Sie sich ausweisen?», fragte der Feiste, und die Italienerin, wahrhaftig, schlug ihn mit der Handtasche.

«Welche Zugverbindung wählt man von Kassel, wenn man um halb neun in Heidelberg sein will?» Zum ersten Mal seit sehr langer Zeit zeigte Theuer wieder einmal die für solche Zwecke einst erworbenen Kinderhandschellen, denn die Dienstmarke – je nun.

Eingeschüchtert und mit roten Flecken blätterte der Servicemann in seinem Plan. Theuer kam der unwichtige Gedanke, dass er jetzt eher einen in die Tischplatte eingelassenen Bildschirm erwartet hätte, einen vernetzten, diskreten Computer, der im selben Moment abstürzte.

«Das müsste ab Kassel Hauptbahnhof um 16.23 Uhr sein.» Die eben noch recht arrogante Stimme zitterte. Spielzeughandschellen! Die Menschheit war doch wirklich eine wenig inspirierte Versammlung. «Frankfurt an 18.33 und 19.07 wieder ab.» Theuers Blick wanderte, als folgte er einem kleinen Spatz, und da war sie auch schon, eine der vielen, großen, klassisch designten, seit Kindertagen wohlvertrauten Bahnhofsuhren. Und sprang auf 19 Uhr und sechs Minuten. Kontrollblick zum linken Handgelenk. Schon richtig. Natürlich.

Eine Minute.

«Welches Gleis?», hauchte der schwere Ermittler.

«Elf.»

Theuer rannte los.

Sie beschatteten ihn schon, hatte der große Unbekannte gesagt.

Armin empfand wenig bei dem Gedanken, gefasst zu werden. Die Mutter war tot, mit Frederick und Deborah war so weit wieder alles okay. Er würde ins Gefängnis kommen, so oder so. Was blieb, war ein Rest Neugier, wer da mit ihm

Kontakt aufgenommen hatte. An eine echte dauerhafte Flucht dachte er nicht. Wohin auch?

Der Zug fuhr an.

War der Blonde gegenüber der große Unbekannte? Zeichen: Dreimal husten. Dann er: ‹Erkältet?›

Der andere: ‹Nein, Asthma.›

So war es vereinbart, weitere Fragen hatte er nicht stellen dürfen. Noch jemand kam ins Abteil. Großer Typ – großer Unbekannter? Aber Quatsch, so nannte ja nur er ihn.

«Sie sind verhaftet», sagte Theuer möglichst ruhig. «Die Beweislage ist eindeutig.»

Er nahm den freien Platz, außer Leonard und Hahn saß noch ein unscheinbar dreinblickender, aber sportlicher junger Mann im Abteil. «Der Kollege, nehme ich an?» Theuer nickte dem Athleten zu. «Tut mir leid, Herr Hahn, in Heidelberg erwartet Sie die Polizei, wir wollten Sie noch Ihre Mutter beerdigen lassen. Aber wenn ich mich nicht irre, hätte der Herr gegenüber zumindest versucht, Sie vorher umzubringen.»

Leonard musterte ihn hasserfüllt. Das war gut. Während Theuer diesen Gedanken noch wohlgemut verklingen ließ, geschah etwas, eine Bewegung am linken Sehfeld. Ein kleines Ufo? Eine Migräne? Nein, Hahn hatte seine Waffe gezogen und herrschte den zivilen Beschatter an: «Raus, raus, du Arschloch, oder ich knall dich ab. Sag, dass es hier eine Geiselnahme gibt und dass ich meine Forderungen in geeigneter Form bekanntgeben werde.»

Die Worte klangen nach einem routinierten Gangster, die Stimme klang nach einem Jungen. Eine einzige große Pose, und sie brach schon in sich zusammen. Theuer hatte überhaupt keine Angst. Er nickte dem Kollegen zu. «Machen Sie, was er sagt.»

Hahn hatte sie mit hektischem Pistolengefuchtel gezwungen, die Vorhänge vor Tür und Fenster zu schließen und das Licht auszumachen.

Stillstand, man hörte aufgeregte Stimmen, schnelle Schritte, dann war es ganz ruhig. Der Zug war geräumt. Es war Nacht.

«Wie auf dem Mond», sagte Theuer.

Hahn zitterte, schließlich fuhr er hoch, riss die Tür einen Spalt weit auf und schrie etwas von freiem Geleit, zielte ins Dunkle, Theuer packte ihn am Handgelenk, da schoss er schon, der Knall war wie eine Ohrfeige, und der Arm des Jungen entglitt ihm wieder, aber wenigstens hatte er wahrscheinlich einen Treffer verhindern können.

«Ich erschieß euch.» Hahns Stimme war kaum noch vorhanden. «Und wenn ihr die Letzten seid.»

«Bloch hat sich nie der junge Cromwell genannt», sagte Theuer freundlich. «Sie haben sich sogar das Zitat falsch gemerkt. Sie haben so viele Menschen getötet. Jetzt ist es zu Ende.»

«Eben, auf zwei kommt es nicht an.» Hahn sah kläglich aus, blass, mager, eher wie eine Geisel denn ein Geiselnehmer. Theuer glaubte säuerlichen Atem zu riechen.

«Sie haben gedacht, es macht Sie groß und bedeutend zu töten», fuhr er fort. «Aber es ist überhaupt nicht bedeutend, sondern das Einfachste der Welt, das, was Sie getan haben. Sie haben das gemerkt. Herr Leonard hatte mit allem recht.» Er nickte dem Profiler zu, der das mit ironischem Augengruß quittierte. «Sie sind so wenig ein Serienkiller, wie Sie ein Philosoph waren. Das ist aber doch auch gut! Sie müssen nicht weiter morden. Sie können jetzt aufhören.»

Hahn lachte, es klang falsch: «Und welche Perspektive habe ich dann?»

Theuer suchte den Blickkontakt, aber Hahns Augen flackerten, irrten durch das Abteil.

«So gut wie keine», sagte der Ermittler. «Im Vergleich zu Ihren Opfern eine gigantische, aber nach den Maßstäben eines normalen Lebens so gut wie keine. Das ist bitter, aber es ist die Wahrheit. Nur: Wenn Sie weiter töten, kommt kein bisschen Perspektive hinzu. Sie sind so oder so am Ende.»

Hahns Kinnlade zitterte. Theuer hatte Lust, diesem weinerlichen Milchbubi in die Fresse zu schlagen, ihm die Scheiße aus dem Leib zu prügeln.

«Sie haben sich zum Herrn über Leben und Tod gemacht, letztlich wegen einer Vier. Einer schlechten Note, dafür sollte die Welt büßen. Und die Welt hat gebüßt: In Gestalt eines kleinen Mädchens, zum Beispiel, das ihren Eltern abgehauen war. In Gestalt einer Studentin, die sich den Heimflug in den Semesterferien nicht leisten konnte. In Gestalt ...»

«Hören Sie auf.» Hahns Stimme überschlug sich. «Ich drücke ab, Sie können sich darauf verlassen ...»

Ehe Theuer nachdenken konnte, wie ernst man das nehmen konnte, knallte es wieder.

Hahns Augen weiteten sich, schlossen sich, und mit dem rührenden und grauenhaften Laut eines wohligen Seufzens kippte er zur Seite wie eine Puppe.

Sofort griff sich Leonard Hahns Waffe und setzte sich Theuer gegenüber, neben die Leiche, als sei gar nichts dabei. Seine eigene Pistole steckte er ein, Hahns richtete er mit der linken Hand auf Theuer, aber der erste Hauptkommissar hatte seine Waffe auch schon gezogen.

Verdutzt, aber durchaus amüsiert schaute Leonard ihn an, und auch Theuer musste, hysterisch und halb taub, lachen.

«Das nennt man ein Patt», sagte Leonard.

Und die Zeit läuft ab», bestätigte Theuer.

«Zeigen Sie mir mal, dass Sie nicht ganz so blöde sind. Was sind meine Chancen, die verbliebenen?»

Theuer schaute ihn zornig an. «Wäre ich so blöd, wie Sie denken, wäre ich gar nicht hier. Sie wollten Hahn töten, ich weiß nicht, wie, aber das war Ihr Plan. Dann wäre die Chance nicht schlecht, dass Ihre eigenen Morde seiner scheußlichen Serie zugeschlagen werden, beziehungsweise Sundermann als ungeklärte fahrlässige Tötung in den Akten verschwindet. Zum Schluss fliegt auch noch der Prof in die Luft, inklusive seiner Festplatte. Ein Täter ohne Modus Operandi kann auch so was machen. Wer weiß das schon. Der Fall wäre eckig und kantig, aber nie gäbe es einen Grund, in Ihre Richtung zu ermitteln. ‹Er wird es schon gewesen sein›, würde man sagen. ‹Unschön, dass man es nicht ganz lückenlos nachweisen kann, aber was soll's, er ist verschwunden oder tot.› Jetzt ist es anders gekommen, ich wüsste nicht, welche Chance Sie noch haben.»

«Eben doch blöd», nickte Leonard. «Ich erschieße Sie mit Hahns Waffe. Er hat sie vorhin abgefeuert, also hat er Schmauchspuren an der Hand. Ich töte Sie allerdings mit der linken Hand, die wird man nicht untersuchen, und bis gestürmt wird, sind meine Fingerabdrücke weg, und er hat sie wieder, seine tolle Pistole. Er hat Sie erschossen und ich dann ihn. Notwehr. Möchten Sie letzte Worte formulieren?»

«Und wie erklären Sie, dass wir drei in diesem Abteil sitzen?»

«Die Erklärung sind Sie. Sie haben mich am Bahnhof abgepasst und gezwungen einzusteigen. Waren das die letzten Worte?»

«Warum haben Sie Kohl ins Wasser geworfen? War das ein kleiner Spaß? Den alten Fall nachstellen?»

«Nein, überhaupt nicht. Es war nur am einfachsten. Dankenswerterweise hat er mir bei unserem ersten Treffen mitgeteilt, dass er nicht schwimmen kann. Er sollte mir den Blick des Turner-Bildes zeigen, dafür wollte ich ihn entlohnen, hat er zumindest geglaubt – in der Lage, so ein Angebot zurückzuweisen, war der Herr Geschäftsmann nicht mehr –, und es musste so früh am Tag sein, weil ich gehetzter Weltbürger meinen Flug kriegen musste.»

«Das stimmt nicht.» Theuer schüttelte den Kopf. «Jemanden zu ertränken ist nie die leichteste Methode. Sie wollten ihn loswerden, wie Oberdorf damals Willy, wegschmeißen. Das Alte loswerden. Wer war Duncan?»

«Duncan?» Leonard lachte. «Ich kenne keinen Duncan.»

Theuer winkte ab, unwillig, als wollte er eine Wespe vertreiben. «Sie wissen, dass ich weiß, dass das nicht stimmt. Sie wollen mich gleich erschießen. Ihre geniale Gabe sagt Ihnen, dass ich nicht die Kraft habe, Ihnen zuvorzukommen. Alsdann, warum einen Todgeweihten anlügen? Es muss doch Spaß machen, die ganzen raffinierten Manöver jemandem erzählen zu können. Ich muss ihn Duncan nennen. Er war hier, wollte das Bild, hatte einen Auftraggeber und hat gemordet – kaltblütig. Er hieß bestimmt anders. Erzählen Sie mir über ihn! Was ist denn die Wahrheit über den falschen toten Duncan?»

Leonard lachte nicht mehr.

«Die Wahrheit, aha! Sie operieren mit diesem Begriff, für mich bedeutet er wenig. Es gibt Dinge, die sind geschehen, ja. Aber erst, was man aus ihnen macht, ergibt so etwas wie ‹Wahrheit›. Einer wie Sie versteht das nicht. Es gab mal einen jungen Mann in England, der eine Menge Mist gebaut hat. Tiere gequält, Rentner geschlagen. Schließlich hat er zwei Mitschüler ermordet, um zu sehen, wie jemand stirbt.

Das ist etliche Jahre her. Man hat ihn geschnappt, er ist ausgebrochen. Er galt als ziemlich intelligent. Er hatte übrigens eine deutsche Mutter, damit Sie auch das Rätsel seiner guten Sprachkenntnisse nicht weiter plagen muss.

Ich war zu der Zeit schon recht erfolgreich auf meinem Gebiet, hatte meinen Wohnsitz auf der Insel. Man hat mich an der Suche nach ihm beteiligt. Ich war mir ziemlich sicher, dass es ihn nach London zieht, drunter macht es so einer nicht. Blieb noch der Stadtteil – er kannte sich in London nicht aus, also würde er eine etwas ruhigere Gegend suchen, bis er sich in der Unterwelt einen Namen gemacht, bis er begriffen hätte, wie der Hase läuft. Übrigens eine dämliche Redensart. Ich tippte auf Islington. Proletariat und feine Leute auf engem Raum. Es war aber dennoch eher ein Zufall, dass ausgerechnet ich ihn erkannt habe. Allein. Er stand vor einem McDonald's und sah gar nicht sehr gefährlich aus, er hatte offensichtlich Hunger. Ich habe ihn angesprochen. Es war eine Idee, ich hatte sie beinahe noch gar nicht für mich formuliert. Ich dachte, wenn er offiziell tot wäre, könnte er mir doch ein paar Gefälligkeiten erweisen. Der Gedanke gefiel ihm – ja, wir waren uns sympathisch. Na ja, der Junge wusste allerdings, dass ich einen Brief bei meinem Anwalt deponiert hatte, der ihn auffliegen lassen würde, wenn mir etwas zustieße. Mein Vater hatte eine Schwäche für die Moore und Küsten Yorkshires, wir hatten ein Cottage dort und waren jedes Jahr im Sommer drüben. Als Kind bin ich in den Steilküsten herumgeklettert.»

«Gefährlich», unterbrach Theuer. «Aber Ihnen war langweilig.»

«Richtig.» Leonard hob anerkennend die Augenbraue. «Langeweile ist ein großes Problem von mir.» Er schob den Vorhang ein wenig zur Seite und schaute in die Nacht. «Sie drücken nicht ab, mein Kommissärchen. Sie wollen noch was wissen. Da dürften sich eine Menge Scharfschützen positionieren. Sie haben Schüsse gehört. Gut möglich, dass sie bald stürmen.»

«Duncan.»

«Keine Befehle, Herr Theuer, wir sind beide bewaffnet.»

«Sind Sie im Internat vergewaltigt worden? Hat es so angefangen? Sind so die Maßstäbe verlorengegangen? Mussten Sie sich deshalb selbst erfinden, sich die Welt erfinden in Ihrem brillanten Kopf, weil alles kaputt war?»

Leonard, scheinbar ungerührt: «Wie gesagt, als Kind bin ich da herumgeklettert, und ich habe tatsächlich eine Höhle gefunden, die niemand kannte. Sie ist an einer sehr unzugänglichen Stelle, hinter Gebüsch. Damals habe ich gelernt, dass Geheimnisse etwas Kurzweiliges sind und damit etwas Kostbares in einer beispiellos langweiligen Welt. Ja, wir haben das geübt, der spätere Duncan, MacPherson und wie er nicht hieß ...» Theuer wollte ihn nicht unterbrechen, wollte alles hören und hätte doch so gerne gebrüllt, dass es langweilige, öde, finstere Geheimnisse gab, die nichts und gar nichts wert waren, aber er verbot sich die Worte. «Dort habe ich schließlich ein Team hingeführt. Mein Gott, das war gar nicht so leicht, eine Psycho-Geschichte hinzukriegen, die es einleuchtend machte, dass er sich im Nordosten aufhielt. Na, was soll ich sagen, es hat geklappt. Wilde Verfolgung, er rennt direkt auf das Meer zu, er springt, es hätte schiefgehen können, aber er hat das Seil erwischt, hat sich in die Höhle gezogen, unten Flut – weg war er. Und ich konnte der Öffentlichkeit erklären, warum es zu diesem Täter so perfekt passte, dass er sich melodramatisch zu Tode stürzt, anstatt seine Jugendstrafe abzusitzen. Man glaubt mir solche Deutungen.»

«James Bond.»

«Ja, es hat Spaß gemacht.» Leonard lächelte, wirklich

glücklich schien er in seiner Erinnerung. «Seitdem waren wir ein Team. Und wir haben viel Gutes getan.»

«Wie bitte?» Theuer wurde übel, es sirrte in den Ohren, er wollte – was? Am liebsten baden, ja, in viel Schaum versinken … Stattdessen saß er in diesem dunklen Zugabteil.

«Bei manchen Burschen weiß man, dass sie es waren – aber die Beweise reichen nicht, ein paar von denen sind inzwischen tot.»

«Wenn das mal nicht moralisch ist, von wegen die Wahrheit erfinden.» Theuer versuchte höhnisch zu klingen, es gelang nicht.

Leonard schüttelte den Kopf. «Oh nein, es geht nicht um Moral. Ich mag es nicht, wenn mir jemand vor die Schuhe spuckt. Das ist alles.»

«Sie hatten ihn in der Hand.»

«Wen? Duncan? Ja und nein, er mich ja auch. Aber er war loyal. Bei einem drogensüchtigen Wrack von Arzt in Glasgow habe ich sein Gesicht operieren lassen, der Idiot hat einen halben Chinesen aus ihm gemacht, aber er war wirklich verändert genug. Von da an hatte ich einen Sekretär. Die Leute haben geredet, aber es war mir egal. Papiere beschaffen, eine Existenz erfinden, das alles hat Spaß gemacht.»

Theuer fasste sich an den Kopf. «Warum macht es einem wie Ihnen nicht Spaß, ein großartiger Physiker zu sein, ein brillanter Wissenschaftler, aber», er lächelte Leonard böse an, «da ist nichts Geheimnisvolles, nichts, was Sie geheimnisvoll finden – schon klar. Ein Wissenschaftler holt die Sachen aus der Höhle, Sie wollen hinein in die Höhle, in die Finsternis. Deshalb sind Sie so ein guter Profiler. Aber dann ist Ihr Sekretär verreist und kam nicht wieder. Wir haben damals die britischen Kollegen kontaktiert, Fotos geschickt. Warum kam man über den toten Duncan nicht auf Sie?»

«Wir lebten sehr zurückgezogen weit oben im Norden,

und bei mir trug er einen Bart. Außerdem habe ich ihn mit einer simplen Puppe und entsprechenden billigen Projektionstricks für die wenigen Nachbarn noch ein Jahr am Leben gehalten. Dann hat er mich, seinen Gönner, verlassen und das Tafelsilber mitgenommen. Das hat denselben Leuten, die sich vorher das Maul zerrissen haben, dann doch leid getan, sogar beim Bäcker wurde ich vorgelassen. Der arme Dr. Leonard, fängt jeden Verbrecher und täuscht sich bei diesem Burschen.»

«Hahn hätten Sie genauso angesprochen, hätten Ihre Hilfe angeboten», unterbrach Theuer. «Oder wahrscheinlich haben Sie es längst getan! Der Zug hält noch in Darmstadt, mindestens. Und die, die ihn beschattet hätten, von denen wussten Sie doch! Aber gut, man kann ja einen Zettel zustecken, unauffällig aussteigen, sich irgendwo treffen ...»

«Und Sie können mir glauben, dass ich weiß, wie Polizei beschattet und wie man sich so einer Beschattung entzieht.»

«Hahn hätten Sie nicht zu Ihrem Geschöpf gemacht. Er war nicht brillant böse, sondern einfach nur ein dummer Kerl, der sich entschieden hat, den Bösen zu spielen.»

«Richtig. Es wird Zeit, Herr Theuer.»

«Aber bei Duncan hat es Spaß gemacht.»

«Richtig.»

«Sie haben ihn gemocht.»

«Sie wissen jetzt genug.»

«Und Sie haben ihn wegen eines gefälschten Bildes aufgegeben?»

Wieder spähte Leonard hinaus. «Wir müssen uns beeilen, ich habe Ihnen ja gerne den Gefallen getan, informiert zu sterben.»

«Ich sterbe nicht.»

«O doch, Herr Theuer. Das werden Sie ... Denn Sie sind moralisch, ich nicht.»

«Eben deshalb werde ich Sie notfalls erschießen.»

«Bedenken Sie, wer ich bin. Der beste Profiler Europas. Ich bin noch nicht alt. Ich kann noch viele Jahre Leute zur Strecke bringen, die unbedingt gefasst werden müssen. Dank meines Könnens werden Vergewaltiger aus dem Verkehr gezogen, Kinderschänder, Mörder. Wenn Sie mich töten, wird das nicht geschehen. Sie wollen doch aufhören, nicht wahr? Sie sind nichts mehr wert, Herr Theuer, und besonders gut waren Sie noch nie, das wissen Sie selbst.»

Theuer schwieg. Es gelang, die Gedanken fliegen zu lassen, es war ihm schon mehrfach so gegangen, wenn die Gefahr am größten war, ihm, der die meiste Zeit überhaupt nichts Gefährliches erlebt hatte und dann so vieles in diesen letzten verrückten Jahren.

«Ich stelle mir gerade vor», sagte er schließlich, «dass ich meine letzte Frage selbst beantworten kann. Sie haben im Internet etwas über das angebliche Turner-Bild gelesen und haben danach mit Ihrem Mordbubi gefrühstückt. Ich sehe sie zwei beide gemütlich beim Rührei sitzen, und dann sagen Sie: ‹Hol mir das Bild›, es hätte eine chinesische Vase in Neapel sein können, aber es war ein Turner aus Heidelberg …»

«Richtig.» Leonard klang ein wenig überrascht. «Es war das Abendessen, und ich hasse Rührei, aber im Grunde war es so … Ich bin eben nicht nur Jäger, ich bin auch Sammler.»

Theuer schüttelte den Kopf – in der Dunkelheit eine wenig glückliche Aktion. «Nein, nicht deshalb. Sie erwähnten den Brief, der ihn an Sie band. Sie haben Ihren Duncan irgendwie geliebt und wollten sehen, was er für Sie tun würde. Er hätte ja keinen Erfolg haben müssen, er hätte ja sagen können, ich habe das Bild nicht bekommen … Er sollte es Ihnen holen, und Sie hatten nie vorgehabt, dass er dafür zahlt. Er sollte einfach etwas völlig Sinnloses für Sie tun. Sie wären gerne mit ihm in den Klippen herumgeklettert, wilde Abenteuer mit Ihrem Freund oder Sohn oder etwas dazwischen, was auch immer er war, das hätten Sie gerne mit ihm erlebt. Stattdessen haben Sie ihn in den Tod geschickt, und irgendwie reden Sie sich ein, dass es um das Bild ging, morden selbst, um das Bild zu kriegen. Weil man Ihnen vor die Schuhe gespuckt hat. Sie sind nicht der kalte Gambler und Heide, Sie sind einfach ein verwöhnter Internatslümmel. Es ist diese Mischung aus Eigenliebe und misshandelter Seele – scheißreich sind Sie, alles konnten Sie haben, und was Gewaltiges sollten Sie werden, aber Sie haben sich doch nur einen Freund gewünscht, wenn Sie nachts wach lagen im kargen Eliteschlafsaal. Die Leute, die zu ihren Wunden nicht stehen», Theuer schaute zum toten Hahn, «das ist das faule Holz, aus dem Mörder geschnitzt sind. Es muss schrecklich gewesen zu sein, ihn mit der Puppe zu spielen. Haben Sie die Puppe manchmal umarmt? Verzweifelt umarmt? Es war Liebe, Herr Leonard. Sie wollten sagen ‹Hol mir die Sterne vom Himmel› und haben es nicht gewagt. Im Grunde hat man es bei Verbrechern immer mit Kindern zu tun.»

Theuer hörte, dass Leonard heftiger atmete als zuvor. Wut? Traurigkeit?

«Sie haben das Bild», fuhr er fort. «Und es bedeutet Ihnen nichts, Sie wollen wenigstens diese Sache hier über die Bühne bringen, haben aber ganz schlechte Karten, ganz miserable. Es hätte klappen können, aber wie wollen Sie jetzt davonkommen? Man wird untersuchen, man wird erfahren, dass ich mich nach diesem Zug erkundigt habe, als er schon fast losfuhr. Von wegen, ich habe Sie gezwungen, damit kommen Sie nicht durch. Sie mögen intelligenter sein als die meisten, aber deswegen sind die anderen noch nicht dumm.»

Leonards Stimme klang kalt. «Ja, Sie haben wahrscheinlich alles verdorben, das stimmt. Aber ich kann immerhin noch sagen, dass Sie der Jäger waren und ich damit gerechnet habe, dass Sie Hahn töten wollten. Ich wollte ihn beschützen! Ich erfinde Sie ganz neu, Herr Theuer. Man wird das Bild finden. Ich habe es vor meiner Abfahrt in Ihr Büro gelegt.»

«Dabei hat man Sie gesehen.»

«Ich gehe im Revier ein und aus.»

«Gut.» Theuer hatte Kopfschmerzen, plötzlich und heftig. «Sie haben das Bild in meinen Unterlagen versteckt, nachlässig – genau so, wie ich es getan hätte, schließlich sind Sie Profi. Bravo! Aber damit ist das Bild weg. Duncan ist weg. Es bleibt gar nichts übrig. Und Sie haben einen ganz einfachen Fehler gemacht.»

«Ich pflege keine Fehler zu machen», sagte Leonard, aber er klang leise.

«Ach ja? Und den Lieben, den Sie sich erschaffen haben, dem Sie ein Gesicht gegeben haben, wahrhaftig, den in den Tod zu schicken, war kein Fehler? Jedenfalls: Den Termin der Zwischenprüfung haben Sie anfänglich nicht bedacht, wir auch nicht, zugegeben, und ich habe mit Pittus gesprochen heute. Duncan hatte damals so einen Abhörapparat – offensichtlich selbst gemacht, aber ich glaube inzwischen, nicht von ihm –, und Sie waren so freundlich zu erwähnen, dass Sie Briefbomben basteln können. Er hat das Paket nicht aufgemacht, er wird es nicht aufmachen, es wird untersucht werden. Man wird Ihre Spuren finden. Sie Bubi sind natürlich auch ein Bastler – von wegen Jäger und Sammler. Und Sie sind furchtbar intelligent. Aber mit der Intelligenz ist das so eine Sache. Es ist nicht immer ein Qualitätsunterschied – manchmal ist es nur wie schnell laufen können. Man ist früher zu Hause, kann schon mal den Grill anwerfen, aber dann bin ich da. Und wir essen gemeinsam, Herr Leonard. Ihr Duncan hat mich damals gezwungen, tranigen Fisch zu essen. Er wusste, dass ich den hasse. Er hat mit mir gespielt. Und kurz darauf war er tot.»

«Der Sohn dieser Vokrri … Die Alte ist noch viel zu schnell gestorben …»

«Natürlich, Sie vergessen den Namen nicht.» Theuer lächelte – war draußen ein Geräusch? Hoffnungslos – seine Ohren klingelten lauter, als ein Spezialtrupp der Polizei sich anschleichen würde. «Vielleicht hatten Sie gar nicht vor, sie zu töten. Aber als Sie dort waren und das Weib noch nicht einmal sofort nachgab, da wurde sie die Mördermutter, die den geboren hat, der Ihr Geschöpf abstach, ausbluten ließ auf dem Gehsteig. Sie hatten sich eben nicht im Griff, und jetzt musste alles weitergehen. Eigentlich hatten Sie sich nie im Griff und konnten das mit Ihrer Brillanz kaschieren. Was ist das Nächste? Wiederkommen? Vokrris Sohn und seine Komplizen im Knast ermorden mit irgendeiner tollen List? Das schaffen Sie nicht, das wissen Sie. Sie schaffen sich keine Genugtuung.»

Theuer konnte Leonards Miene nur ahnen. Waren die Lippen aufeinandergepresst, oder produzierte sein brennendes Hirn Wunschbilder? War das ein Wunschbild? Und warum stellte er sich so viele Fragen?

«Sie wären ein ganz ordentlicher Profiler.» Leonard schien nun die Worte suchen zu müssen, er, der Große musste seine Sätze zusammenbauen, wie ein ungeschicktes Kind mit Bauklötzen fuhrwerkt. «Ein nettes Stück Turbo-Psychoanalyse, Herr Theuer. Tatsächlich, ich wusste nicht, warum ich ihn um diesen sinnlosen Dienst gebeten habe, ich liebte Turners rauschhafte Farben, aber das war eben nicht der Grund. Und ja, ich dachte, ich würde mir nun anschauen, wo er seine letzten Tage verbracht hat. Ich habe meinen Hass und meine Trauer nicht gespürt. Ihr Pech ist nur, dass ich den Hass jetzt sehr deutlich wahrnehme. Hass auf alle, die ihn abschlachten halfen, und Sie sind einer von denen. Ich töte Sie. Und wenn ich Sie in der erwähnten Weise töte, dann habe ich eine Chance, eine gewisse Chance, alles umzudrehen. Wissen Sie, Herr Theuer, die einzigen Fingerabdrücke an der Bombe sind von Ihnen. Haben Sie Ihre Drahtspule im Schreibtisch nicht vermisst? Warum haben Sie so was überhaupt im Büro?»

Theuer lachte: «Die gehört meiner Babett, hat sie bei mir vergessen, ich habe Sie kaum je angefasst. Und außerdem habe ich ja den Professor gewarnt.»

«Skrupel. Und bevor er vor Gericht aussagen kann, wird er tot sein.»

Theuer griff sich an die Stirn, massierte sich einhändig die Schläfen. «Noch ein Toter, um aus der Schlinge zu schlüpfen, und dann noch einer und noch einer? Um nicht geradestehen zu müssen, für das, was man getan hat. Vor allem aber, um der Schlaueste zu sein. Wieder an der Spitze zu sein, vor allen anderen, die Position, die Sie eingebüßt haben, als Duncan starb – und wenn Sie seither alle Serienkiller der Welt gefangen hätten. Aber es klappt nicht. Nein, Herr Leonard, Sie werden die Leute nicht dazu bringen, mich für einen Mörder zu halten.»

«Warum nicht?»

«Weil man nicht alles mit Menschen machen kann. Deshalb. Sie sind dümmer, als Sie denken. Größenwahn ist eine machtvolle Spielart der Dummheit.»

Leonard schwieg. Theuer wurde von dem irrwitzigen Gefühl gepackt, er könnte dieses Superhirn, diese unglaubliche Lichtgestalt im Sack haben.

«Ich weiß noch etwas über Sie. Als Duncan tot war und Sie es erfuhren, da haben Sie geweint. Und es war nie vorgesehen, dass Sie weinen. Und wenn das hier alles vorbei ist, wenn Sie mit Ihrer idiotischen Geschichte durchkommen sollten, wenn es wirklich klappt, dann fahren Sie nach Hause und erkennen, dass es alles sinnlos war, und dann wird der Schmerz wiederkommen. Man kann nicht alles mit Menschen machen, man kann sie vor allem nicht lebendig machen, wenn sie tot sind.»

Theuer atmete tief durch. Er sah Leonard die Waffe senken und gab sich die äußerste Mühe, seine weiter auf ihn zu richten, nicht einfach endlich das schreckliche Ding wieder wegzulegen. «Geben Sie auf?», fragte er leise.

«Nein.»

«Dann tue ich es.»

«Nein, niemals.»

«Doch. Jetzt.»

Er drückte ab, traf den Profiler mitten in die Stirn. Wieder so ein fürchterlicher Atemzug – vermutlich, eigentlich war er fast taub. Er legte die Waffe in Hahns erkaltende Hand. Als er sicher war, genug Abdrücke produziert zu haben, warf er sie auf den Boden und wartete.

Er hatte einen Menschen getötet. Er musste aufhören, es durfte keinen Tag mehr weitergehen.

Er hörte schlechter, tagelang, und nur ganz allmählich ließ das üble Klirren im Ohr nach. Es gab eine Untersuchung des Falles, beträchtlichen Wirbel.

«Warum hat er Sie eigentlich nicht gleich erschossen, wenn Sie doch unbewaffnet waren», fragte Magenreuter beispielsweise, und Theuer zwinkerte dem leicht blassen Haffner zu. «Weiß ich nicht», antwortete er. «Bin ja kein Profiler.»

«Also, Hahn hatte zwei Waffen bei sich. Und Leonard hat Sie dem Toten eine Waffe abnehmen lassen?»

«Es war dunkel.»
«Klingt eigenartig, Herr Theuer.»
«Ist mehr als eigenartig, Herr Magenreuter.»

Er wurde in U-Haft genommen, immerhin hatte er einen der prominentesten Ermittler Europas getötet, sogar die Schweizer Regierung meldete sich zu Wort und sagte irgendwas.

Aber seine Geschichte stimmte noch am ehesten und setzte sich durch. In Leonards Haus fand man ausreichend Belege für die zweite verschattete Existenz des Ermittlers – auch und gerade Bilder von Duncan und Briefe, die sich der große Psychologe selbst aus Heidelberg geschickt hatte.

Die Lüge hielt er aufrecht. Hahn hatte zwei Waffen besessen, und er, Theuer, hatte sich dieser nur bedient – der Haffner würde schon dichthalten.

Er saß fast amüsiert in einer Zelle im Faulen Pelz, Heidelbergs Gefängnis inmitten der Altstadt. Nachts konnte man das Gejohle in den Gassen hören. Yildirim hatte ihm gesagt, die RNZ plane einen großen Artikel über seine Rehabilitierung, und vermutlich sei er dann ein Held. Auch seitens der offiziellen Staatsanwaltschaft war ihm schon mitgeteilt worden, dass er herauskäme.

Nur, es war so ein bisschen wie im Krankenhaus: Nach Feierabend konnte man nicht entlassen werden, das war so, Begründung: Weil.

Also blieb ihm eine Nacht hinter Gittern als finale dienstliche Aufgabe.

Er schrieb an Yildirim:

Meine liebe Bahar,
bevor ich mich auf dieses letzte Abenteuer eingelassen habe, sagte ich zu dir, ich könnte nur manchmal lieben.

Ich glaube, ich muss das umfassender formulieren: Lange Zeit in meinem Leben habe ich es mir angewöhnt, den Depp zu machen, den Denk-Depp, den Gefühls-Depp. Abschalten, die Birne abschalten, und zwar genau aus dem Grund, den ich jetzt so deutlich vorgeführt bekommen habe: Es ist eben nicht leicht, zwischen Gut und Böse zu unterscheiden, und es ist zugleich ganz leicht. Wer keinen Menschen tötet, ist besser als einer, der einen Menschen tötet, ganz einfach. Aber jeder ist in der Lage zu töten. Ganz einfach. Ist es dann die Tat alleine, die gut oder böse macht? Ist kein Unterschied zwischen einem Menschen, der alles und jeden abgrundtief verachtet, und einem, der das nicht tut, wenn der erste keine entsprechende Tat verübt? Und wie ist es, wenn einer einen tötet, der selbst getötet hat, aber auch Gutes vorweisen kann? Wenn in jedem etwas Böses ist, ist auch in jedem etwas Gutes.
Die Leute halten mich oft für regelrecht dumm, Journalisten schreiben über unsere «seltenen Geistesblitze». Vielleicht bin ich gar nicht so dumm. Vielleicht ist es dumm zu denken, ein Polizist könnte aus seiner Arbeit klug werden, ein Problem lösen und eben fertig sein. Genau das ist nicht möglich, und dagegen habe ich mich eingekapselt, und es ist so, als hätte dieser Schuss, der mir noch in den Ohren klingelt, die Kapsel zerrissen. Ich will nicht sagen, dass das nun gut ist, denn ich habe getötet, ich will nicht sagen, dass es schlecht ist, denn er hätte mich getötet, und das muss kein Mensch zulassen. Nein, es ist fürchterlich, aber in mir ist es so offen, «es», ich weiß nicht, was.
Ich will so offen bleiben.
Vielleicht wird das Leben mit mir dann auch ein bisschen schöner, ihr habt es beide verdient.

Ich werde auf jeden Fall etwas häufiger kochen und vielleicht auch Italienisch lernen. Wär doch nicht schlecht?
Das klingt nicht romantisch, das Ganze, aber ich meine es romantisch.
Und wir heiraten ja schließlich. Das ist doch schon mal was.
Der Jockel.

Obwohl er sehr müde war, konnte er zunächst nicht schlafen. Was würde er morgen, das war heute, was würde er tun?

Es war Frühling.

Er sah sich in einem weißen T-Shirt auf einem sonnenbeschienen Fußboden sitzen und ein Puzzle legen. (Ein Bärenmotiv – natürlich!)

Draußen tobte der Frühling, plötzlich, über Nacht.

Er sah sich eine Ausflugstüte packen und voller Gedanken Wohnung, Haus und Viertel verlassen. So würde es sein, heute, das war morgen. Er verschränkte die Arme hinter dem Kopf, schon ließ das Morgenlicht Einzelheiten seiner Zellendecke erkennen, an der es keine Einzelheiten zu erkennen gab.

Er befand sich inmitten blühender Bäume, freundliche Immen summten zu seinem Honiglächeln. Nein, dachte er nun doch wieder, er würde nichts, aber auch gar nichts tun als Rentner. Er hatte Jahre durchlebt und gar gestaltet, die er sich nie und nimmer zugetraut hätte, und das musste reichen. Aber nein oder doch oder nein oder doch? Irgendetwas löste sich in ein Gefühl von Freiheit.

Aus dem Frühling wurde Sommer.

Ein Picknick! Mit Babett und Bären im Handschuhsheimer Feld! In den fernen Steinbrüchen würde die Hitze flimmern. Vögel präludierten in den Bäumen, und leise ließ sich

Theuer nieder, entnahm seiner Plastiktüte eine Flasche Montepulciano. So sah er sich sitzen, da sich ein Band nach dem anderen löste. Bis zum Schlaf, tief in das warme Öl der Ruhe und weiter. Über der Kuppel seines Atems spürte er den leiseren Zyklus eines anderen Wiederholens. Die Luft selbst, die man doch so selbstverständlich nicht spürt, wurde ein schweres Gallert, eine atmende, schillernde Flüssigkeit, in der er schwamm, ruhig und zielsicher schwamm und versank. Er spürte die Längs- und Querfasern des Bettlakens, nahm ihr Einanderkreuzen als Verdickung wahr. Er spürte das schwere Blut in den Waden, spürte jedes Organ, wie ein lebender Ozean seine Inseln spüren mochte, und war doch klein, so klein. Theuer fühlte, dass hinter dem neuen Leichten, das ihn so herrlich erfüllte, das Namenlose wartete.

Herbst.

Aber er fürchtete sich nicht.

Winter.

Er wusste, dass er für manches nicht taugte, und beschloss, sich das nun nicht mehr übelnehmen zu müssen.

Bald aber wich dem Leichten auch die Trauer und das Leichte dem einfach Nächsten.

Theuers Lieblingsohrenarzt Zuber diagnostizierte eine deutliche, aber wohl reversible Senke im Hochtonbereich beider Ohren, hervorgerufen durch Knalltraumata. Er fragte, ob Theuer ein Pfeifen oder Klingeln vernehme, musste erstaunt vernehmen, vor einiger Zeit schon, aber ob jetzt noch, das wisse der Kommissar nicht, da er so ein schlechter Zuhörer sei. Der schwere Ermittler erhielt die erwünschte, sagenhaft lange Krankschreibung bis Januar.

Die Buben vom Beta-Blog mussten Toiletten putzen, das ganze Ding wurde abgeschaltet, ging pleite.

Der Taxifahrer war gar kein Inder gewesen, sondern ein Pfälzer, den aber alle schon immer Maharadscha nannten.

Und er war jetzt auch kein Taxifahrer mehr.

Einmal ging Theuer mit Babett Sushi essen, nur sie beide. Es schmeckte ihm gar nicht, aber sie hatten richtig Spaß zusammen, zumindest bis zur Rechnung und seinem donnernden Durchfall am nächsten Morgen.

Wessels bewarb sich auf eine volle Stelle an der Universität Landau und bekam sie auch.

Yildirim heulte ein bisschen, dass ihr immer die Freundinnen wegzogen, zum Trost luden sie ihren Bruder ein, der Theuer nicht schlug, sondern allenfalls etwas abtaxierte, was der angehende Pensionist schließlich auch als nicht islamistisch einstufte.

Die Eltern würden kommen zur Hochzeit, und immerhin waren sie beide älter als der Theuer, wenn man beider Alter addierte, waren sie sogar deutlich älter.

Er übertrug die Pflege des Grabes seiner ersten Frau voll schlechten Gewissens einer Friedhofsgärtnerei, zahlte auch etwas mehr, da man beträchtlich zu tun hatte.

Diese Erinnerung im gelben Kleid war weit weg, und das tat ihm fürchterlich leid – aber gleichzeitig wusste er, dass sie nun auch weit weg sein musste, wenn das alles etwas werden sollte.

Am letzten Tag kam er nochmal, die Jungs hatten Geschenke vorbereitet: Haffner eine Bierkiste vollere verschiedener Obstbrände, Leidig aus nicht ganz nachvollziehbaren Gründen einen Bildband über die Sächsische Schweiz, Senf ein T-Shirt, auf das «Netter älterer Herr» gedruckt war. Sie waren inzwischen auf verschiedene Büros verteilt, aber anlässlich seines Besuchs hatte man sie das alte noch einmal beziehen lassen, wie Kulissen einer Theateraufführung standen die Tische im selben Oval wie all die Jahre.

Haffner wehrte sich tapfer, aber mittelfristig wohl aussichtslos gegen eine psychologische Beratung und eine Entziehungskur im Schwarzwald. Die würde er notfalls machen, aber «mit entsprechendem Proviant».

Leidig hatte eine Freundin, er erzählte es aufgeregt und schamesrot. Im Sommer kennengelernt, am «Lago di Garda», ein bisschen gehbehindert, aber man sah es nicht. An den Wochenenden besuchten sie sich, sie wohnte in München. Die Mutter habe ihn daraufhin («endlich») enterbt.

Senf hatte abgenommen, seit er beim Lauftreff Rohrbach hinterherschnaufte – ein Vierteljahr mache er das noch, und dann werde er Wien bereisen und Mehlspeisen fressen, bis wieder alles drauf wäre. «Vielleicht werde ich sogar Wiener.»

Magenreuter schaute vorbei und überreichte ihm irgendeine Urkunde, die Theuer sofort wegwarf. Nickend nahm er zur Kenntnis, man sehe von Disziplinarmaßnahmen wegen der verlorenen Waffe ab, auch das mit der Dienstmarke und die anderen Kleinigkeiten … Ihm war ohnehin nicht bange gewesen – schließlich konnte man ihn ja nun nur noch ganz kurz feuern.

Die Haudegen: Scherer, Metzner, wie sie alle hießen, kamen und gingen, die Schultern taten vom Klopfen weh, die Hände vom Schütteln.

Verrückt vor Sentimentalität, sangen sie dann sogar laut und falsch: «Nehmt Abschied, Brüder, ungewiss ist alle Wiederkehr!» und: «Isch bin n' Sume vom alde Neckar!»

Theuer am lautesten, am falschesten und dabei dachte er, dass das jetzt richtig schön war, richtig dumm war, richtig dumm und schön.

Wie das Leben eben.

Er würde auf jeden Fall wieder Pop hören, jetzt, da die Ohren wieder mitspielten, und dann sang er «Old Town» von diesen irischen Geschwistern, es klang schrecklich, er merkte es selbst.

Als Überraschung tauchte Yildirim mit einer Flasche Raki auf, und Haffner schlug vor, diese zu trinken – was sie dann auch taten – und danach mit einem griechischen Ouzo zu vergleichen, den er «zufällig» in seinem Schreibtisch habe. Das taten sie dann nicht, denn Theuer wollte die halbe Nacht saufen und entsprechende Kapazitäten nach Hause retten.

Schließlich heulte Theuer ein bisschen und stand auf. Leidig reichte ihm mit einer Verbeugung die Hand und murmelte etwas auf Latein, Senf gab ihm irritierenderweise einen Kuss. Haffner weinte heftig, packte ihn bei den Schultern, brachte schließlich heraus: «Ich liebe Sie, Chef.»

«Wir sehen uns bei der Hochzeit, alle! Ich heirate wirklich!»

«Das wird das Fest des Jahrhunderts, dafür sorge ich! Chef, gehen Sie nicht! Geh nicht, geh nicht!»

«Ich bringe auch bestimmt meine Mutter nicht mit!
(Vielleicht meine … Freundin …)»

«Und ich singe das Badnerlied!»

«Chef! Mein Chef!»

Theuer ging zur Tür, ließ Yildirim die Geschenke schleppen, schaute in die Runde:

«Adieu.»

«Und wie geht es jetzt weiter …

Herr Senf?»

«Ich weiß nicht, ich glaube noch nicht, dass die heiraten, aber vielleicht ja doch.»

«Ich meine nicht die Kollegen, Herr Senf, ich meine Sie.»

«Ach, ich, ich bin ja erst später dazugekommen.»

«Zu Ihrem eigenen Leben sind Sie nicht später dazugekommen.»

«Aber zu diesen Geschichten auf dem Revier eben doch.»

«Und warum ist das so wichtig?»

«Weil man eine Geschichte braucht.»

«Da mögen Sie recht haben. Und immerhin kennen Sie Ihre jetzt besser.»

«Sie gefällt mir vor allem besser. Aber es wird lange dauern, bis sie fertig ist.»

«Sie sind noch nicht alt. Und jetzt wollen Sie verreisen?»

«Nach Wien. Ich will mir die erste Couch von Freud anschauen.»

«Nun, Herr Senf, die steht in London.»

«Na sieh mal einer an.»

«Noch etwas anderes, wo Sie gerade von Freud sprechen. Die Postkarte, wo er eine rote Clownsnase trägt, die ist nicht zufällig von Ihnen?»